The 수필

2019 빛나는 수필가 **60**

The 수필

2019 빛나는 수필가 60

Winter	Spring	Summer	Autumn
최순희	곽재혁	정해경	손택수
황진숙	이동민	송마나	고경서
고지숙	정태헌	전미란	노혜숙
함순자	김상환	김덕기	이경은
이한얼	문영일	박월수	김정화
박영란	김근혜	염희순	조현미
박금아	송혜영	하재열	김영수
최화경	서성남	김아인	한지황
김창식	김순경	홍정현	이춘우
원정란	정희승	이춘희	이미영
박범수	박흥일	김은주	이명환
백임현	조옥규	김은중	문현주
윤진철	추선희	윤기정	김규원
남홍숙	탁현수	박헬레나	임철호
권현옥	정성화	유병숙	소지연

book

수필의 현주소

수필의 역사를 알기 위해 삼국시대로부터 이어져 내려온 2000년 동안의 뿌리 깊은 수필의 연원을 잠시 더듬어본다. 한자를 빌어 와 쓴 설총의『화왕계花王戒』를 비롯, 이규보, 박지원, 정약용 등의 빼어난 산문이 있었고「조침문」을 비롯한 제문, 기행, 일기 등의 한글 수필이 등장하는가 하면, 1920년경부터 태동한 현대수필은 근 백 년(1920~2018) 동안 진화해오면서, 특히 1990년대에 이르러 문화센터 수필교실이 증가하면서 양적 팽창과 함께 놀랄 만한 신장을 이루어왔다.

한국문인협회에 등록한 수필가는 약 3,500명에 육박하고 30여 종의 수필잡지에서는 해마다 수천 편씩의 수필이 쏟아지고 있다. 그럼에도 수필은 아직 본격문학에서 제외된 채 변방문학에 머물러 있다. 이름 있는 문학상 공모에서 수필 부문 탈락, 중앙지 신춘문예 제외, '한국작가회의'에는 아예 수필분과가 없다. 왜 이러한 일이 벌어지고 있는가?

수필의 장르가 열등해서인가? 아니면 수필가들의 자질 부족 때문인가? 여러 각도에서 수필가들은 안팎으로 고민해봐야 한다. 문학수필로서의 엄정한 평가, 시나 소설이 넘볼 수 없는 수필 고유의 전통성을 점검

하고, 수필의 현주소도 바로 알아야 한다. 그래야 다시 시작할 수 있다.

수필은 어떠한 문학인가? '수필은 내 흔적을 글로 나타내는 것이기에 잉크를 찍어 쓰는 게 아니라 혼魂을 찍어 나를 밝히는 생각증명서'라고 말한 이는 소설가 김홍신이었다. 필자 역시도 수필 쓰기는 자신의 완성을 향한 영혼의 계단 밟기가 아닐까 생각하고 있다. 글을 쓰는 동안 내 안의 모서리는 다듬어지고 자신의 결점은 보완되기도 한다.

수필은 다른 장르와 달라서 작가의 가치가 곧바로 작품의 가치로 환산되는 문학이다. 글이 곧 그 사람이기 때문이다. 수필은 또한 정情의 문학이며 정서적 만족을 수여하는 EQ의 문학이다. 그러므로 IQ보다 감성지능이 중요시 되는 인공지능시대야말로 수필은 그 대안이 될 수 있다. 많은 비평가들이 미래의 문학으로 '수필'을 꼽는 이유이기도 할 것이다.

2010년 『문학나무』 주간 황충상 선생과 만나 수필 문학의 부흥을 위해 『젊은수필』을 기획한 바 있다. 등단 3년차 수필가를 대상으로 그 작품을 엄선하여『젊은수필 2011』에서『젊은수필 2014』까지 4년 동안 네 권을 펴냈다. 범람하는 수필 가운데서 옥석을 가려 문예수필의 전통을 세운다는 보람과 참가한 수필가들의 긍지 또한 대단했었다. 그 후 뜻있는 몇 명의 작가들이 모여 이 책의 후속 간행물을 도모했으나 경제적 한계에 부딪쳤다.

다행히 2017년 봄, 도서출판 북인 조현석 대표가 뜻을 함께 해줘『The 수필』을 기획하게 되었다. 2017년 겨울호에서부터 2018년 가을호까지 전국의 수필잡지와 신춘문예 지방지를 대상으로 8명의 선정위원이 각자 담당한 잡지 외에도 시야를 확대하여 폭넓게 작품을 선정하였고 분기마다 모아들인 40여 편의 작품 가운데에서 작가의 이름을 가리고 공동채집으로 15편을 엄선했나. 서기에 해당 선정위원이 촌평을 부쳤다.

올해의 알곡농사 60편의 수필은 여러분을 실망시키지 않으리라 믿는다. 문학도 시대의 산물인지라 수필도 디지털시대를 맞아 빠른 속도로 가벼워지고 있다. 그러나 여기에 수록된 글들은 침착하게 인간과 세상을 바라보는 시선이 웅숭깊으며 대상의 본질을 천착한다. 자신의 욕망을 통찰하고 잊혀져가는 사물들에 건네는 따뜻한 시선, 때로는 은유가 번뜩이는 싱싱한 언어도 만날 수 있었다.

이 책이 나오기까지 일 년이라는 시간을 허락해준 선정위원들의 헌신적인 노고와 열악한 출판시장에 기꺼이 이 책을 출판해준 조현석 시인의 수필사랑에 깊은 감사를 드린다. 수필의 현주소를 마크하는 이 책이 수필의 발전을 위해 조금이라도 도움이 된다면 선정위원들에게는 큰 기쁨이요, 감사한 일이 될 것이다.

2018년 11월 27일

선정위원

맹난자(글), 홍혜랑, 엄현옥, 이혜연,

조헌, 노정숙, 정진희, 한복용

| 차 | 례 |

2019 빛나는 수필가 60

Winter

Spring

The 수필

Summer

Autumn

The 수필

Winter

바다를 건널 때

최순희

바다는 내게 원래 동해나 남해가 전부였다. 특히 남해, 올망졸망한 작은 섬들이 쉼표 마침표처럼 아기자기 떠 있는 통영 앞바다와, 삼천포에서 창선대교를 건너 다랭이논을 향해 해안도로를 달릴 때면 차창 밖으로 윤슬 일렁이는 그 남해가 좋았다. 한자리에서 깊고 그윽하지 못하고 갯벌을 적나라하게 벌거벗기며 하루 두 차례씩 들락날락하는 서해는, 그 누렇다는 소문과 함께 내게 서해도 바다냐는 비아냥을 함부로 내뱉게 했었다.

그러던 내가 서해 바닷가에 들앉아 산다. 이 섬에 흘러들게 한 우연인지 필연인지에 매일매일 감사하며 산다. 어느덧 만 4년, 공항 근처에 그의 은퇴 후엔 멀리 있는 피붙이들 민나러 날아가기 편하겠단 막연한 이유로 집을 마련해두긴 했어도, 정말로 들어와 살게 될 줄은 몰랐다. 지금도 크게 다르진 않지만 그해 갓 이사 오던 무렵에는 아파트 주변은 온통 황무지였다. 부엌 창밖 왼쪽으론 막 조성이 끝난 작은 공원이 있고, 그 나머지는 저만치 바닷가까지 죄다 구획정리만 된 채 휑하니 버려진 빈 땅이었다. 저녁 무렵, 아픈 그에게 먹일 무언가를 끓이고 달이고 졸이고 덖다 말고 문득 창밖을 내다보면 그 빈 황무지 조각 사잇길을 어느 시골 오지의 군청버스처럼 털털거리는 낡은 버스가 한참 만에 한 대씩 지나가곤 하였다.

사월 중순 이사 오던 날 밤, 무심히 밖을 내다보던 나는 오싹 소스라쳤다. 바다에서부터 자욱이 밀려오는 밤안개 속에 유령처럼 희붐한 작은 물체가 어둠을 가르며 꾸물꾸물 움직이고 있었다. 눈에 힘을 주고 지켜보니 전조등을 밝힌 버스였다. 그때는 아직 가로등도 설치되기 전이라 더 유령 같아 보였을 것이다. 믿을 수가 없었다. 서비스 세계 일등을 자랑하는 첨단 국제공항이 지척인 곳에 이런 황무지가 있다니. 그리고 그 황무지 한 귀퉁이 우뚝 솟은 시멘트 벽 안에 말기암 환자 남편과 내가 옹송그리며 들어와 앉아 있다니. 하늘도시 일곱 개 단지의 공식 입주가 시작된 지도 이미 다섯 달이 지난 시점이었지만 우리 단지 천육백여 세대의 입주율은 채 이십 퍼센트도 되지 않았다. 넉 달 후 그가 떠나던 무렵까지도 우리 층 네 가구 중 다른 세 가구는 여전히 빈 집이었다. 마트에라도 다녀올 때면 내 발소리에 놀란 나는 누가 뒤쫓아오는 것만 같아 헉헉거리며 달음질을 치곤 하였다.

아아, 아득도 해라….

나는 마치 누가 등이라도 떠밀어 들어오기라도 한 듯, 어쩌다 이렇듯 비현실적인 시공간 속에 들어와 앉게 되었는지 매번 어리둥절해지곤 했다. 이상한 것은, 그러나 이름 그대로 무진장하게 펼쳐진 하늘과 햇빛과 바람 말고는 급하게 들어선 간이 식자재 마트 하나 외엔 아직 아무것도, 그야말로 아무것도 없던 이 하늘도시가, 나에겐 날이 갈수록 바로 그 텅빔과 황량함과 고적함 때문에 점점 더 가슴에 사무치며 다가들더란 점이다. 개발 따위 안 되어도 좋았다. 아니, 안 되는 게 더 좋았다. 내게는. 그때 나에게 가장 필요한 것은 바로 그 텅빔과 황량함과 고적함이었는지도 모른다.

이 적막한 섬 집에 나 혼자 덩그러니 남았을 때, 나를 염려한 주변에서는 다시 뭍으로 돌아오기를 권했다. 그러나 나는 지극히 단순 간결해진 내 삶이 마음에 꼭 들었다. 조금 불편한 대신 한껏 허락된 이 맑은 공기와 아낌없는 햇빛과 탁 트인 하늘을 다른 무엇과도 바꾸고 싶지 않았다. 특히 도시와 이 섬 사이엔 인천, 영종 두 멋진 대교가 있다.

도시의 소음이 문득 그리워질 때면 그 다리들을 건너 서울나들이를 하거나 공항 인파에 섞여 들어가본다. 때로는 지극히 도시적인 인간인 내가 영종댁이 되어 이 낯선 바닷가에 엎디어 살아가는 것을 신기해하는 벗들이 바다를 건너 찾아오기도 한다. 그럴 때면 나는 마치 중세 성채의 여주인이 해자 위로 가로놓인 개폐교를 올렸다 내렸다 하여 손님을 맞거나 바깥나들이를 하듯, 마치 내 인생의 이쯤에, 이만큼의 안전거리에서, 마침내 내 삶을 나의 자유의지로 관리하고 통제할 수 있게 되기나 한 듯한 과장된 자유를 맛보곤 한다. 그리고 그 자유가 어쩐지 그가 내게 준 마지막 사랑이며 선물처럼 여겨져 마음 시큰해진다.

처음 일 년쯤을 나는 종일토록 소파에 널브러져 누웠다 앉았다 하면서 내가 무엇을 더 했어야 그를 살려낼 수 있었을까, 멍하니 되짚어보곤 했다. 개구리나 매미가 울고, 시도 때도 없이 자욱한 해무가 거실 창가까지 밀려들었다. 뱃고동이 부웅 울거나, 한낮의 고요적적을 뚫고 원주민 동네 전소쯤에서 간간이 개 짖는 소리만 컹, 들려오는 시간들이 흘러

갔다. 이윽고 정신을 차린 나는 잡풀이 우거진 들판 길을 지치도록 걷거나, 뒷동산이나 이 섬 한가운데의 백운산에 올라 사방을 내려다보곤 했다. 때로는 공항신도시를 지나 호젓한 마시란 해변으로 달려가 바닷물이 밀려들어오는 장면을 지켜보기도 했다. 돌아오는 길에는 대개 휘황한 낙조와 만났다. 크고 붉고 덩실한 해가 삽시간에 바닷물에 풍덩 빠져들며 선혈 낭자한 뒷모습을 남기는 광경은 아무리 자주 목도해도 경이롭기 그지없는 장관이었다.

이즈음엔 저녁마다 뉘엿뉘엿 지는 해를 바라보며 인천대교 초입까지 자전거를 달린다. 길 왼쪽으론 바다와 나란히 레일바이크장이고, 오른쪽으로는 캐러밴 캠핑장과 물때에 따라 바닷물이 들어왔다 나갔다 하는 옛 염전 둘, 그리고 다시 캠핑장과 공원들이 이어진다. 길 잃은 칠게 한 마리가 내 앞을 벌벌 기어 달아난다. 옛 염전 갯벌에 저어새 떼가 하얗게 앉아 있다. 내가 되돌아올 때쯤엔 염전에 물이 거지반 차서 새 떼들은 어디론가 날아가버리고, 인천대교 두 개 주탑엔 아름다운 불빛이 켜질 것이다.

영고성쇠니 채움과 비움이니 하는 낱말들을 생각하면서, 나는 쏴아 쏴아 바닷물 들어오는 소리에 맞춰 페달을 밟는다. 맞은편 산등성이에 석양이 활활 타오르는 둥근 쟁반처럼 멈칫, 걸려 있다가 이내 미끄러져 사라진다. 낙조를 바라보면 슬프다지만 내겐 아직은 그저 아름답다는 찬탄과 감동이 훨씬 더 크고 깊다. 최소한 저 해는 내일도 우리 동네 작약도 앞바다쯤에서 다시 떠오를 것이고, 그런 당연한 일이 왜 이렇게 감사하고 큰 위안인지는 나도 모를 일이다. 『그런에세이』

The수필

●… 미개발된 영종도의 하늘도시. 그 황무지 한 귀퉁이에 말기암 환자와 이사 온 것은 4년 전이다. 남편이 떠나고 비현실적인 시공간에 혼자 남겨진 작가. 하늘과 햇빛과 바람 말고는 그야말로 아무것도 없던 이 도시가 왜 점점 가슴에 사무치게 다가들었던 것일까? 차라리 개발 따위는 안 되어도 좋았다. '그때 나에게 가장 필요한 것은 바로 그 텅빔과 황량함과 고적함이었는지도 모른다'고 술회한다. 그것이 없었더라면 그녀는 혼자 딛고 일어설 수 있었을까? 자연이 건네주는 텅 빈 충만, 자전거를 타고 달리면서 바닷가 노을 풍경과 어울린 작가의 심상 이미지가 영화의 한 장면처럼 아름답다. /맹난자

옹기시루

황진숙

저라고 그리 생긴 게 좋기나 할까. 편평한 바닥과 넓은 아가리로 마냥 품고 싶었겠지. 동이 안의 물이 탐이 나 빗물을 받아보기도 하였다. 가둬 둘 새 없이 빠져 나가버리는 물이 허허로웠다. 가려주는 뚜껑 없이 구멍 난 바닥은 매나니의 삶이었다. 장독처럼 맛을 품는 건 언감생심이다. 술을 담아 논과 밭을 돌며 유유자적하는 자라병이 부럽기도 했을 터이다. 등에 업혀 다니는 허벅의 팔자는 단연 상팔자다. 여인네의 손길로 말간 얼굴을 되찾는 항아리를 바라만 봐야 했다. 함치르르 윤기 흐르는 단지들의 진열로 시루는 댕그라니 구석으로 밀려나기 일쑤였다.

장독대에 옹기시루가 하나 있다. 땅을 향해 엎어져서 붙박이가 되었다. 오랫동안 사용하지 않은 시루에는 가랑잎과 거미줄이 한가로이 바람을 타고 있다. 모지라진 입술을 둘러친 이끼와 수화문手畵紋 사이로 그어진 금은 정취를 자아낸다. 훑고 지나간 세월 속에서 그리움과 기다림으로 풍화된 시루의 질감이 선연하다. 빛깔은 흐려졌지만 두루뭉술한 몸태나 후덕한 인심은 그대로다. 지금이라도 하얀 김을 내뿜는 백설기를 내놓을 것만 같다.

슬거워져 시루 옆에 쪼그려 앉는다. 나직이 호요바람이 묻어난다. 저를 억누르며 불의 시간에 몸을 절여서인가. 시커먼 연기에 그슬리며 제 빛깔을 낸 탓인가. 거친 호흡이 허공으로 흩어진다. 찰진 물성이 되고자 뚝메에 치이고, 께끼질에 깎이고, 메질을 당했던 순간들이 닳고 닳은 지문으로 박혀 있다. 방망이의 두드림을 이겨낸 바닥의 강고함은 시간의 파장에도 흔들리지 않았다. 타림질의 누름을 견뎌낸 기벽은 파고드는 진동에도 허물어지지 않았다. 한 줌의 점토에서 시루가 되기까지 손끝에 맴도는 서사가 까끌하다. 그 꼿꼿한 치열함이, 짓눌릴수록 살아나는 당당함이 억척 아낙네의 모습이다.

질긴 운명으로 엮어져 한자리에서 망부석이 되어 가고 있는 시루, 한 가문에 들어와 그 집안의 화석이 될 때까지 못 다한 이야기들이 얼마나 많으랴. 금 가고 깨지면 미련 없이 내쳐지는 시루의 처지나 아들을 못 낳았다는 이유로 소박을 당한 할머니의 팔자가 무에 다르겠는가. 오매불망 파란 하늘 보기를 기다리며 뒤집혀 있던 시루의 시간들. 이제나저제나 만주에 간 남편이 돌아오길 바랐던 할머니의 세월들. 생의 궁색함으로 무덤덤할 수밖에 없었던 운명이 피차 매한가지였다.

할머니는 첫 결혼에서 소박을 당했다. 재취자리인 할아버지에게 시집올 때 머리에 이고 온 게 옹기시루였다. 누대에 걸쳐 녹자집안이었기에 아버지가 태어나기 전까지 가슴 졸이는 나날의 연속이었다고 한다. 수탉이 홰를 치면 할머니는 뒤란 장독대에서 치성을 드렸다. 집안에 경사나 우환이 생기면 시루떡을 해서 고사를 지내곤 하셨다. 일 년에 열 번의 제사가 있을 때에도 마찬가지였다. 할머니가 떡을 하는 날에는 온 집안이 조용했다. 경건함이 부정을 물리친다는 할머니의 생각에서였다.

마당에 화덕이 준비되면 시루와 가마솥이 짝을 맞춰 앉는다. 시루 구멍을 메우기 위해 짚이나 삼, 칡껍질로 얼기설기 엮은 시루밑을 깐다. 그 위에 무명 보자기를 펴놓는다. 디딜방아에 찧어온 가루와 고물을 한 켜 한 켜 올리며 할머니는 날선 감정을 달래고 허물어지는 마음을 쌓았을 것이다. 켜켜이 깔아놓은 떡가루의 층 위에 짚으로 만든 뚜껑을 덮고 시루번을 붙이며 메마른 시간들을 내려놓기도 했을 것이다. 공허함 속에 밀착되어오는 가루들의 단층에 시루의 존재가 일깨워진다. 가마솥의 물이 끓기 시작하면 넣어두었던 종지가 요란한 소리를 낸다. 솥이 참지 못하고 내뿜는 증기를 시루바닥이 받아들인다. 갈 길을 찾지 못하고 헤매는 수증기를 제 몸에 채워 넣는다. 잠시 눈에 보이고 사라지는 변덕스러운 성미인 수증기를 품어 생가루를 익힌다. 지긋이 기다려야만 신기루처럼 사라지는 연기를 품을 수 있음에. 시간이 더해져야만 익어감에. 시루 안에는 기다림과 만남이 어우러지고, 설익음과 익음이 융화되어 익숙함으로 삶의 지층을 만들어내고 있었다. 만주에 인력거를 끌러 가신 할아버지가 무사히 돌아오길 염원했을 때도, 인민군에 끌려간 시동생의 안위를 기원했을 때도, 장손이 중병에 걸려 사경을 헤맬 때도 할머니는 시루에 떡을 했다. 혼신을 다한 할머니의 영혼이 시루에 실리고 그 뜻이 하늘에 닿았을 때 고뇌의 비손은 숭고함으로 승화되었다.

시루가 떡을 쪄낼 수 있는 건 다른 옹기에는 없는 구멍 때문이다. 꽉 막혀 어디로도 갈 수 없는 게 아닌, 스며드는 감정들이 만나 충만함으로 퍼져나갈 수 있게 속을 내어준다. 그리하여 비감한 가슴에도 평온이 싹틀 수 있게 한다. 완전히 메워지지 않음이어서 마음 한 자락 머금을 수 있고 들고 나는 바람 속에서 아로새겨진 바람은 삶의 버팀목이 되었다.

시루와 혼연일치가 되어 비숙원의 삶을 사신 할머니. 시댁으로 조용히 발걸음하던 그 옛날처럼 생의 문을 닫던 어느 날도 소리 없이 돌아가셨다. 이제는 소용이 다한 시루에 더 이상 떡을 하는 일은 없어졌다. 시루 안에 들인 햇살과 바람의 노래가 아스라해지고 머물던 삶의 흔적들이 희미해지면서 할머니의 세월도 그렇게 여물고 있었다.

흘러온 세월만큼 시루가 주는 잔잔한 기억이 장독대에 은은히 머문다. 수십 년간 숱하게 들고 났을 호흡에 손길이 더해진 시루는 그저 술명하니 자리를 지키고 있다. 진흙 속에서 핀 연꽃처럼 가마 속에서 피어난 시루, 깊은 속내에 스며든 생의 노래가 아늑하게 울려온다. 『한국수필』

The 수필

●… 우리는 사라지는 것에 대해 무심하다. '함치르르 윤기 흐르는 단지들의 진열로 시루는 댕그라니 구석으로 밀려나기 일쑤'였고 '가뭐둘 새 없이 빠져 나가버리는 물이 허허로운' 옹기시루와 할머니의 삶은 쫓겨나고 버려지고 다 빠져나가 텅 빈 채 메마르다. '금가고 깨지면 미련 없이 내쳐지는 시루의 처지나 아들을 못 낳았다는 이유로 소박을 당한 할머니의 팔자'를 아우르며 시루와 하나가 되어 시난고난 살아온 할머니의 삶을 잔잔하게 되짚는 속내가 애련하다. '매나니', '호요 바람', '뚝메', '께끼질', '시루번', '비손', '술명하니' 등의 고유단어 사용이 신선하고 맛깔스럽다. /조헌

'축 개업' 거울

고지숙

밤새 곰팡이가 담쟁이 넝쿨처럼 자라 있었다. 장마가 시작된 탓인가. 며칠 사이 성장 속도가 더 빨라졌다. 벽지를 손가락으로 살살 문질렀더니 검은 곰팡이가 묻어났다. 물티슈로 닦아내고 신문지로 문질렀다. 축축하던 벽지는 군데군데 뜯어졌고 그 뒤로 젖은 시멘트가 드러났다. 곰팡이가 피었던 자국은 사라지지 않았다. 흐릿해지고 엷어졌지만 여전히 흔적은 남아 있었다. 어쩔 수 없다고 생각하며 나는 여느 때처럼 거울로 가렸다. 그해 여름, 절망의 속도와 맞물려 피어나던 곰팡이를, 그 벽을.

좁은 방에는 못이 딱 하나 박혀 있었다. 전에 살던 누군가가 박은 못이리라. 나는 못에 거울을 걸었다. 거울을 걸면 방이 더 넓어 보일 거라고 스스로를 위로하듯 혼잣말을 했지만 사실 거울 말고 달리 벽에 걸 만한 물건을 가지고 있지도 않았다. 당시 내게는 계절 별로 입을 서너 벌의 옷, 낡은 페이지가 나풀거리는 초라한 목록의 책, 보풀이 일어난 얇은 이불, 없어도 괜찮을 자질구레한 소지품이 전부였다. 그런데도 방에 이불을 펴고 누우면 더 이상 여유 공간이 없었다. 나는 아침이면 머리맡에서 쨍쨍 울리는 자명종 버튼을 꾹 누르고 형광등을 켰다. 아침이 되어도 한밤중과 다름없는 방에 있을 때면 늘 형광등을 켜두었다. 그렇지 않으면 아무도 모를까봐 두려웠다. 지하로 뻗은 계단을 밟고 내려오면 숫자만 다른 똑같은 모양의 방들, 그 중 하나에 누군가가 살고 있다는 것을 아무도 모를까봐 형광등을 켰다. 끔벅거리던 형광등에 불이 들어오면 벽에 걸린 거울이 가장 먼저 빛을 발했다. 그리고 시든 정물처럼 빛을 잃은 내 얼굴이 거울을 스쳐지나갔다. 그 다음에는 그 다음에는, 아무것도 없었다.

벽에 걸린 거울에는 '축 개업'이라는 문구가 있었다. 젊은 시절의 부모님이 가게를 차렸을 때 고모가 개업 선물로 가져와 가게에 걸었던 거울이었다. 가게는 처음에는 손님도 많고 매출도 좋았다고 한다. 하지만 경험 부족과 관리 실패로 점차 쇠락의 길로 들어섰으며 급기야 은행 빚만 잔뜩 지고 문을 닫게 되었는데, 그때 부모님께 마지막으로 남은 것은 '축 개업' 문구가 새겨진 거울과 시든 국화가 심어진 화분들이 전부였다. 그 뒤로 부모님은 가족이 모여 살 수 있을 만한 크기의 집을 찾지 못했다. 우리 가족은 각자 자신의 몸에 맞는 방을 찾아 흩어졌다. 그때 집을 나오면서 내가 챙긴 유일한 물건이 '축 개업' 거울이었다.

아침이면 세수를 하고 화장을 하고 돈을 벌기 위해 지상으로 뻗은 계단을 올라갔다. 당시 여러 아르바이트를 전전했는데 그 중 하나가 옷가게 점원이었다. 손님들의 옷을 찾아주고 입었던 옷을 정리하다보면 하루가 훌쩍 지나갔다. 그곳에서 옷을 판매하는 시간 외에 가장 많이 했던 일은 거울을 보는 것이었다. 옷가게였으니 사방에 거울이 있었다.

손님이 뜸한 시간이면 나는 거울 앞에 서서 이런저런 표정을 지어보았다. '축 개업' 거울과 다르게 옷가게 거울에서 나는 시든 정물처럼 보이지 않았다. 눈을 크게 뜨거나 볼을 부풀리거나 입을 크게 벌리거나 잔뜩 인상을 써보았다. 그러다 손님이 들어오면 환한 미소를 지어보이며 어서 오세요, 라고 말했다.

'축 개업' 거울은 옷가게에 있는 거울과는 달랐다. 옷가게 거울은 사람을 밝고 환하게 비추었다. 그 앞에 서면 나도 무척 괜찮은 사람처럼 보였다. 하지만 '축 개업' 거울은 사람을 어둡고 초라한 모습으로 비추었다. 가족이 함께 살았던 때는 여느 거울처럼 비추었던 것 같은데, 어느새 거울은 변해 있었다. 그래서였을까. '축 개업' 거울 앞에만 서면 나는 화장을 더 진하게 했다. 그렇게 하지 않으면 불안해서 견딜 수 없었다. 한낮에도 어둡던 그 방에서 거울에 비친 나를 보고 소스라치게 놀라기도 했다. '나'라는 것을 알면서도 놀랐다. 그럴 때면 급하게 형광등을 켰다. 그리고 몇 번이고 덧칠해서 화장을 했다. 바깥에서 보면 무척 진한 화장이었을 텐데 거울 속 나는 아무리 화장을 해도 창백해 보였다.

장마가 오래 지속되자 하룻밤 사이에도 곰팡이가 무성한 속도로 자라났다. 손가락으로 문지르기만 해도 벽지가 힘없이 방바닥으로 떨어졌다. 벽 가까이 놓아둔 책은 젖어서 페이지가 붙은 채 두꺼워졌다. 낮은 창을 통해 분주히 걸어가는 사람들의 발을 올려다보면서 나는 곰팡이를 지우고 또 지웠다. 장마는 그칠 생각을 하지 않았다. 비는 점점 거세게 쏟아지다가 급기야 계단을 타고 내려오기 시작했다. 지하에 살던 사람들은 모두 망연한 얼굴로 계단을 올려다보았다. 다들 무언가로 막아보려고 했지만 거세게 밀려오는 빗물을 막기에는 역부족이었다.

비가 휩쓸고 지난 자리마다 곰팡이가 피어났다. 방은 더 이상 살기 힘든 곳이 되었다. 방을 떠나기 전, 나는 '축 개업' 거울 앞에 섰다. 곰팡이로 뒤덮여 이미 거울로서의 기능을 상실한 거울. 그럼에도 가족과 연결된 유일한 물건이라는 생각에 나는 거울을 떼어가려고 했다. 하지만 거울에 손을 대자마자 나는 곧장 손을 떼어냈다. 원래 자리에서 옮기지 않고 그대로 걸어둔 거울은 뒷면부터 빽빽하게 곰팡이가 피어 있었다. 숨을 쉬면 폐에 달라붙을 것 같은 느낌. 나는 단단하게 굳은 얼굴로 거울과 일별한 뒤 서둘러 계단을 올랐다. 어느새 장마는 끝나 있었다. 당연하게도 하늘은 맑게 개었고 태양은 형광등보다 훨씬 눈부셨다. 공터마다 걸린 빨랫줄에는 젖은 이불이 무겁게 널려 있었다. 새로운 방으로 들어가기 전, 나는 탁상거울을 하나 샀다. 원래 모습 그대로 비추는 거울 앞에서 나는 더 이상 창백하지 않았다.

'축 개업' 거울, 아직도 어딘가에 걸려 있을까. 혹시라도 누군가 그 앞에 서게 된다면 무언가를 가리려 애쓰지 말고 그저 밝게 웃을 수 있었으면 좋겠다. 그 누구라도 자신을 똑바로 응시할 수 있었으면 좋겠다. 장마는 이미 오래 전에 끝났고 당신은 참 괜찮은 사람이니. 『에세이문학』

The 수필

●… 빛바랜 희망은 어떤 모습일까? 대낮에도 불을 켜야 하는 지하 단칸방, 눅눅하고 곰팡이 핀 벽에 걸어놓은 '축 개업' 거울 같은 것은 아닐까. 화자가 가지고 있던 '축 개업' 거울은 오래 전 부모님의 가게 개업 축하 선물이었다. 가게는 곧 문을 닫았고 그로 인해 가족이 뿔뿔이 흩어지면서 화자는 그 거울을 챙겨온다. 과거가 되어버린 희망에 매달려 사는 삶은 누추하고 왜곡되고 불안정하게 마련이다. 절망처럼 피어나는 곰팡이를 거울로 감추어보려 애쓰던 화자의 삶이 그랬다. 장마로 빗물이 넘쳐 그 지하방을 떠나게 되면서 비로소 놓아버린 '축 개업' 거울. 화자의 앞으로의 삶이 눈부실 수밖에 없는 이유다. 곰팡이 핀 지하방과 심리 묘사가 절묘하다. /이혜연

손등에 그려진 이력서

함순자

잠이 들었는지 잡고 있던 내 손을 놓는다. 밤을 새우는 동안 아픔은 고통으로 이어지고 시간은 멈추듯 더디 가는 긴 밤이었다. 잠들게 한 것은 약발인지 고른 숨소리가 편안하게 들린다.

수술 후에는 스물네 시간 동안 물 한 모금도 금기禁忌다. 앞으로 여섯 시간은 더 견디어야 물을 먹는다. 물에 적신 거즈가 입술에 닿으면 열기로 금세 마르고 오한과 신열이 반복되는 중에도 내 손을 붙들고 긴 밤을 같이 새웠다. 입안이 소태처럼 쓰기는 나도 마찬가지건만 내가 할 수 있는 것은 손잡아주는 것뿐이다.

손등을 쓰다듬어본다. 나이는 손이 먼저 먹는다더니 여울의 조약돌처럼 매끈하던 손이 어느새 이렇게 겉늙고 쇠잔해졌을까. 실핏 밑으로 푸른 정맥이 도드라져 강줄기처럼 흐른다. 푸른 강은 팔목에서 시작되어 서너 가닥이 손가락 갈림길까지 내려와 머문다. 어슴푸레한 핏줄은 실개천처럼 흐르다가 큰 줄기와 합류하기도 하고 이리저리 방향 없이 흩어진다. 이랑을 지은 주름이 비탈진 골짜기의 다랑논처럼 구불구불

손가락 마디를 넘지 못하고 주춤거린다. 헤일 수 없는 많은 일들을 처리했던 손이 눈서리 맞은 겨울나무처럼 처연하다.

손이라고 다 같을 수는 없다. 사람마다 하는 일이 다르다. 남편은 글 쓰는 일이 노동이었다. 더구나 독특한 필체는 그를 대변해주는 얼굴이었다. 퇴임하는 날까지 가장 힘들었을 손을 만져보니 회한悔恨이 밀려온다.

처음으로 발령받은 지방 근무지에서 그의 글씨체는 인정을 받게 되었고 그것이 계기가 되어 중앙부처로 발탁되어 영전하는 기쁨도 있었다. 손은 그가 가진 밑천이고 필체는 자본이었던 셈이다. 손등을 들여다보고 있자니 그가 이루어낸 것과 잃은 것, 추구하던 꿈까지도 새겨놓은 듯이 이력서처럼 역력히 떠오른다.

바람처럼 지나가는 세월 앞에 강물처럼 조용히 살아오느라 힘겨워서 척추가 어긋났을까. 열정이 넘치던 청춘의 강도 너무 깊어 고달프게 건너야 했고 남들은 지름길로 수월하게 가는 길을 그는 순방향을 돌고 돌아 중년의 협곡을 넘기도 했다. 때로는 보이지 않는 힘에 밀려 낙심하면서 받아들일 수 없는 결과에 주저앉기도 했다. 숨이 차게 뛰었는데 놓쳐버린 버스처럼 희망이 비켜갈 때가 얼마나 많았던가. 그럴 때마다 이 손 위에 내 손을 포개고 때로는 마주 손잡고 기도했던 시간들이 손등 마다마디에 숨어 있는 듯하다. 남편 책상 위에 놓인 필갑에는 만년필이 몇 개 들어 있다. 그 중에도 가장 오래되고 낡은 만년필을 부드러운 천으로 정갈하게 닦아서 써보다가 제자리에 놓는 모습을 종종 보았다. 그보다도 가볍고 맵시 있는 만년필이 여럿 있는데도 유난히 그 만년필에 애착을 갖는다. 버려도 아쉬울 것 없고 누가 집어가지도 않을 것이라는 생각은 내 기준이다. 투박해서 무겁고 색도 바랜 만년필에 애정을 갖는 속내를 아는 이는 나뿐이다. 낮밤을 가리지 않고 일하던 젊은 때를 기억하며 또 향수에 젖나보다 생각하면 마음이 아리다.

너나없이 어렵던 시절, 퇴근하여 집에 들어서면서 상기된 얼굴로 황금색 만년필을 보여주었다. 금장으로 된 파카 만년필이었다. 케이스도 없고 종이에 돌돌 말은 것을 안쪽 호주머니에서 내어보이는 것으로 보아 새 것 같아 보이지는 않았다. 사무실에 드나드는 중고품 상인한테 헐값에 샀지만 쓰는 데는 길들여진 것이 편하고 좋다고 했다. 빛나게 새 것을 산 것도 아닌데 얼마나 갖고 싶었으면 헌 것을 샀어도 얼굴 가득히 함박웃음일까 싶었다.

아무리 편하고 좋은 집에 살아도 단칸 셋집에 살다가 처음으로 작은 내 집을 마련했을 때의 감격을 잊지 못하듯이 갖고 싶었던 금장 만년필에 대한 정은 지금도 첫사랑처럼 아련한 것 같다. 사십여 년이 지나다 보니 금색은 은색으로 바랬다. 얄팍하고 버겁지 않아서 손안에 안기는 참한 만년필에 비하면 몸통이 굵어 잡기도 불편하지만 글씨도 곱지 않아 보인다. 그런데도 곁에 두고 시간만 나면 만지작거리다가 긁적거린다. '이 만년필로 참 많이 썼지.' 혼자 말처럼 흘린다. 오랜 세월 자신과 같이 동행한 낡은 만년필이 산 증인 같을 것이고 가까운 벗처럼 여겨지는 것이다. 항상 눈앞에 두고 자주 만지면서 옛날을 생각하는 모습을 볼 때마다 저 마음을 누가 알까 싶다.

남편을 볼 때마다 곧은 성격과 직업이 참 조화를 이루었다는 생각을 한다. 천직이란 말이 어울리는 사람이다. 살아가기 위해서 일하는 것이 아니라 의무와 책임이라는 인식이 가득한 사람이다. 실수하지 않으려는 자제력은 구김살 없는 생활의 기본이 된 듯하다. 무엇보다 고마웠던 것은 어떤 시대 앞에서도 흔들림 없이 사명감을 방패삼아 본분에서 이탈하지 않고 오직 한길로만 달려온 그의 강직함이다.

수술을 하기까지 척추가 불편한데도 참고 잘 견디어 왔다. 허리가 약해진 원인도 앉아서만 일한 후유증이라는 진단을 받은 지 오래되었다. 앉은 자세가 늘 한 쪽으로 기울어져서 평형이 유지되지 못한 것이 발병의 시초였던 것이다.

푸른 빛을 잃지 않고 겨울을 나는 나무처럼 아픔도 걷어내고 일어나 힘차게 내리막길도 오르막길도 손잡고 걸을 수 있으면 얼마나 좋을까. 동이 트는지 동창이 희부옇다. 그 사이 간호사가 주사를 놓고 갈 때 잠시 눈을 뜨더니 내 손을 꼭 잡고 두벌잠이 들었다. 그의 마음처럼 손이 따뜻하다.

『에세이21』

The 수필

●… 사랑과 신뢰가 부부의 바탕이라면 그 속에 연민이란 감정이 한 켜 더 깔려 있다. 나이 먹은 부부에게는 더욱 그렇다. 곧은 성격으로 퇴임하는 날까지 자신의 일에 성실했던 남편의 입원, 그 곁을 지키며 들여다본 남편의 주름진 손등, 거기에 그려진 의무와 책임이라는 고단했던 이력, 아내는 감사와 따뜻함으로 '헤일 수 없이 많은 일을 처리했던' 남편의 마른 손을 쓰다듬어 본다. '푸른빛을 잃지 않고 겨울을 나는 나무처럼 아픔도 걷어내고 일어나 힘차게 내리막길도 오르막길도 손잡고 걸을 수 있으면 얼마나 좋을까'라는 필자의 소망이 소박하지만 간절하다. /조헌

어느 삼거리에서

이한얼

문득 그럴 때가 있다. 무심코 스쳐본 장면이 화인처럼 뇌리에 박히는 순간이. 또는 길을 걷다 듣게 된 의미 없는 어떤 음이 그 후로도 귓가에 오래 남아 있는 것처럼. 살다보면 그런 경험이 있다. 당시는 왜인지 모른 채 넘어가게 되지만, 없던 듯 잊고 살다보면 훗날 불현듯 이유를 깨닫고는 한다. 그런 현상은 보통 가족이나 연인, 친구처럼 나와 가까운 사람과 관련된 경우가 많다. 다른 테이블에서 혼자 밥을 먹는 누군가의 등이 유난히 신경 쓰일 때. 말할 때 습관적으로 입술을 삐죽이는 모습에 왠지 친근함이 들 때. 나중에 되새겨보면 집에서 자주 보던 어머니의 뒷모습이었거나, 예전 사귀던 사람의 버릇이었음을 기억해낸다.

짐차 쌀쌀해지는 어느 날이었다. 해가 낮아질수록 여름이 물러나고 가을이 성큼 다가오는 오후에 나는 카페에서 글을 쓰는 중이었다. 내가 자주 찾는 카페는 2층이었다. 외벽이 온통 통유리여서 밖을 볼 수 있는 창가 자리를 특히 좋아했다. 창밖 노란 잎들과 아래 길가뿐만 아니라 저 멀리 삼거리와 버스정류장까지 시야에 들어와 눈이 시원한 장소였다. 그곳에 자리잡고 세 시간쯤이 지났을까. 잎 사이로 부서지는 햇살이 눈에 띄게 붉어지기 시작했다. 저녁이 오는 신호였다. 그때 문득 집중이 풀어지며 바쁘던 손이 멎었다. 그건 자연스럽지 않은 끊김이었다. 왠지 그래야 할 것처럼 고개를 돌려보니 저 멀리 삼거리에 누군가가 있었다. 황색 코트와 검은색 머플러, 왼손에 노트북 가방을 든 아버지였다. 아침에 배웅했던 모습 그대로 누군가를 기다리시는 듯했다. 이곳에 다니고 십 년이 넘도록 이런 식의 마주침은 처음이었다. 놀라움과 반가움에 자리에서 벌떡 일어섰다. 소리치며 손을 흔들면 충분히 닿을 거리였다. 하지만 부르려던 입은 어째선지 도로 닫혔다. 치켜들었던 손도 천천히 내려왔다. 그리고 물끄러미, 단단하게 각진 그분의 옆모습을 한동안 바라보던 나는 어느새 울고 있었다. 입술에 닿기 전까지 흐르는지도 모르게 조용한 눈물이 흘러내렸다. 사람들이 오가는 거리에 우두커니 서 계신 아버지의 모습은 사진처럼 눈이 아닌 가슴에 박혔다.

(왜 이 장면이 눈이 박혔는지는 훗날 이 글을 쓰다가 알게 된다. 지금은 돌아가신 할아버지께서는 우리가 주차를 하고 걸어 내려오는 모습을, 그리고 차를 타고 떠나는 모습을 늘 집 앞 너른 마당 삼거리에 지켜보고 계셨다.)

서른과 예순을 막 넘긴 아버지와 아들. 이제 서로에게 남은 시간보다 지나간 시간이 더 많을 것이다. 그럼에도 했던 것보다 아직 하지 못한 것들이 훨씬 많이 남았다. 함께 먹을 수 있는 음식보다 없는 음식이 많아졌고, 같이 갈 수 있는 곳보다 갈 수 없는 장소가 점점 늘어났다. 언젠가는 더 이상 낙지볶음에 소주 한 잔을 할 수 없게 될 것이고, 다음날 일찍 일어나 함께 산을 올랐다가 뜨거운 증기에 사우나를 할 수 없게 될 것이다. 휴가 중 일출봉 앞에서 무릎을 매만지며 고민하는 모습을 자주 보게 되고, 족구장에서 1세트가 끝나자마자 가슴을 두드리며 벤치에 앉는 모습을 점점 많이 봐야 할 것이다. 하려면 할 수 있는 시간이 지나면 언젠가는 반드시 하고 싶어도 할 수 없는 시간이 온다. 그때가 되면 나는 그간 하지 못했음이 아니라 하지 않았음에 서러워 눈물짓게 될 것이다. 지금 나는 그걸 알고 있다. 하지만 알면서도 지금껏 하지 않았던 일이 갑자기 하는 일로 쉽게 바뀌지 않는다는 것 역시 알고 있다.

저분은 어떠셨을까. 자식이 태어나면, 아들이 자라면 함께 무엇을 하고 싶으셨을까. 내가 처음 어머니의 뱃속에 자리잡았다는 이야기를 들으셨을 때, 무사히 태어났다는 의사의 목소리를 들으셨을 때, 잠든 어머니와 나를 두고 대문 밖에서 하늘을 보며 담배를 태우셨을 때, 무슨 생각과 결심을 하셨을까. 그 아이였던 내게 바라는 점이 있으셨을 것이다. 분명 언젠가 함께 이루고자 하는 바도 있으셨을 터. 과연 얼마만큼 이루셨을까. 그분께서 들어 올린 손바닥을 보며 나는 몇 번이나 마주 손바닥을 내밀었나. 나 역시 자라기 바빴고 앞가림에 쫓겼다지만 효도할 궁리는 하면서 어찌 사랑받을 준비는 안 했나. 드려야 하는 것을 해드리는 일이 자의적 효라면, 반대로 자식을 원활히 사랑할 수 있게 돕는 일은 타의적 효가 될 텐데. 나는 결국 효도도 사랑받음도 반푼이인 채로 서른이 넘어버렸다. 스스로 큰 효는 못했어도 불효도 없는 자식이었다고 여겼다. 하지만 내 역할은 자식으로서의 효, 과연 그것뿐이었을까. 나는 저분에게 자식을 떠나 한 사람의 괜찮은 인간이었는지. 같은 지붕을 이고 살 만한 괜찮은 가족이었는지. 또는 인생의 삼 분의 이를 함께할 괜찮은 동반자였는지. 물론 당신께서 원하신 바가 그런 것이었는지는 모르겠다. 어쩌면 과한 생각일 수도 있다. 하지만 자식은 늘 누군가의 불효자일 수밖에 없어서, 이런 하릴없는 상념들이 계속 입안을 짜게 적셨다.

그렇게 몇 분 정도 지났을까. 말없이 바라만 보던 나는 끝내 휴대전화를 들었다. 비어 있는 까만 네모 안을 무슨 말로 채울까 잠시 고민하다가 '아버지. 저녁 맛있게 드세요. 파이팅입니다!'라고 밖에 쓰지 못했다. 하고 싶은 말은 많았지만 더는 적지 못하고 전송을 눌렀다. 그럼에도 불구하고 아버지는 손에 든 휴대전화를 한참이나 내려다보셨고, 나 역시 그런 모습을 오랫동안 훔쳐보았다.

잠시 후, 꺾어진 코너에서 차가 튀어나왔다. 잠시 비상등을 켜고 아버지를 태운 차는 이내 차선 흐름에 따라 시야 밖으로 빠르게 사라졌다. 그 짧은 10초의 장면이 내게는 마치 향후 30년을 압축시켜 놓은 동영상 같았다. 늘 가까워지고 싶었으나 일정 이상 다가가지 못했던 한 사람을, 나와 참 많이 닮았지만 그래서 숱한 평행선을 그렸던 당신을 그저 바라보는 것으로 작별인사를 하며 보내야 하는 마음으로.

모두 그리 왔다가, 그리 살다가, 그리 가겠지. 지금 내 뒷모습이 할아버지를 바라보던 당신의 뒷모습과 닮아 있듯이, 나 역시도 언젠가 그렇게.

어느 저녁 날 삼거리의 풍경이었다.

〈대구매일신문〉 2018년 신춘문예 당선작

The 수필

●… 인생은 세 부분으로 나뉜다. 어른으로 성장하는 시기, 자식을 낳아 어른으로 기르는 시기, 손주를 성인으로 기르는 시기가 그것이다. 손주가 어른이 될 즈음 사람은 이승과 작별한다. 어른이 된 자식은 부모 모시기보다 자기 자식 돌보기에 몰두한다. 그것이 인간이라는 종이 번식하는 모습이다. 그러다 어느 날 문득 아버지를 보았을 때, 우리는 깨닫는다. 영원히 건장할 것만 같았던 아버지의 모습이 작년과 다르다는 것을. 어깨에서 무거운 짐은 내려졌는데도 습관이 되어 내려앉은 어깨를. 아들에게 아버지는 우주이며 아버지는 아들의 거울이다. 이 글은 그런 아들의 시선을 통해 그려진 작품으로 긴 여운을 남긴다. /한복용

자기 서술법

박영란

걸음을 멈췄다. 눈길을 잡은 것은 가게 유리창에 붙여진 메모였다. '3월 8일부터 3월 16일까지 신혼여행 갑니다. 3월 17일부터 정상 영업합니다. 죄송합니다.' 가게를 닫게 된 주인장의 이런 사정을 보자, 싱긋 웃음이 나왔다. 그리고 사진을 찍었다. 그래도 가던 길을 쉬 가지 못하고, 다시 글을 읽고 유리창에 얼굴을 바짝 붙여 집의 내부를 살펴보았다. 뭐 하는 가게지? 실내는 깜깜해서 요량할 수 없었다. 몇 발자국 물러나 간판을 살폈다. 간판이랄 것은 없었고 '파스타' '피자'라고 쓴 영문의 글자들이 유리창 위쪽에 포스팅되어 있었다. 출입문도 유리를 끼운 나무틀의 미닫이문이었다. 이탈리안 음식을 파는 간이분식집 같은 인상이었다.

A4 용지에 인쇄를 한 것도 아니고 손글씨를 써서 친절하게 자신의 근황을 알리고 있는 집 주인의 심정이 글자 한 자 한 자에 담겨 있었다. 나 결혼했다고 동네방네 그리고 단골손님들에게 애고피고 자랑하고픈 것이 전해졌다. 감천문화마을이라는 이곳을 처음 찾은 나 같은 이방인

에게도 그 기쁨이 와닿았다. 남잘까? 여잘까? 이런 생각을 하며 글귀의 여운은 계속 따라다녔다. 남자 쪽이 더 가까웠다. 결혼했다는 저 기쁨이 저렇게 밖으로 터져나와 메아리로 들리는 것은 마치 전쟁터에서 승리를 한 남성의 함성처럼 들린다. 오랜 기다림과 어려움 끝에 결혼으로 골인한 남자의 성취감이 필체에서 느껴진다. 어디로 밀월을 떠났을까? 9일의 일정이 끝나면 돌아와 더 열심히 살겠다는 즐거운 결의도 묻어 있다. 이웃들도 지나가는 나그네들도 '신혼여행'이라는 이 갑작스런 문구를 만나면서, 문득 환기되는 것들이 바람처럼 스쳐 가리라.

주인장이 남자든 여자든 무슨 상관이랴. 이 사람의 이런 대화법은 어딘가에 온기가 있는 사람이다. 아마 이런 사람의 자기 서술법은 언제나 좀 더 구체적이며 좀 더 친절한 정이 묻어 있으리라. 기쁨이나 슬픔이 있을 때 자신의 감정을 건너뛰지 않고 말할 수 있는 사람이다. 스스로의 감정을 잘 읽어내는 솔직한 유형. 뭘 물어보면 '글쎄'라는 말 속에 자신의 심중을 어물쩍 넘기려는 그런 부류는 아니다. '글쎄'라고 대답하는 말 앞에 서면 더는 캘 수도 더는 물을 수도 없다. 그는 그런 언어의 장벽을 치지 않는 사람일 것 같다.

그래서 호감이 간다. 길을 걸으면서 이 사람과 계속 교감을 하고 있는 나는, 그런 화법을 좋아하는 걸까. 아니, 그런 화법 읽길 좋아한다. 기령 초보운전자들이 자동차의 뒤 유리창에 붙이고 다니는 스티커들을 보는 재미 같은 것이다. '떡두꺼비 같은 자식이 타고 있어요' '초보인데 아이도 타고 있어요' '초보라서 못 간다고 전해라' 이런 자신의 뒷모습을 달고 다니는 내용을 볼 때면, 난 이들의 사적인 감정을 읽어간다. 'Baby in Car'라는 거두절미된 메시지보다는 훨씬 풍부한 이야기가 들어 있다.

운전자의 성별은 물론이거니와 상대방의 배려를 바라는 애교 같은 으름장의 수위까지 느껴진다. 성격과 이미지가 전해지면서, 때로는 '그래, 그래서 어째라는 말인데'라고 딴지를 걸고 싶은 마음이 울컥 솟지만. 모르긴 해도 차 꽁무니에 붙이고 다니는 그 서술의 힘은 분명 염력이 있을 터였다.

부산의 관광명소가 되어버린 '감천문화마을'. 이곳은 아파트와는 전혀 다른 방식으로 마을을 이야기하고 있다. 개인적으로 '문화'라는 말에 살짝 저항이 일어나지만. 아니나 다를까 '문화'를 만들어내려고 노력한 흔적이 여기저기 보인다. 벽에 그려진 화려한 색채와 지나친 그림들. 그리고 동네와 겉도는 카페와 관광상품들. 이것이 6·25전쟁 피난민들이 정착하여 살아온 삶의 내력을 대변할 수 있을까. 분단장을 이상하게 해버린 듯한 의도된 과잉이 좀은 아쉽다.

하지만 골목으로 이어지는 좁은 길들은 우리의 기억을 자극하는 뭔가가 남아 있다. 이끼 낀 담벽 위로 낡은 문패가 걸려 있고, 지붕이 맞닿아 있는 처마 아래에 연탄재가 쌓여 있다. 빨간 수침이 돌아가는 계량기와 창살에 걸려 있는 하얀 운동화, 장독대에서 펄럭이는 빨래, 전봇대에 뒤엉켜 있는 전선들… 왠지 이 정물들은 가슴 뻐근한 그리움과 삶의 서사를 읽게 한다. 과거와 현재가 공존하면서 새로운 신화가 진행되는 이곳. 무엇보다 이 동네에서 처음 맞닥뜨린 '나 신혼여행 간다'고 외치는 저 온기가 오래도록 전해지는 마을이었으면 싶다. 『에세이문학』

The 수필

●… 무심히 남겨놓은 메모 한 줄. 그 속에 내가 담겨 있다면? 부산 '감천문화마을'에 있는 작은 음식점 유리창에 붙여진 손글씨 메모, 신혼여행을 가게 되어서 며칠 문을 닫는다는 글귀를 보며 화자는 싱긋 웃는다. 온기가 있는 대화법에 호감을 느낀 것이다. 이어 화자는 가게 주인의 성별을 궁금해하고 그의 신혼여행에 대해 즐거운 상상을 해보면서 그 메모를 쓸 때의 그의 심정과 됨됨이를 유추해본다. 차 뒤 유리창에 붙인 짤막한 문구조차 자기를 서술하는 것이라는 화자의 시각이 새롭다. 6·25 피난민들이 정착하여 이룬 동네라는 내력과는 어울리지 않게 관광 상품화되어버린 '감천문화마을'의 잘못된 서술법에 대한 지적도 따끔하다. /이혜연

동박새

박금아

"찍, 찌찌…."

쉴 새 없이 넘나드는 작은 새의 날갯짓에서 숲이 깨어난다. 1월의 여수 앞바다는 온통 붉은 꽃빛이다. 동백꽃 그늘에 앉으니 고향 바다가 밀려온다. 기억들이 한 장 한 장 파도로 왔다가 하얀 거품으로 사라진다. 포말 속에 작은 옷 보퉁이를 안고 대문간으로 들어오던 까망 눈망울의 소녀가 서 있다.

순옥이가 우리 집에 온 것은 열 살 때였다. 그해 겨울 고깃배를 타고 바다에 나갔던 그 애의 부모가 큰 태풍에 실종사고를 당한 직후였다. 고아가 된 다섯 자매는 친척집으로 뿔뿔이 흩어져 갔지만 순옥이를 오라는 곳은 없었다. 한쪽 다리를 저는 장애 탓이었다. 소문을 들은 나의 어머니는 한달음에 달려가서 우리 집으로 데려왔다. 한때 아이의 아버지가 우리 배의 선장이었던 인연 때문이었다. 서열로 치면 우리 집에서는 셋째 딸이었다. 둘째, 넷째와는 한 살 차이였으니 어우렁더우렁하며 잘 지낼 수 있을 것 같았다.

그 아이에게서는 부모를 잃은 티라고는 찾아볼 수 없었다. 날쌘 몸짓은 4대가 이루는 층층의 가지를 넘나들며 식구들 가슴을 쏘옥 파고들었다. 동박새를 빼닮은 까맣고 또랑또랑한 눈은 어둠 속에서도 먼 데까지 꽃가루를 물어다 날랐다. 모두 순옥이만 찾았다. 동기간에는 새로운 놀이를 만들어서 인기를 끌었고, 어른들에게는 싹싹한 아이였다. 기억력도 좋아서 전화를 걸 때마다 "몇 번이고?" 하면 다부진 입술 사이로 숫자가 줄줄 새어나왔다.

어장을 하는 우리 집에는 바람이 잦았다. 바람은 간신히 열매 맺어놓은 것들을 진득하니 붙들어놓지 못했다. 그 애가 우리 집에 오던 때도 아버지의 사업이 태풍을 만났던 시기였다. 어린 나이에도 고생을 많이 해본 듯, 어지간한 바람에도 흔들리지 않았다. 발가락으로 동백 가지를 휘감아 싼 채 꼿꼿이 앉아서 동백을 지키는 동박새처럼 큰 바람이 불어도 떨어져 나갈 것 같지 않았다. 순옥은 추운 겨울날 우리 집에 날아든 동박새였다.

그런 순옥이, 어찌 그만한 바람에 날아갈 줄 상상이나 했을까. 사춘기의 바람은 회오리를 불러왔다. 바람은 더 큰 바람을 몰고 오는 모양이어서 장애는 바람을 부채질했다. 다리를 수술하기 위해 전국 병원을 찾아다닌 어머니의 정성도 허사였다. 또래들의 놀림을 견디지 못하고 중학교 진학을 포기했다. 게다가 우리 자매들이 상급학교로 가면서 점점 더 외톨이가 되어갔다.

갑자기, 동백 숲이 요란하다. 새들의 울음이 격하게 섞이더니 동박새가 다급한 날갯짓을 하며 후다닥 뛰쳐나온다. 몸집이 큰 새 한 마리가 요란한 소리로 뒤를 쫓고 있다. 직박구리다. 녀석은 동박새를 매정하게 몰아붙이는 중이다. 쫓기던 새는 앉기를 포기하고 먼 데로 날아가 다른 나뭇가지에 앉았다. 저만치에서 떠나온 곳을 바라보는 새의 눈빛이 순옥이 눈처럼 슬퍼 보인다. 그렇게 한참을 바라만 보고 있더니 체념한 듯 패잔병처럼 축 처진 날갯짓을 하고는 어디론가로 가버렸다.

덧난 상처가 치유되기 어려운 것은 첫 상처가 주는 두려움의 깊이 때문인지도 모른다. 가족을 잃고 혼자 남의 집으로 왔던 일을 철들면서부터는 감당하기 힘든 상처였다. 툭하면 지난 상처에서 덧이 났다. 딱지가 앉을 시간이 없었다. 툭툭 털어버릴 다툼들도 진짜 싸움이 되었고, 친자매들을 찾아가고 말았다. 하지만 더부살이가 녹록했을까, 달포 후에 되돌아오고 또다시 집을 나가는 일을 반복했다. 우리는 덩치 큰 직박구리였을지도 모를 일이다. 가지 끝으로 내몰린 순옥은 날아갈 곳을 찾았다.

고단한 날개를 접기 위해 택한 것은 결혼이었다. 열 살이나 많았던 남편은 고깃배를 타는 사람이었다. 남편이 바다에 나가 여러 날씩 집을 비우는 사이에 순옥은 어판장 일을 하며 살림을 도왔다. 손이 야무진 순옥이 금세 소문이 났다. 남편에게는 의처증이 있었다. 칭찬이 자자해질수록 폭력에 시달렸다.

친정 길은 멀어졌다. 명절에도 순옥이 대신 모진 소문이 다녀갔다. 반대를 무릅쓴 결혼인데도 잘 살지 못하는 것이 미안했던 모양이었다. 남편을 피해 객지를 돈다는 말이 들려왔다. 겨울에는 제주도에서 밀감 따기를 하고, 여름에는 도시에서 아파트 공사장을 따라다닌다는 말이 들려왔지만 찾을 수 없었다. 동박새는 어디로 날아가버렸던 걸까? 남이 낳은 자식 키워줘 봤자 헛일이라는 말까지 날아들어 순옥 없는 집안은 바람 속이었다.

살아 있는 모두는 서로를 향한 절실함 속에서 존재하는 것 같다. 동백꽃과 동박새처럼 상대가 없는 겨울은 고통의 시간이다. 곤충이나 꽃이 없으니 동백은 가루받이를 할 수 없고, 동박새는 먹을 것 없이 긴 겨울을 보내야 하기 때문이다. 세한지우에 비유할까. 동백은 찬바람 부는 날 향기도 없이 피어나는 자신을 찾아오는 동박새를 버선발로 뛰어나가 맞는다. 어찌 동박새와 동백꽃뿐일까. 사람도 저 혼자만으로는 꽃을 피울 수 없다. 부모가, 동기간이 손잡아주고 바라보아주어야 한다. 동박새 없는 동백나무 숲처럼 순옥이가 없는 우리 집의 겨울은 황량했다.

밤이 새기를 기다린 듯, 아침 일찍 전화벨이 울렸다. 동박새 울음처럼 반가운 소리였다. 순옥이었다. 한참을 망설인 목소리에서 얼음이 박혔을 언 손이 만져졌다. 막 고향 버스터미널에 내렸다고 했다. 밤새 불어온 바람에 베란다 동백꽃이 붉은 꽃봉오리를 틔운 날이었다.

동백은 혹한을 넘기고서야 더 붉어진다던가. 지금쯤이면 고향집 마당엔 동박새 소리 낭랑하겠다. 어머니는 대문을 활짝 열어두셨을 테지. 순옥이가 처음 우리 집으로 오던 그날처럼.

『좋은수필』

The수필

●··· 서두의 글맛이 살아 있다. 작은 새의 날개짓, 붉은 동백꽃, 하얀 거품으로 사라지는 고향의 파도, 포말 속에 작은 옷 보퉁이를 안고 들어선 까망 눈망울의 소녀. 앞으로 '전개될 서사'를 암시한다. 재치 있게 빛깔로 형상한 묘사도 아름답다. 추운 날 동박새처럼 날아온 순옥이. 장애로 진학을 포기하고 집 나가는 일을 반복했다. 작은 새가 날개를 접기 위해 택한 결혼은 파국으로 끝나고 어느 날 동박새 울음처럼 반가운 전화벨 소리. 여수의 고향집 동백꽃과 동박새. 어린 소녀에게 직박구리였을지도 모른다는 화자는 결미에서 이렇게 해피엔딩을 선사한다. "어머니는 대문을 활짝 열어두셨을 테지. 순옥이가 처음 우리 집으로 오던 그날처럼." 이런 글을 읽으면 마음이 따뜻해진다. /맹난자

광수 생각

최화경

요즘 나는 광수 생각에 잠겨 있다. 박광수 작가의 만화 제목 '광수생각'이 아니라, 고 마광수 교수에 대해서 말이다. 2017년 9월 5일에 마광수는 스스로 돌아올 수 없는 강을 건너가버렸다.

수 년 전 나도 작가로 등단하면서부터 동명의 작가와 구별하기 위해 사라史羅라는 호를 써 왔다. 하필 같은 발음의 그 사라가 성적으로 자유분방한 사라라니 동명인으로서 기분이 썩 유쾌하지는 않다.

『즐거운 사라』의 사라도 사실 즐겁지 않았다. 탄생 직후부터 마광수를 계속 추락시켰으니까. 당시 '사라의 즐거움이 무엇일까?' 궁금했던 독자들이 많았는지 출금되기 전에 완판이 되었다고 한다. 사이코패스가 판치고 십대가 잔혹한 살해를 해대는 너 이상 추락할 곳 없는 이 시대에도 용인하지 못할 파격적인 내용이라니 대체 어떤 책인지 궁금하기는 하다. 은밀히 보는 야동은 되지만 공공연한 문학에서는 안 되는 것을 몰랐나보다. 그래도 일부 어떤 이들은 사라를 탄생시킨 작가 자신보다도 더 그녀에게 열광했을지 모른다. 일본에서는 엄청난 인기를 끌었다니까.

문학은 현실에서 이룰 순 없지만 인간이 욕망하는 모든 것을 담고 있다. 작가들은 그렇게 독자들을 대리만족시켜줌으로써 그들의 가려움과 갈증을 해소시켜주는 역할을 해왔다. 동감하진 못해도 마광수가 그리고자 했던 것을 이해하는 독자들은 꽤 많았던 것 같다. 어떤 책이든 카타르시스를 느꼈던 독자층이 있었다면 그것으로 그 책의 존재 이유는 충분하다고 본다.

종교적 관습으로 유독 여성만을 억압했던 엄혹했던 중세시절에도 남성작가들이 앞다투어 여성의 성해방을 주제로 작품들을 썼다. 『데카메론』이나 『켄터베리 이야기』 등은 오늘날로 말하자면 포르노에 가까웠던 작품들이다. 그 이후의 『차타레 부인의 사랑』은 또 어떠한가. 『로리타』 등도 지금까지 우리의 통념엔 거슬리는 작품들이다.

프로이트가 성으로 인간의 행동을 분석했다면 마광수는 인간의 성적 욕망을 문학으로 표현하려 했던 작가였다. 용광로 같은 성적 욕망의 최고 시기인 젊은 날에 그는 5년 간의 짧은 결혼생활을 청산했다. 아마도 그는 자신이 제일 잘하는 글쓰기로 상상력을 동원하여 자신의 성적 욕망도 승화시켰을 것이다. 표현의 자유를 억압한다면 문학으로도 예술로도 승화할 수 없는 변태 욕구들은 다른 엉뚱한 곳에서 곪아 터질지 모른다. '닭의 목을 비틀어도 새벽은 온다'던 어느 정치인의 구호처럼 터부시하는 어떤 것들도 어느 구석진 곳에서는 은밀히 행해지고 있다. 드러내지 않는다고 존재하지 않는 것은 아닐 테니까.

'19금'으로만 묶어두고 독자들의 질타를 작가가 감당하게만 했어도 되었다. 정부가 앞장서서 판결을 내리고 사회적으로 매장 당하도록 억압한 것은 옹졸했던 우리나라의 부끄러운 행적이다. 외설스런 내용의 소설을 썼다는 이유로 작가를 구속시킨 세계 최초의 사례다. '세계 최초' 를 좋아했던 5공정부가 제대로 한 건 올렸다. 매일 아침 뉴스를 장식하는 일부 남성들의 성추행과 성폭력이 비일비재한 이 시대에 룸살롱을 드나들며 별별 짓을 다하는 세태는 용인되어도, 자유분방한 여자의 성적 취향은 허구의 창작에서조차도 용납될 수 없다는 결론이었다. 당시 판사도 "이 판결이 불과 10년 후에는 비웃음거리가 될지 모르나 나는 판사로서 현재의 법 감정에 따라 판결할 수밖에 없다"고 했다.

첫 수업 때마다 일부에게는 반감을 살 만큼 마광수 교수는 일반적인 교수들과는 다른 독특함이 있긴 했던 것 같다. 그래도 그 초기의 반감을 극복하고 강의를 끝까지 들었던 제자들은 하나같이 그의 실력에 경의를 표했다. 그의 구금조치에 격렬하게 항의한 이들도 그의 제자들이었다.

「사라는 지금도 즐겁지 않다」는 칼럼 글로 마광수 교수를 회고하는 박상도 아나운서는 대학 시절 교양과목으로 마광수 교수의 '세계문학' 강좌를 들었다고 한다. 그가 추억하는 마광수 교수는 노트나 강의자료 없이도 시공을 넘나들며 문학사를 논하던 경시에 오른 분이있다고 했다. 그의 해박한 문학적 지식과 문학에 녹아 있는 인간본성, 특히 성적 욕망에 대한 성찰은 수강생들에게 생각의 틀을 갖게 해주는 수준 있는 강의였다고 한다. 마 교수는 시험 대신 창작소설로 학점평가를 했다고 한다. 마 교수 자신을 흥분시킬 만한 야한 소설이면 A학점을 주었단다.

박 아나운서도 복학생 시절이라 학점을 잘 챙기기 위해 여주인공을 빨간 손톱의 가녀린 손으로 특징지었다고 한다. 이후 마 교수의 작품에 자신의 아이디어가 녹여진 것을 발견했다니 가녀린 손의 빨간 손톱은 그렇게 탄생된 듯하다.

마광수는 1984년 '윤동주 연구'로 박사 학위를 받았다. 26세에 시로 등단한 후 소설에도 입문하면서 홍익대 교수를 거쳐 연세대 교수로 삼십대의 젊은 나이에 승승장구하였다. 왜 그랬는지 그는 1991년 학자와 문인으로서의 시국인식에 대한 사명을 도외시한 채 야한 작품에만 몰두했다. 하필 1991년은 대학생 강경대와 김귀정이 전투경찰과 사복체포조에 맞아 숨지던 해였다. 『나는 야한 여자가 좋다』, 『가자 장미여관으로』를 필두로 1992년 『즐거운 사라』에 이르기까지 그는 야한 성적 시와 소설을 잇달아 펴낸다. 그 때문에 그는 음란물을 펴낸 성 집착증 광인으로 전락되었다. 출판금지는 물론이고 교수직까지 박탈되고 구속에 이르렀다. 아무리 혼란한 시절에도 누군가는 장가 가고 잔치하며 섹스도 즐겼으련만.

당시의 정권은 정치에 대한 관심을 다른 데로 돌리기 위해 이른바 영화, 섹스, 스포츠의 3S를 장려하던 분위기였다. 그런데도 유독 마광수의 야한 출판물에 대해서만큼은 가혹했다. 그는 김대중 정부시절 다시 복직되었지만 이전으로 돌아갈 순 없었다.

소설가 박상률은 「마광수 교수는 말해야 하는 것을 말했을까?」라는 글에서 그가 문학의 이름으로 무엇을 했는지를 물었다. 외설은 앞, 뒤 맥락이 없지만 예술은 앞뒤 맥락상, 정황상 꼭 그 장면이 들어가야 하는 것이기에 다르다고 했다. 마 교수가 정작 말해야 하는 것은 말하지 않고 자신의 성적 취향만을 까발렸다고 평했다. 그래도 만약 마광수 교수가 정치 사회적으로, 그리고 성적으로도 엄혹했던 1970년대에 그런 저작물을 냈다면 '말해야 하는 것을 말하는' 문학적 행위로 보였을는지 모른다고 했다.

그는 자신의 업적이 가장 빛날 수 있는 해에 인생의 무대에서 사라졌다. 윤동주 탄생 100주년의 해에 세상을 등졌기 때문이다. 그가 죽고 나니 이제야 그를 지지해주는 이들이 목소리를 낸다. 아까운 '천재작가 마광수'를 몰라줬다고. 누가 뭐래도 윤동주에 대한 각종 담론을 이끌어낸 것은 분명히 마광수의 업적이다. '윤동주 연구'가 마광수에 의해 비롯되었다는 것에는 아무도 이의를 달지 않는다. 그가 살아 있었다면 윤동주 작품 강해로 가장 바쁜 시간을 보내고 있어야 할 주인공이었다. 대부분이 죽어서도 재평가되지 못하는 부조리한 시대에 야한 작품 때문에 싸잡아 가려졌던 윤동주 연구에 대한 업적만큼은 그의 사후에 그나마 정당하게 평가받는 분위기여서 다행이다. 『한국산문』

The 수필

●… '광수'는 마광수 교수이다. 2017년 9월 25일 스스로 목숨을 끊은 그의 삶과 작품과 학문에 대해 조망하며 자신의 생각을 정리한 수필이다. 개인의 신변잡기식 수필에서 벗어나 사회와 문단으로 시각을 확대한 점과 그것을 문학적, 예술적 입장에서 정리하여 '수필문학'의 지평을 넓힌 점이 돋보인다. "외설스런 내용의 소설을 썼다는 이유로 작가를 구속한 세계 최초의 사례이다"라는 불의에 대한 비판 정신과 함께 "누가 뭐래도 순결한 지사 윤동주에 대한 각종 담론을 이끌어낸 것은 분명히 마광수의 업적이다"라며 그의 공적을 살뜰히 챙기고 있다. 그러면서 "마 교수가 정작 말해야 할 것은 말하지 않고 자신의 성적 취향만 까발렸다"는 세간의 평도 잊지 않아 사유의 균형을 이루고 있다. 야한 소설로 가려졌던 마 교수의 업적이 정당하게 평가받길 바라는 작가의 뜻이 잘 전달되었다. /정진희

발걸음 소리

김창식

다세대주택 1층으로 이사했다. 집 주변은 '쓰레기천국'이었다. 정화조 냄새가 불안정한 음표처럼 떠돌았다. 길고양이 한 마리가 눈치를 보며 차 밑으로 숨어들었다. 이삿짐 정리하느라 한동안 다른 생각을 할 겨를이 없었다. 그러면서도 전에 살던 아파트에 무엇을 놓아두고 온 것 같은 석연치 않은 느낌이 가시지 않았다. 딱히 중요하지는 않은데 그렇다 해도 확인을 해야 마음이 놓일 법한 물건, 사건 아니면 정황, 그것도 아니라면 자취나 흔적, 혹 소리?

이사를 한 달여 앞두고 있을 무렵이었다. 한밤중 섬뜩한 기척에 잠이 깨었다. 숨죽여 귀를 기울인다. 발걸음 소리가 들리지 않나 해서다. 발걸음 소리 때문에 잠을 깼는지도 모르겠다. 사위는 적막하고 괴괴한 기운이 흐른다. 아파트 끝집이고 침실은 복도에 면해 있다. 별 볼일 없는 사람은 집에 찾아올 이유가 없다. 택배원이나 종교인이 문을 두드릴 때도 있지만 그것은 낮 시간대의 이야기다.

신문배달원인가도 했다. 배달원의 발걸음은 오종종하고 급박하게 마련이며 올 때보다 더 바쁘게 사라진다. 잘못 들어선 취객일까? 취객은 비칠비칠하고 허물어진 기척을 내기 십상이다. 군인인 아이가 새벽녘에 온 것인가? 덩치가 큰 아이가 내는 구둣발 소리는 쿵쾅쿵쾅에 가깝다. 문에 다다르기 전 벌써 제 엄마를 부르니 모를 리가 없다. 사내의 것으로 여겨지는 불규칙한 발걸음은 들리는 듯 끊긴다. 낯설면서도 귀를 맴도는 느낌이 수상쩍다. 환청일까? 아니면 머릿속 잡음일까?

그 며칠 전에도 새벽녘에 구둣발 소리를 들은 듯하다. 저벅저벅도 아니고 뚜벅뚜벅도 아니며 통통거리는 소리는 더더욱 아니다. 불연속적인데다 묵직한 편이며 두툼한 막대나 쇠붙이가 낮게 끌리는 소리에 가깝다. 이 모든 것이 섞인 소리인지도 모르겠다. 발걸음은 가까워졌다 멀어졌다를 되풀이하다 끊긴다. 그러다 멈추는 듯 다시 이어진다. 그러다 또 희미해진다. 애초에 존재하지 않은 소리인지도?

어떻게 된 셈인지 알아보려면 창문이나 현관문을 열어보면 될 터이다. 실눈을 뜨고 닫힌 창을 비스듬히 올려다본다. 누구요, 하고 소리쳐 볼까? 겁이 나기도 하지만 딱히 그런 것만은 아니다. 피부에 와닿은 무서움은 아닐지라도 왠지 그래선 안 될 것만 같은 생각이 든다. 미지의 존재와 침묵으로 맺은 선의의 약속이 있어 어겼다간 돌이킬 수 없는 결과를 불러올 것 같은 불안한 예감이라고나 할까.

어릴 적 두려움의 대상은 망태할아버지였다. 어디에 사는지 모르지만 철로 만든 집게를 들고 말 안 듣는 아이들을 망태에 넣어 잡아간다는 할아버지를 정작 아무도 본 사람은 없었다. 그저 머릿속으로 모습을 그려보았을 뿐. 등이 굽고, 앞니가 빠졌으며, 듬성듬성 수염이 돋은데

다, 한쪽 눈알을 꼈다 뺐다 하는 불구의 형상. 그래서 더 무서웠는지도 모른다. 망태할아버지가, 혹 그런 사람이 실제로 있다면, 아이들에게 해를 끼치는 무서운 사람이 아니라 그냥 가엾은 사람인지도 모른다는 생각이 얼핏 든 것은 나중 철이 들고 나서의 이야기다.

중세시대 독일 하멜른 시의 전설을 바탕으로 그림 형제가 고쳐 쓴 동화 『피리 부는 사나이』가 생각난다. 외지外地에서 마을로 찾아와 피리를 불며 아이들을 이끌고 사라져버린 그 사나이. 인간의 탐욕과 이기심에서 비롯한 파약破約을 경고하는 동화에서 모티브를 얻은 우리 영화 〈손님〉은 향토적이고 샤머니즘적인 요소에 쥐 떼를 등장시켜 괴기함을 더한 추리기법의 영화였다.

프로스트의 「가지 않은 길」도 생각난다. '숲 속 두 갈래 길을/ 다 가보지 못할 일이 서운하여/ 눈 닿는 데까지 오래오래 바라보았네/ 나는 한숨지으며 이야기하리/ 두 길이 숲 속에 갈라져 있어/ 사람이 덜 다닌 길을 갔더니/ 그 때문에 이렇게 달라졌다고.' 처음부터 길이 있는 것은 아니라고들 하지만 살면서 장님처럼 길을 볼 수 없는 막막한 상황에 맞닥뜨리곤 했다. 때로 길도 없는 곳에서 어느 길로 갈까 망설이기도 했다. 나의 삶은 무엇 때문에 비틀어지고 어디서부터 어긋나기 시작한 것일까?

발걸음 소리가 끊긴다. 사라진 발걸음은 누구의 것이람? 정말 누가 왔다가 가기나 한 것인지, 아니면 지금도 문 앞이나 복도 어디쯤에 멈추어 서 있는 것일까? 이대로 있을 수만은 없다. 나는 발걸음의 주인을 찾아 홀연히 문을 열고 나선다. 사내는 다시금 발을 끌며 멀어지고 쥐 떼들이 흐느끼며 뒤를 따른다. 찍찍 흐흡 츱 츠흡 찌직 찍 츱 찌직 츠흡 흑

흐엉 찌지찍….

새 동네 지리도 익힐 겸 접어든 골목길에서 쥐의 주검을 보았다. 맞은편에서 파지破紙 줍는 노인이 수레를 끌고 다리를 절뚝이며 나타났다. 그때 발걸음 소리가 다시 들려왔다. 소리를 비집고 문득 한 생각이 들었다. 전에 살던 집 아파트 복도를 오갔던 그 사람은 어떤 연유로 간절한 도움이 필요했던 것이고 나는 그것을 짐짓 모른 체한 것이 아니었을까? 내 마음 속 불안과 방황, 슬픔이 만들어냈을지도 모르는 문 밖의 그 사람.

『에세이문학』

The 수필

●… 이 작품을 읽으며 '오랜 동안 소리가 문학의 기초이었으며 또 그 조건이었다'는 발레리가 문득 생각났다. 귀는 눈보다 앞선 최초의 감각으로 소리는 우리의 무의식과 연결된 내면의 통로이기 때문이다. 새벽녘 어느 사내의 수상쩍은 발걸음 소리. 화자는 프로스트의 「가지 않은 길」을 떠올리며, 길도 없는 곳에서 어느 길로 갈까를 망설이던 지난 삶을 반추한다. 어디서부터 어긋난 것일까? 지금도 문 앞이나 복도 어디쯤에 멈추어 서 있는 것은 아닐까? 그것을 반추하는 동안 발걸음의 주인인 "사내는 다시금 발을 끌며 멀어지고, 쥐떼들이 흐느끼며 뒤를 따른다. 끽끽 흐흡 흡 츠흡 찌직…" 흐느끼는 쥐떼들의 의성어는 심상언어로 환치되어 묘한 울림을 전한다. 눈물 있는 자의 영혼에는 무지개가 뜨리니 자기 연민이 피어난 그곳에서 우리는 작가의 또 다른 대비심(大悲心)을 엿볼 수 있다. /맹난자

신문으로부터의 사색

원정란

『감옥으로부터의 사색』, 그 책을 읽고 본격적으로 글을 쓰고 싶었다. 그때 가장 값진 글감이 진실이란 것을 알았고 뼛속까지 정직하고 싶던 때라 더 울림이 컸다. 그러나 실현에 옮기는 일은 얼얼한 감동만큼이나 오래 걸렸다. 그 후로도 좋은 책을 만나면 출렁거렸고, 그 흔들림은 강력하고 강렬하게 내게 갖가지 별 세계를 제공했다. 그리고 40년 동안 은근하고 은밀하게 나를 중독시킨 안방마님 '신문'은 그 세계와의 소통에 다리가 되어주었다.

조간신문. 변화무쌍한 나를 매일 붙잡고 있는 절대불변의 공간. 한동안 아이들 뒷바라지로 분주한 풍경 뒤에서도, 이제 각자 무대로 진출해 호젓한 풍경 뒤에서도 어김없이 같은 자리에서 기다려주고 있는 친구.

그 잉크 냄새가 커피 향과 섞이면 어떻게 표현할 수 없는 쾌감으로 빽빽했다. 이내 목을 타고 내리는 커피 한 모금에 스미면 첫사랑처럼 술렁거렸다. 그 야릇한 떨림이 쿵쾅대는 관심과 호기심을 불러들여 '아침 신문 읽기'는 다급한 일을 제외하고는 양보할 수 없는 특권 중의 특권이다.

새벽 3시, 가끔 밤을 새우거나 일찍 잠이 깬 새벽엔 현관에 신문 떨어지는 소리가 들린다. 배달원이 던지는 소리가 계절마다 다르다는 누군가의 말이 사실이었다. 겨울엔 두꺼운 신사의 외투처럼 둔탁했다. 봄엔 나풀대는 처녀의 원피스처럼 쌈박했고, 여름엔 잔뜩 소나기를 맞은 소년의 신발처럼 축축했으며, 가을엔 바바리 속 여인의 스카프처럼 고독했다. 과학적으로 접근하면 공기의 밀도 탓이겠지만 내겐 감성적 이유가 더 크지 않나 싶다.

한때 남편이 먼저 신문을 점령, 매무새가 흐트러진 모습을 보는 건 참기 힘든 일이었다. 아무리 정리를 잘 해놓아도 필립 들레름의 맥주 첫 모금이 주는 그 황금빛 기쁨은 맛볼 수 없었으므로. 그것이 얼마나 싫은지 남편보다 일찍 알람을 맞췄고, 어쩌다 늦게 깬 날엔 남편이 화장실 간 사이 새치기, 첫눈을 먼저 맞추기도 했다. 그렇다고 자정을 넘기고 이어지는 새벽에 미리 집어오는 경박한 걸음은 하지 않았다. 적어도 신문은 현관 밖에서 한두 시간씩 새벽 숨을 고르며 숙성을 거쳐야 할 것 같아서이다. 16절지로 접힌 단정한 자태를 접하면 숨을 들이마시게 된다. 새색시 옷고름을 앞에 둔 신랑이 그랬을까.

종이로 접하기보다 TV나 컴퓨터로 즐기는 사람들이 많아졌지만, 뉴스만큼은 신문으로 읽어야 제 맛이라는 게 내 개똥철학이다. 내가 보는 일간지는 획기적인 베를리너판으로 디자인 혁명을 일으켰다. 처음엔 갑자기 줄어든 몸피가 낯설었는데 곧바로 적응이 되었다. 전보다 자리를 덜 차지하니 좋고, 시선도 덜 움직이니 좋고, 덩치 큰 과거보다 도회적 세련미가 느낄 수 있어 더 좋았다.

첫 페이지. 그들은 늘 성공한다. 독자의 시선을 사로잡은 다음 휘몰아 뒷장을 넘기도록 계산된 치밀함. 어떻게 그런 타이틀과 사진을 골라내는지, 그런 헤드라인으로 시선을 장악하는지. 30년간 북 디자인으로 명성을 얻었다는 디자이너와 국제적으로 인정받은 사진가의 절묘한 콜라보레이션이 독보적으로 전달된다.

수필도 제목이 중요하다. 그것을 강조하다보니 구백 냥이라고도 한다. 부실한 간판으로 주목을 못 받거나 미아가 되는 작품들이 많은데, 신문기사는 매번 천 냥짜리. 그날 기사의 성패는 제목에 달려 있다 해도 과언이 아니니 글을 쓰는 사람으로서 부러울 따름이다.

신문은 늘 나에게 현재를 제공한다. 전 세계에서 벌어진 일들, 마크롱 최연소 프랑스 대통령의 당선과 영국 고층 빌딩의 화재, 400명 이상이 사망한 아프리카의 산사태까지. 안방에 앉아 지구촌 곳곳의 기쁨과 슬픔과 안타까움을 지금now 여기서here 브리핑 받는 셈이다. 아주 철저히 준비를 한 누군가가 내 앞에서 극대화된 자기의 언어로 프리젠테이션을 하는 것처럼. 나는 그것을 보고 읽고 들으며 갖가지 상념에 빠진다.

코드가 맞는 문체를 가진 컬럼니스트나 기자는 찜해놓고 챙겨 읽는다. 기대처럼 어김없이 쫀득거리고 어느 부분 잘근잘근 씹기도 하고 또 심하다 싶으면 입의 혀처럼 착 달라붙고 어떤 날은 송곳같이 예리함을 내세우는데도 결코 씨를 의도가 없어 보이는 그런 탁월한 필력에 슬그머니 질투가 날 지경이다. 어찌 그렇게 유려하게 잘 풀어내는지 그럴 때마다 나는 유쾌한 심술에 빠지며 사유의 근육을 키운다.

아버지의 영향으로 꼼꼼히 챙기는 정치면, 주로 한숨 없이는 읽기가 힘든데도 빼놓지 않고 읽는 것은 작은 관심들이 변화를 가져올 거라는 희망 때문이다.

광고의 배치도 또한 어찌나 절묘한지. 32페이지에 무려 28건. 박스 광고까지 하면 50건을 육박하는데도, 표지 뒷장부터 빼곡한 여성잡지 같이 거부감은 들지 않는다. 수필 잡지에서 일해본 경험으로 주 수입이 광고라는 생리를 알기 때문에 나는 적극적으로 그런 노력에 관대하다. 굳이 경험 없는 일반 독자들도 그러지 않을까 싶다.

새 정부가 들어서고 떠도는 말처럼 내 일간지의 기여도가 있었는지 눈에 띄게 광고가 늘었다. 첫 페이지와 마지막 페이지를 똑같은 전면광고로 도배한 것은 용납이 되지만 매일 32페이지나 되는 지면에 수필을 위한 공간이 없다는 것은 도저히 용서가 안 된다. 광고를 위해 동분서주하는 노력 한 조각만 떼어내면 사람냄새 풀풀 나는 수필 코너는 일도 아닐 텐데. 그나마 옆 동네는 가끔 게재해주는데 도무지 이 동네는 깜깜하기만 하다.

시는 한 쪽 구석이지만 그래도 그들만의 영토를 갖고 있다. 심플한 삽화 밑에 '시가 있는 아침'. 어느 날 쉼보르스키의 「두 번은 없다」를 읽고 그날 달려가 시집을 사기도 했다. 수필이면 어땠을까. 빼앗긴 들에도 봄이 올는지. 수필에 대한 홀대는 서운하다 못해 눈물겹다. 그러니 나를 포함한 모든 수필가들은 이런 모욕적인 상황에 책임을 통감해야 할 것이다.

토요일에는 새로 나온 책이 소개된다. 세상을 더 풍요롭게 만들어줄 책들의 행진. 보너스를 받는 기분이다. 그런데 하단 책꽂이에 소개된 신간들을 보면 심장이 쪼그라든다. 얼마 전에 『트러스트미』란 소설을 낸 후배의 소개가 없는 게 마치 내 잘못이라도 되는 것처럼. 그것도 문운이 있어야 되는 걸까. 언젠가 마법의 빗자루를 타면 내 책도 가능할지 모른다는 상상이 가슴과 목을 쭉 늘이게 한다.

아침에 32홀을 돌고나면 따뜻한 차 한 잔을 더 마신다. 마무리로 12코스짜리 '비즈니스', 거기서 10년째 보유중인 주식의 매도를 매일 갈등하고 마지막 코스 땅을 지키는 십이지신 자,축,인,묘,진,사,오,미,신,유,술,해와 일일이 악수한다. 특히 닭 앞에 서서 동쪽 방향과 노란색이 길하다는 오늘의 운세를 점지 받으면 모든 운동이 끝난다.

부득이 아침 일정이 바쁠 때, 오후나 저녁 이후에 펼치고 앉은 신문은 아침 같은 찰기가 느껴지지 않는다. 신선도도 떨어지고 몰입도도 약해지고 게다가 날아가버린 시큰둥한 잉크 냄새. 어쩐지 뭔가 대비, 큰 손해를 본 기분이 든다. 그러니 올빼미형 인간인 내가 신문만큼은 아침형 인간일 수밖에 없다.

오늘에서 밀린 신문은 어떤 수필가의 정의처럼 신문지가 되어 일상에서 다양한 봉사를 하거나 혹은 고스란히 재활용 코너로 향한다. 반드시 돌아오겠다는 무언의 약속을 남기고. 그것은 왔던 자리로 돌아갈 것이다. 마치 우리 인생이 지수화풍地水火風으로 돌아가 끝없는 윤회를 거듭하듯이. 오랜 인고의 시간을 거치고 인연을 건너고 먼 길을 돌고 돌다보면 언젠가는 또다시 내 곁으로 올지도 모를 일.

내일 또 나는, 오늘처럼 추운 겨울 현관에서 호흡을 가다듬은 하루를, 전 세계의 하루를 어제처럼 만나고 있을 것이다. 『한국산문』

The 수필

●… 신영복 교수의 『감옥으로부터의 사색』이 동기가 된 글이다. 한정된 장소인 감옥이라는 공간에서 아침이라는 시간적 공간으로 이동한 작가는, '조간신문'이라는 사실물로 사색의 변을 펼치고 있다. 독자를 사로잡는 신문의 첫 페이지에선 수필의 제목 짓기와 연관 지으며, 탁월한 필력의 칼럼에선 질투를 느끼고, 50건을 육박하는 광고에선 작가가 관여하는 문예지의 처지와 비교하며 관대한 독자가 된다. 그러나 32페이지나 되는 지면에 수필을 위한 공간이 없다는 것을 용서할 수 없다며 자신을 직무유기죄로 판명한다. 마지막으로 오늘의 운세로 하루를 예감받으며, 신문의 재활용과 인생의 윤회를 연결해 인연이라는 삶의 의미까지 사유의 폭을 넓히고 있다. 디지털 시대에 점점 멀어지는 종이 신문에 대한 친근함과 아날로그적인 감성이 신선하게 다가온다. /정진희

무명 작가의 죽음

박범수

예식이 있어 서울행 전철을 타고 시청역에 내렸다. 덕수궁 대한문 앞에 태극기와 성조기를 들고 구호를 외치는 군중들이 보인다. 탄핵 무효와 법치주의 수호를 외치는 소리가 들려온다. 무리 속에는 나이가 들어 보이는 군복 차림의 사람들도 있다. 그들의 표정은 무겁고 진지하다.

동아일보 사옥을 지나 광화문에 가까이 가자 적폐청산을 주장하는 촛불시위대가 보인다. 단상에서는 경쾌한 음악과 구호가 흘러나온다. 축제 같다. 더 좋은 민주주의와 사회개혁을 요구하는 깃발과 팻말이 보인다. 젊은 사람들이 많아서인지 밝고 역동적이다. 그들을 지나쳐 예식장이 있는 건물로 향한다. 두 무리의 풍경과 구호로 머리는 점점 혼란스러워진다.

결혼식 내내, 자유로운 토론이 불가능해 보이는 두 무리의 모습이 떠올랐다. 둘 다 민주주의와 법치주의 한국을 내세우고 있다. 순간 몇 년 전에 생을 마감한 선배가 떠올랐다. 그 형은 자신이 살아온 척박한 삶과 오늘의 사태를 어떻게 얘기할까.

1969년 3월 공무원 생활을 시작하면서 형을 만났다. 공무원 임명장을 받고 간 첫 근무지에서 공문 작성과 민원인을 상대하는 방법을 가르쳐주었다. 나이가 여섯 살 위인 형은 자상했다. 어느 날 술자리에서 형은 자신의 이야기를 자랑스럽게 들려주었다. 국문과를 수료했고 작가가 되는 것이 희망이라고 했다.

글을 쓴다는 것, 작가가 된다는 것이 너무나 멋있어 보였다. 중견 공무원인 부친과 가족 이야기를 들을 때는 형이 부러웠다. 달동네의 내 생활과 비교되었다.

전근 발령을 받고 첫 근무지를 떠난 후에도 형을 자주 만났다. 공무원 생활과 야간 대학을 병행하며 힘들게 생활하는 나는 형을 만나서 세상 이야기를 듣는 것이 즐거웠다.

군에 입대하기 며칠 전에 청장 부속실에서 근무하는 형을 만나러 갔다. 훤칠하고 다부진 체격, 부리부리한 눈에 광대뼈가 약간 튀어나와 사람을 압도하는 멋이 있었다. 형은 내 손을 억세게 잡으며 여행 떠나는 사람에게 하듯 호쾌하게 말했다.

"잘 다녀와, 네가 제대하는 3년 후에는 난 이름난 작가가 되어 있을 거다."

제대하고 제일 먼저 형에게 갔다. 그러나 형은 퇴직을 했고 어디에서도 종적을 찾을 수가 없었다. 나는 대학을 졸업하고 전직을 하고 많은 풍파를 겪으면서 형을 잊고 살았다.

1980년대 전반, 출장을 간 곳에서 형의 동생을 우연히 만났다. 그는 대기업에서 일하고 있었다. 명함을 교환하고 형의 근황을 묻자, 어두운 얼굴로 대답을 피했다. 형 소식은 『신동아』 잡지를 보면 안다고만 했다.

도서관에 가서 그가 적어준 『신동아』 월간지를 봤다. 형의 글이 신동아 논픽션 우수작으로 실려 있었다. 글을 읽고 충격에 빠졌다. 격심한 탁류에 휩쓸린 한 사람의 이야기였다.

다시 동생을 만나 형의 이야기를 자세하게 들었다. 형은 술자리에서 유신헌법을 근거로 발동한 긴급조치를 비판했고, 누군가의 고발로 그 자리에서 끌려갔다. 불명예 퇴직을 당했고 부친은 좌천되었다. 이혼하고 아들과 같이 살면서 가족들과 왕래가 끊겼다고 했다.

내가 전방에서 군대 생활을 하는 3년 남짓한 시간 동안 자유롭고 발랄한 형은 결혼해 가정을 이루었고, 퇴직 당했고 이혼했고 가족과 발을 끊었다.

얼마 후 형이 있다는 주소지로 찾아갔다. 마포구 변두리에 있는 고물상 야적장이었다. 폐품들이 쌓여 있는 마당에서 한 남자가 물건들을 옮기고 있었다. 형이었다. 바싹 말라 있는 뒷모습이었지만 한눈에 알아봤다. 가슴이 먹먹했다. "형, 범수예요, 형!"

형은 내 손을 잡고 웃었다. 얼굴이 검게 타 있어 삶에 찌들어 보였다. 마을 입구의 구멍가게로 내려가 형과 막걸리를 마셨다. 형은 이내 과거의 모습으로 돌아왔다. 예전처럼 덧없는 세상 이야기와 문학에 대한 희망을 이야기했다. 나는 군 입대하기 전의 아우처럼 다소곳하게 들었다.

술이 들어가자 형은 완전하게 옛날 모습이 되었다. 내 어깨를 치면서 호탕하게 웃고 시국 현황과 울분을 토해냈다. 형의 얼굴을 바라보면서 마음이 허허로웠다. 형을 이렇게 망가뜨린 그 무엇에 대한 강한 분노가 불같이 일어났다.

그날 이후 형은 간헐적으로 전화를 했다. 술에 취한 목소리로 근황을 들려주었다. 고물을 수집하면서 잡지에 짧은 글도 싣고, 자서전도 대필해준다고 했다.

형을 다시 만난 것은 세월이 한참 흘러간 2000년대 전반이었다. 출장 중에 여직원의 전화를 받았다. 남루한 복장의 남자가 찾아와서 나를 찾는다고 했다. 행색이 너무 안 좋아 보여서 돌려보내려고 했더니 나를 꼭 만나야 된다며 고집을 부리고 있다고 했다. 이름을 물어보라고 했다. 형이었다. 급하게 일을 마치고 복귀했다. 형을 보자 안타까운 마음이 들었다.

형은 도움을 청했다. 어렵게 키운 아들이 뒤늦게 대학에 입학했는데 학자금 융자를 받기 위해 보증인이 필요하다고 했다. 간절한 목소리였다. 전철을 타고 서울 종각에 있는 은행으로 함께 갔다. 가는 내내 우리는 상념에 잠겨 말없이 창밖만 응시했다. 형은 어느새 삶에 지쳐버린 60대 노인이 되어 있었다. 형의 얼굴을 마주하기가 편치 않았다.

몇 해 전 겨울, 한 통의 문자를 받았다. 형의 아들이 보낸 부고였다. 모든 일을 제쳐두고 형에게 갔다. 좁은 방 한 칸에 시신이 모셔져 있고 그 옆 작은 소반에 성모상이 세워져 있고 촛불이 타고 있었다. 문학에 대한 희망을 가지고 자유로운 삶을 꿈꿨던 형이 세상을 떠났다. 적막하게.

민주화 이후 유신헌법의 긴급조치는 위헌으로 판결되었다. 형은 지금의 두 무리가 주장하는 민주주의와 법치주의에 대하여 어떤 말을 할지 무척 궁금하다.

"어떤 정치가가 위대한 업적을 이룩했다고 해도, 국가는 국민의 인권과 존엄성을 지켜야 할 의무가 있다. 국가 권력의 범죄는 민주주의의

적이다"라고 얘기할 것 같다. 『수필과비평』

The 수필

●… 조지 오웰은 어떤 글이나 책도 정치적 편향에서 자유로울 수 없음을 강조했다. 인간 존엄성을 훼손하는 사회에 대한 비판 정신과 지향은 문학의 소임이며, 윤리적 자아가 전제되지 않은 수필은 문학 본연의 자리에서 겉돌게 마련이다. 문학에서 현실 참여와 미학성의 이중의 욕망을 성취하기는 쉽지 않다. 「무명 작가의 죽음」은 정치적 억압과 저항에 맞물린 시대적 영향으로 안락함을 박탈당한 형의 삶을 통해, 사회의 모순을 직시하며 인간됨의 가치를 지키는 일에 민감한 작가정신이 돋보인다. /엄현옥

공중에 집 한 간

백임현

우리는 지금 아파트 12층에 산다. 이것은 결혼해서 지금까지 열두 번의 이사 끝에 올라온 공중의 집 한 간이다. 단칸 셋방을 시작으로 새 주소를 익힐 만하면 이삿짐을 싸고 풀면서 오늘에 이르렀다. 낯설던 아파트 생활도 여러 해가 되었다. 살던 중 제일 편리한 주거공간에서 세상의 변화를 실감하며 나는 가끔 그 옛날 서대문 근방의 '도요타아파트'를 생각한다.

내가 학생이었던 1950년대 말, 서대문 네거리에서 아현동으로 넘어가는 고갯길 건너 편 숲속에 '도요타아파트'라는 노오란 고층건물이 있었다. 그 집은 1930년대 일본사람 토요타가 지은 우리나라 최초의 아파트였다. 그 일대에는 높은 건물이 별로 없어서 십여 층도 안 되는 그 아파트가 특별하게 좋아 보였다. 그곳에는 외국 사람들이 살고 있다고 하였다. 아파트 앞에는 늘 그림같이 예쁜 승용차들이 서 있었고 어느 때는 멋진 차림의 남녀가 그 차에서 내려 건물 안으로 들어가는 모습도 볼 수 있었다. 그런 풍경을 만나게 되면 우리 친구들은 걷다 말고 영화의 한 장면을 보듯이 넋을 잃고 서 있곤 하였다.

너 나 없이 궁핍했던 전쟁 직후, 정말 영화처럼 살고 있는 그들의 생활 모습은 우리네가 도달할 수 없는 너무도 높고 먼 동경의 세계였다. 아파트에서 산다는 자체가 이미 우리와는 다른 문화였고 세련된 문명인의 상징으로 보였다.

같은 친구 중에 당차고 영악한 친구가 있었다. 우리들이 그 쪽을 지나며 정신없이 서양 사람들을 구경하고 있으면 그 당찬 친구는 진지한 표정으로 "두고 봐라. 나는 이 다음에 꼭 저런 아파트에서 살 거다. 우리나라에서 안 되면 외국 가서라도 아파트에서 살 거야" 이렇게 말하곤 했었다. 그의 말은 언제나 확신에 차 있었지만 우리는 누구도 그의 허황된 꿈을 귀 기울여 듣지 않았다. 그러나 누가 알았으랴. 그로부터 반세기 후, 세상이 아파트로 뒤덮이고 아파트공화국으로 우리 사회의 보편적인 주거공간이 될 줄을…. 일찍이 놀라운 선견지명先見之明을 갖고 있던 그 친구가 오늘날 부동산 갑부가 된 것은 너무도 당연한 일이다.

소녀시절 그처럼 아득한 꿈이던 아파트가 1970년대 들어서자 강남땅이 개발되면서 우리의 현실이 되기 시작했다. 강남의 눈부신 발전은 말할 것도 없고 강북에도 황무지 같던 빈터에 대단지 아파트가 들어서고 산언덕을 뒤덮었던 판자촌이 얼마 후에는 신기루처럼 고층 아파트 마을이 되었다. 주택 역사상 그것은 단군 이래의 혁명이기도 했다. 그 무렵 강북에 살던 친구들이 '개나리'니 진달래'니 하는 아파트 이름을 들먹이며 한강을 건너가는가 싶더니 얼마 후엔 돈을 벌어 부자가 되는 일이 허다했다.

이처럼 친구들이 고층 아파트로 이사해 세련된 문화생활을 하기 시작할 때, 우리는 강북에서도 한촌閑村인 미아리에 생전처럼 2층집을 장만하고 그 대견함에 도취되어 있었다. 주변의 친지들이 이왕 집을 옮길 거면 강남 아파트로 하라고 일렀지만 흙에서 나서 흙에서 자란 남편은 '사람은 흙을 밟고 살아야 한다'는 신념을 지키느라 비좁은 뜰에 목련을 심고, 분꽃, 채송화, 과꽃 등을 심어 가꾸며 이십여 년을 그 집에서 세상 모르고 살았다.

우리가 세상 바람에 아랑곳없이 한 집에 머물고 있는 동안 평화롭던 주택가에도 변화가 오고 있었다. 멀쩡하던 앞집 뒷집이 헐리는가 싶더니 4.5층짜리 건물이 들어서기 시작하였다. 다세대 빌라라는 새로운 개념의 주택들이 유행하게 된 것이다. 일반주택 단층집에서 살던 사람들이 건물을 새로 짓고 여러 세대에게 세를 놓으며 경제적 도움을 꾀하고 있었다. 비좁은 골목에 높은 건물이 들어서니 아이들이 함성을 지르며 뛰어놀던 햇살 밝은 골목길은 볕이 들지 않아 음산했고 한가한 오후 대문을 마주 열고 이웃이 모여 수다를 떨던 여인들의 웃음소리도 들리지 않아 인정이 넘치던 골목은 스산하고 삭막해졌다. 주변이 단층주택이었을 때는 2층집 우리 집이 그래도 괜찮아 보였는데 앞집 뒷집 모두 덩치 큰 건물이 들어서자 우리 집은 마치 우물에 빠진 듯 햇볕은 물론 하늘조차 제대로 보기 힘들어졌다. 이제는 더 이상 '흙'타령을 하면서 그곳에 머무를 수 있는 환경이 못 되었다. 그때가 1990년대 말이었다. 이미 세태는 변해 집을 팔아 우리가 갈 수 있는 주거지는 도시 외곽이나 변두리의 서민 아파트였다. 흙을 밟는데 정신이 팔려 사는 동안 우리는 어느새 경제적 약자가 되어 있었다. 그 무렵 결혼한 아들은 오막살이라도 강남에 살기를 원했으나 그건 어림없는 꿈이었다. 그때서야 우리는 강남으로 가

자던 예전 친구들의 권유를 생각하며 뒤늦은 후회를 하였다.

"아, 친구 따라 강남 갈 걸—."

아파트라는 말조차 생소하던 시절, 똑똑했던 내 친구는 학생 때 벌써 수십 년 후의 앞날을 전망했는데 우리는 코앞에서 전개되는 세상일도 제대로 읽어내지 못했다니 이것은 순진하다 못해 한심한 일이었다.

어찌어찌 하다가 지금 우리는 아파트 12층에서 산다. 처음엔 차마 땅과 멀어질 수 없어서 아파트 1층에서 살다가 몇 번 이사 끝에 그래도 용기를 내어 지금은 12층에 산다. 12층 베란다에서 내려다보면 지상에서 움직이는 사람들의 모습이 아득한 풍경으로 보인다. 날짐승도 아닌 사람이 어떻게 이처럼 공중에서 살 수 있을까. 자연 속에 오두막을 짓고 살던 내 어린 때만 해도 상상할 수 없었던 일이다. 요즘은 아파트가 갈수록 공중으로 높이 치솟아 쳐다보기도 어지럽다. 높은 곳을 향한 인간의 욕망은 어디까지 갈까. 사람들은 높은 곳을 향해 오르고 또 오른다.

지난 생애를 돌아보면 공중을 향해 허위단심 오르고 또 올라온 삶이었다. 이렇게 숨 가쁘게 질주해오는 동안 우리의 인생도 어느덧 말년에 이르렀다. 천신만고 끝에 올라왔건만 오르고 보니 허공이다. 더 이상 어디를 향해 또 오를 것인가. 요즘도 심심하면 귀소본능歸巢本能처럼 '흙' 타령을 하는 남편, 원하지 않아도 이제 머지않아 흙으로 돌아갈 일만 남았다. 아무리 높은 곳에 있어도 모든 생명은 끝내 흙으로 가는 것을.

『그린에세이』

The 수필

●… 주택문화의 양식에 따라 변화하는 우리의 삶을 조망한 글이다. 1950년대, 문명인의 상징인 '도요타아파트' 1970년대 강남땅의 개발과 고층 아파트, 1990년 말, 다세대 빌라의 붐으로 흙 만지고 꽃 심던 이층집을 떠나야 했던 까닭은 자신의 집이 우물에 빠진 듯 햇빛과 하늘을 보기 어려웠기 때문이다. 흙타령을 하는 동안 경제적 약자가 된 사람들이 갈 수 있는 곳은 도시 외곽의 서민 아파트, 천신만고 끝에 열두 번째의 이사로 오르고 보니 겨우 '공중의 집 한 간' 허공이다. 그러나 다시 흙으로 돌아가야만 하는 것을. 흙에서 멀어진 우리의 욕망을 통찰하는 작가의 날카로운 시선이 오히려 평이한 문체와 어울려 더 큰 각성(覺醒)을 보탠다. /맹난자

감나무

윤진철

감꽃이 피었다. 새 생명을 잉태하는 봄이 왔다. 여린 가지 잎새에 등 기대고 있던 감꽃이 실바람을 견디지 못하고 떨어질 때면, 어머니의 해묵은 가슴앓이가 시작된다.

감꽃이 떨어진 자리에는 작은 연녹색 열매가 맺혀 있었다. 감이 열린 것이다. 모든 감이 가을에 빨갛게 잘 익길 희원하는 것은 당연하다. 알이 차츰 굵어져 살구 크기가 될 즈음 푸른 가지에서 초록 빛깔을 띤 풋감이 떨어졌다. 아쉬움이라도 나타내려는 듯 툭툭 마당을 때린다. 나무에서 떨어져 땅을 구르는 풋감이 애잔해 보였다. 감나무는 감당할 수 있을 만큼의 감을 남기고 나머지는 떨어내었다. 어쩌면 가지에 남은 감이 더 튼실한 과일이 되게 하려고 풋감이 스스로 떨어졌을지 모른다. 익어보지 못하고 떨어진 감이 마당에 널브러져 있었다. 줄잡아도 스무개 정도가 눈에 들어왔다. 어머니는 장독대 빈 항아리에 소금을 한 줌 넣고 풋감을 담았다. 항아리에서 감은 떫은맛과 짠맛이 만나 단맛을 만들어냈다. 결실로 가지 못한 설움을 달래는 마음으로 어머니는 감을 삭혔는지도 모른다.

하늘에 맞닿을 듯 내 고향 '안어실'은 척박하기만 한 산골이다. 어머니는 늦은 나이에 형을 가지셨다. 만삭에 밭일을 하시다 갑자기 나타난 뱀에 크게 놀란 일이 있었다. 그 때문인지 형은 태어나 초등학교에 다닐 때까지 말을 잘하지 못하였다. 늘 혼자 집안에 있을 때가 많았다. 감꽃이 떨어지면 실로 엮어 목걸이를 만들어 놀기도 하였고, 손가락마다 감꽃을 반지처럼 끼워넣고 보란 듯이 어머니를 불렀다고 한다. 앞마당의 감나무는 형의 유일한 놀이터였다. 유난히 가물었던 해에 형은 감나무 옆 돌담에서 놀다가 아래로 굴러떨어졌다. 형은 나뭇가지에서 떨어진 풋감처럼 상처투성이가 되었다. 궁벽한 산골에서 미처 손쓸 겨를도 없이 첫 아이를 품에서 놓쳐버리셨다. 어머니는 슬픔을 이겨낼 방도가 그저 눈물밖에 없었다. 여덟 살 나이에 풋감처럼 떨어져간 형은 내게 그리움으로 가슴에 남아 있다.

시간이 흐르듯 아픔도 자연스레 흐르는 것일까. 잔잔한 바람에 형의 기억이 묻힐 즈음 누나가 태어났다. 떨구어버린 아픔을 겪은 어머니는 더 없이 행복해하셨다. 하지만 지극히 평범하고 단란했던 순간의 행복조차 신은 허락하지 않았다. 찢어진 문풍지 사이로 찬바람이 소스라치게 스며들던 그해 봄, 감꽃이 떨어지듯 누나도 어린나이에 세상을 떠나갔다. 서편에 떨어지는 해를 가득 안고 희미한 노을만 남긴 채 말이다. 첩첩산골의 어둑해진 초가 단칸방에 옅은 그을음을 내며 호롱불이 위태롭게 가물거렸다. 원망하듯 아버지의 방황이 시작되고 무심한 발길에 어머니의 가슴은 으깨져버렸다.

한밤중 앞집 양철지붕에 풋감이 '툭'하고 떨어졌다. 마치 가슴에 응어리가 맺힌 어머니의 세월을 아프게 두드리는 소리인 듯 말이다. 수없이 들어온 이야기지만 내가 결혼을 하고 아이들을 키워보니 들을 때마다 가슴이 저릿하다. 얼마나 원망하고 싶은 하늘이었을까. 자식을 잃은 그 아릿한 기억들은 혼자 감당하기조차 눈물겨웠을 것이다. 작은 꽃들이 무리지어 피어나는 봄, 연초록 감 잎사귀가 바람에 하늘거리면 무심히 독백을 하시곤 한다.

"큰 아가, 난 네가 여름 한철 다 보내고 찬바람 날 때까지 살아 있을 줄 알았다. 익은 감도 떨어지고 선감도 떨어지는구나."

지난 여름 태풍에 마당 한구석을 차지하고 있던 큰 감나무가 비바람을 이기지 못한 채 쓰러져버렸다. 밑둥치에 움푹한 구멍이 뚫린 고목이었지만 의연하게 백황색의 감꽃을 많이도 피워냈다. 쓰러진 나무를 치우다 보니 그루터기의 속이 새까맣게 타들어간 듯 먹감나무가 되어 있었다. 가족의 삶을 고스란히 지켜보았던 감나무의 먹감무늬는 어머니의 회한의 주름살과 닮아 있었다.

"바보자식을 낳았다." "부모가 자식을 앞세웠어." 아이를 낳지 못하는 새댁이라는 동네 아낙들의 손가락질을 받아가며 어렵게 얻은 두 자식을 앞세운 비통함, 주위의 수군거림과 멸시에 비루한 목숨을 놓아버리고 싶었던 순간도 있지 않았을까. 어머니에게는 평생 품고 살 수밖에 없는 가슴 아픈 상처였을 것이다. 나뭇잎을 흔들고 가는 바람에 느닷없이 툭 떨어지는 감나무의 삶을 보며 가슴 쓸어내린 적이 한두 번이 아니었으리라. 더는 풋감을 떨구어내면 안 된다, 남은 자식들 밥은 굶기지 말아야 한다며 이를 악물고 한 많은 운명을 견뎌내셨다. 상처받고 힘들었던 지난 날 홀로 고통을 참으며 사남매를 감싸안고 먹감나무가 되었다.

개울물이 흐르듯 숙명처럼 산골에서 살아온 어머니시다. 마당에 있었던 감나무는 세월의 흔적을 알고 있었고 어머니의 아린 기억을 보듬고 싶었을 것이다. 작년 여름에 쓰러진 감나무와 함께 어머니의 가슴앓이도 사라졌으면 좋겠다.

감나무 잎 사이로 햇살이 내린다. 『에세이스트』

The 수필

●… "감나무는 감당할 수 있을 만큼의 감을 남기고 나머지는 떨어내었다." 사과도 배도 고추도 무나 배추도 마찬가지이다. 그렇지만 덜어냄이나 솎아냄은 인간의 경우에는 해당되지 않는다. 인간은 사고나 병으로 자식을 잃곤 한다. 의학의 발달로 영아 사망률이 줄었고, 사고에서 생존할 확률도 높아졌지만, 반세기 전만 해도 그렇지 못했다. 하여 잃어버린 형제의 추억을 안고 사는 장년층이 많았다. 애지중지 기른 자식이 갑자기 솎아졌을 때 부모는 참척(慘慽)의 고통을 느낀다. 「감나무」는 그 고통을 두 번이나 겪은 작가의 어머니에 대한 이야기이다. 풋감이 떨어지며 툭툭, 마당을 때릴 때의 긴장감, 쓰러진 감나무가 어머니의 가슴앓이도 가져갔으면 하는 대목에서 작가의 아픈 모성을 느낀다. /한복용

꽃을 헤아리다

남홍숙

피어나는 건 눈부시다.

바위틈 작은 꽃이든 허공을 채우는 꽃나무든 소생되는 질감은 동일하게 귀중하다. 여러 꽃 중에 나와 잇댄 스토리를 지닌 것은, 바싹 마른 가지라도 생의 박동이 감지된다.

이 나라 하이스쿨은 오후 세 시에 수업을 파한다. 나는 시간에 맞춰 학교 앞 이름 모를 나무 아래서 아이를 기다리곤 했다. 수요일엔 두 시부터 체육시간이라 아이가 뛰어노는 것을 보기 위해 테니스코트 앞 그 나무 밑에 가서 한 시간 전부터 기다렸다. 꽃이 피어나는 순간이 그럴까. 당시 부풀어오던 내면의 파동을 나의 언어로는 소상히 묘사할 수가 없다.

헨델머리의 백인 아이로부터 토스된 공을 아이가 받아 네트 위로 넘길 때, 나는 꽃 이파리가 떨어지듯 손뼉을 쳤다. 어미의 근성이 전해졌는지 아이의 근육에 심줄이 더 팽팽해졌다.

브리즈번에 온 그해 구월의 첫 봄이었다.

그 나무가 꼭대기서부터 하나둘 꽃을 달기 시작했다.

현호색을 닮은 초롱꽃이 촘촘한 밀도로 피어나고 있었다. 빛 속 꽃가지가 일렁일 때마다 연보랏빛은 더 눈부셨다. 하늘과 태양의 색조가 융합된, 이 색상과 맞닥뜨린 순간 이 꽃이 보라색의 완성이라 생각했다. 몽환의 빛깔에 정신이 아득했다. 처음 본 크레용을 꿈꾸듯 만지작대던 유년의 기억이 되살아났다. 마들렌을 먹으며 맛보았던, 마르셀 프루스트의 잃어버린 시간의 행복감이 이런 느낌이었을까. 고삐를 쥔 시간이 나무의 발치에 꽃 멍석 하나 만들었고, 꽃잎은 내 손바닥에서 제 향기를 내 몸속으로 들여보냈다. 아카시같이 진하지도 장미향처럼 순하지도 않은 향이었다. 하지만 매력적인 꽃에도 사연이 있다.

구월에서 시월의 시간을 다 건널 때까지, 봄의 파수꾼인 양 보랏빛 꽃 항아리를 허공에 띄운 이 꽃이 대학생들에겐 징크스다. 나무 밑을 지나던 학생의 몸 어딘가에 꽃잎을 맞으면 성적이 떨어진다는 악운의 꽃이란다. 아마도 이 꽃의 개화 시기가 시험기간과 겹치니까 자녀들이 감성에만 빠지는 걸 저어한 어느 학부모의 발상일 거다. 수업료 전액을 대출금으로 내고 취업이 된 후, 론을 갚는 이곳 대학생이 받는 호혜적 교육 시스템으로 봐서, 그 말을 창안한 사람은 이 나라 학부모는 아닐 터, 나처럼 거액을 지불하는 해외 유학생의 부모가 지어낸 꽃말이리라.

떨어지는 건 때로 비참하다.

떨어지는 숫자는 차갑고 결연하며 위압적이다.

유학생의 성적이 F로 떨어지면 한 과목당 삼천 달러가량의 재수강료를 감내해야 한다. 우리 세 아이들에게 그 불상사는 없었더라도, 숫자가 떨어지는 건 내게도 두려운 일이었다. 700원대이던 환율에 돛을 단

듯, 1,200원까지 올라갔을 땐 내 온몸으로 노를 저어 태평양을 건너서라도 처음의 낮은 환율로 돌아가고 싶었다.

아이를 기다리던 나무 아래서… 때론 책을 읽다가 숫자를 헤아려야 했다. 걸음마를 익힌 아기처럼 이제야 백인 아이들과 정을 붙이고 친구가 되었는데, 겨우 말이 트이고 저리도 신나게 공을 잘 치는데 중도에 유학길이 막히면 어쩌나, 하는 불안감이 엄습해왔다. 시간이 꽃을 땅바닥으로 떨어뜨려 꽃잎을 말리듯이, 내 숫자의 잔고도 떨어지거나 비워져서 말라버릴까 두려웠다. 아무리 가까운 지인도 숫자 앞에서는 거추장스런 위선의 말을 하지 않았다. 숫자를 지닌 어조는 나무가 한 곳에만 정박해 있는 일만큼 엄중했다. 누군가 내게, 유학비는 충분하니, 라고 물어오는 사람은 없었다. 자존심이었을까. 나도 내 숫자의 허약한 속내를 여는 일은 없었다. 다만 내게서 숫자가 떨어지는 걸 막았다. 세 아이들의 학비와 식비 외에 다른 소비는 최소화하는 일이 숫자를 떨어뜨리지 않는 과제였다. 어느 날 아이가 나의 지인에게 '우리 엄마는 쓰레기도 반액 세일하면 살 거예요' 라고 해서 한바탕 웃은 적도 있었다.

내가 숫자를 아낄 때, 시간도 꽃을 아끼며 떨어뜨렸다.

보라색 초롱꽃잎이 제 몸을 비틀어 허공에 나부끼다 떨어졌다. 나는 눈물이 후두둑 떨어졌다. 꽃과 공감대가 형성된 나는 꽃의 깊이를 재기 위해 꽃의 속내를 들여다보았다. 꽃 속에 개미와 벌레들이 오물기렸다. 내 손으로 꽃과 벌레를 분리시켜주었다. 타자의 근질거림을 덜어주는 건, 그의 속내를 헤아려주는 거니까.

그런데 꽃잎 지는 비애를 헤아리다보니, 내 속에 든 비통한 사안들이 내게서 떨어져나가는 긍정적 기이현상이 일어났다.

시나브로 보라색은 나의 색깔이 되어 있었다. 이지적이고 따스하고 빛나는 색깔로 다가왔다. 이 꽃의 색깔이 '슬픔의 색'이라고 동의하기에는 내게 설득력이 없었다. '악운의 꽃'도 아니었다. 나와 함께 내 아이를 기다려주던 꽃의 몸짓이 그저 아름답고 고맙기만 했다. 한때 나는 보라색 이불, 보라색 스카프…를 사들이면서 자카랜다, 이 꽃을 떠올렸다.

번다버그에 온 후에도, 지난 오 년 간 아이를 꿈꾸듯 헤아려보던 '인도루필리 하이스쿨'의 그 나무를 여전히 헤아린다. 그리고 아이가 남기고 간 꽃잎 같은 메모장을 펼쳐 만진다.

그대여 그대여 그대여 그대여 그대여
오늘은 우리 같이 걸어요. 이 거리를.
밤에 들려오는 자장노래 어떤가요. (oh yeah)
몰랐던 그대와 단 둘이 손잡고 알 수 없는 이 떨림과 둘이 걸어요.
봄바람 휘날리며…. ♪ ♩
—〈벚꽃 앤딩〉

『현대수필』

The 수필

●… 눈부신 보랏빛 꽃나무 아래서 환희와 몽환에 젖는 시간은 길지 않았다. 공부하러 간 이국에서 참척이라니…. 필설로 풀지 못할 비통을 꽃에 얹었다. '보라색 초롱꽃잎이 제 몸을 비틀어 허공에 나부끼다 떨어졌다. 나는 눈물이 후두둑 떨어졌다.' 떨어진 꽃 속에서 오물거리던 개미와 벌레를 분리시켜주면서 꽃, 아니 자신을 헤아린다. 실컷 울고 난 후의 말간 얼굴이라고나 할까. 곡(哭)에도 도(道)가 있다는 허균의 말이 떠오르는 늠름한 작품이다. /노정숙

비 오는 날의 수채화

권현옥

산책

양말을 신고 신발을 신고 나선다.

비가 오는 날이면 마음은 커피처럼 향기로워지는데 몸은 무겁다. 가벼운 봄비라 해도 그러니 무거움은 털어내고 황홀만 갖고 싶다. 산을 오를 때 배낭의 무게가 내 몸으로 들어와 드디어 무게를 잊는 것처럼 나는 몸을 움직여 습기는 버리고 비를 만나려 한다.

탄천, 새삼 기분 좋은 마을. 아파트 창문 밖으로 서서히 나오기 시작하는 저녁 불빛, 걷다가 그 창문을 바라보는 아슴아슴한 즐거움에 행복 하나 더 겹쳐놓는다. 어느 창문에 서서 탄천을 바라보는 누군가의 눈도 상상해본다. 그것도 아름다울 것이다.

버드나무는 절반이 물에 걸쳐 있다. 욕심 많은 가지는 축축 늘어졌어도 나는 그게 이뻐보인다. 만족이 지나쳐 멋쩍었을까. 가지는 행복에 지친 시늉하며 늘어져 놀고 있다. 물가잖아, 충분히 빨아올려, 생글생글한 이파리 보기 좋아, 촘촘히 어울려 몸 비비고 있는 것도 풍요롭고….

비가 떨어진다. 가랑비에 옷 젖는 것은 나를 향한 치밀한 유혹이다. 다리 밑에서 들리는 색소폰 소리가 강아지풀을 흔들고 물살도 건든다. 늙수그레한 노래 몇 곡 흘려듣다 다리 밑 의자에 중심을 잡는다. 지나간 노래면 어때, 연주를 하는 저 사람들은 멋지다. 좋아하는 것을 조금 더 노력해서 남에게 선물하는 것. 나는 그 모습을 십여 분 바라보고 박수를 쳐주고 발걸음을 뗀다. 빗방울이 조금 세다. 우산을 편다.

우산

어떻게든 빗물은 내 몸을 건든다.

우산을 혼자 써도 비를 다 막을 수는 없다. 비 오는 날 우산을 둘이 쓴다는 건 어차피 거의 맞는 일이다. 양어깨는 아니라도 한 사람은 오른쪽, 한 사람은 왼쪽 어깨가 젖는다. 그러나 탓할 수 없다. 서로 배려하다 젖는 일. 공평하지 않게 젖었으면 그건 사랑이었으니 젖은 만큼 꿉꿉하지는 않다. 우산 하나, 두 어깨를 다 가리지 못하고 차이 나는 키를 위해 기울어 있어도 비를 덜 맞겠다는 이기심마저 양어깨를 끌어 모으는 힘이 있다.

잘난 척해도 우리는 어디론가 날기엔 무겁고 어렵다. 함께 가는 길, 버리지 못할 우산으로 버리지 못할 어깨 조금씩 젖으며, 맞닿은 어깨를 생각하는 거다.

그러나 난 요즘 각각 우산을 들고 둘이 나란히 걷는 걸 그리워한다. 두 개의 우산을 펴고 자유롭게 걷는 것, 우산의 크기와 색과 기울기가 다른, 그런 나란한 것을 그린다. 바람은 같은 곳으로부터 오고 빗살도 같은 방향인데 한쪽 어깨를 애써 맞닿느라 못 본 바람과 빗살 더 느끼고 싶다. 가로등 위 새들도 혼자 앉아 있다, 나란히 같은 방향으로.

의자

집 근처에 오니 쉬고 싶다. 다리가 묵직하다. 몸과 맘이 행복해진 것에 대한 보색 관계의 증거 같은 거다. 비가 들이치는 야외 테이블 의자에 앉는다. 산책이 행동으로 사유하는 거라면 의자에 앉는다 함은 생각으로 산책하는 것이다.

길에 쏟아지는 헤드라이트 안의 비는 화려하다. 정밀 화가의 터치가 진행 중이다. 우리의 삶도 헤드라이트 안에 쏟아놓으면 그럴까. 섬세함이 아름다우면 좋겠는데 복잡할까 두렵긴 하다.

빗살을 입은 신호등 불빛이 유난히 선명하다. 질서를 만든 인간이 아름답고 그것을 지켜서 생명을 지키는 인간이 아름답다. 기다렸다 가는 사람들, 차량들, 그리고 그 길에 봄비. 가끔 마을버스가 불을 환하게 싣고 와 앉아 있던 사람을 비 속에 내려놓는다. 훤히 드러난 저 안의 사람들의 나른한 하루가 지나간다. 우산은 있을까. 버스가 지나가고 나면 나는 어두운 빗길의 명암을 바라본다. 차, 사람, 나무, 건물 모두가 비를 만나고 있다. 빗속으로 어둠 속으로 맑은 액체처럼 흘러가는 내 무게가 보인다.

무거움을 털어내는 일이 오늘에 대한 진한 애정 표현이듯, 쉬는 일도 내일에 대한 열정적인 프러포즈다. 『한국수필』

The 수필

●··· 사유의 연장이며 움직이는 독서인 산책은 시대를 막론한 의미 있는 수행이다. 작가는 비 오는 날의 천변 풍경을 화폭 삼아 자칫 흘려보내기 쉬운 정경을 '산책', '우산', '의자'의 두 음절에 담아낸다. 의자에 앉아 생각으로 산책하며 지나간 노래를 연주하는 색소폰 연주자, 가지를 늘어뜨린 버드나무 등 저마다의 질서대로 흘러가는 풍경을 바라본다. 한 우산을 쓰며 상대를 배려하느라 놓친 바람과 빗살을 느끼고픈 작가의 상념은, 단순한 사색과 감성에 머무르지 않고 내일에 대한 열정적인 프러포즈를 담은 진중한 삶의 찬가로 흡인한다. /엄현옥

The 수필

Spring

처방전

곽재혁

개원 2개월 차. 초조한 적막이 대기실을 점거하고 있던 그때, 한 노인의 목소리가 그 적막을 몰아냈다. 고향의 어느 선지해장국집에 앉아 있으면 꼭 건너편 테이블에서 들려올 것 같은 친근한 경상도 사투리. 기대만큼 확 늘지 않는 환자 수에 일희일비하며 불안한 나날을 보내고 있던 내게 그 목소리는 마치 큰외삼촌의 안부전화처럼 정겹게 다가왔다.

강 할아버지는 혈압약을 받기 위해 소아과를 방문한 어르신 환자였다. '소아청소년과 의원'이라는 명칭 뒤에 '진료과목 내과'라고 쓰여 있긴 해도, 막상 소아과에 어른 환자가 오면 대개 환자도, 의사도 조금은 어색하다. 한데 그분은 거침없이 들어오셔서는 꼭 평가라도 하듯 병원 이곳저곳을 둘러보셨다.

진료실 의자에 단정히 자리하신 노신사를 약빠른 눈으로 훑었다. 팔순의 연세에도 자세는 꼿꼿하셨다. 입고 계시는 헤링본 모직 코트가 2월 하순의 꽃샘추위를 견디기엔 좀 얇아 보였다. 코트 깃 밖으로 늘어뜨린 캐시미어 머플러도 방한용이라기보다는 장식용 같았다. 진료실

입구에서 벗어든 중절모가 점잖게 가슴 언저리에 가 있었다.

"드시던 약이 있으신가요?"

그분은 코트 안주머니에서 두 번 접은 A4 용지를 꺼내어 내게 건네셨다. 그 종이엔 볼펜으로 한 자 한 자 눌러쓴 약 이름과 용법이 적혀 있었다. 연륜이 느껴지는 그 필체는 아마 할아버님 본인의 것인 듯했다.

"바깥에 있는 약력을 보니 원장 선생님이 경북대 의대 나오셨더구만. 우리 딸도 경대 의대 나왔습니다. 아마 원장님보다는 한참 위일 겁니다."

"아, 그럼, 저희 선배님이시군요."

종이에 적힌 내용을 보면서 약 코드를 만들고 처방을 입력하느라 내 시선이 컴퓨터 모니터로 가 있는 동안에도 강 할아버지의 따님 얘기는 계속 이어졌다. 의대 시절에 수석을 도맡아하던 따님은 서울의 S병원에서 수련 후 펠로우로 몇 년 있다가 K병원 교수가 되셨다고 했다. 그리고 진료와 연구를 열심히 해서 환자와 학계로부터 인정받는 의사라는 자랑도 덧붙이셨다.

"정말 훌륭한 선배님이시네요. 부끄럽지 않은 후배가 되려면 저도 더 열심히 해야겠습니다."

의대 선배님의 부친이시라고 하니 처방을 입력하면서도 나도 모르게 긴장이 되었다. 혹시 실수가 없는지 몇 번이고 확인한 후에야 출력 버튼을 눌렀다.

강 할아버지가 가신 후에 가족 조회를 해보니 지난 달에 손녀 둘이 먼저 다녀간 기록이 있었다. 할머니가 데려왔던 두 자매. 언니는 중학교 진학을 앞두고 있었고, 동생은 5학년 올라간다고 했었다. 내가 특이

사항을 기록해두는 칸에 '어머니는 내과 의사, 아버지는 치과 의사'라는 메모가 남겨져 있었다. 의료인 가족이 내 진료실을 찾아오면, 설명해야 할 것이 적어서 수월한 경우와 왠지 더 신경 쓰이고 부담되는 경우로 나뉜다. 이 두 자매의 경우는 후자였다. 더구나 오늘 강 할아버지로부터 이 두 자매의 어머니가 나의 의대 선배님이라는 얘기를 듣고 나선 더 그랬다. 내과 의사이신데도 불구하고 장염 걸린 아이들을 할머니 편에 동네 소아과로 보내고 부친의 혈압 약 처방도 챙길 여유가 없으신 걸 보면, 정말 바쁜 선배님이신가 보다 했다.

봄은 왔고, 내가 환자를 기다리는 시간보다 환자가 나를 기다리는 시간이 조금씩 더 많아지기 시작했다. 겨우내 정적에 길들여져 있던 대기실이 아이들 떠드는 소리에 움찔움찔했다. 산뜻한 등산복 차림으로 오신 강 할아버지는 꽤 북적이는 대기실을 보고는 흐뭇하게 웃으셨다.

"환자가 많아져서 참 다행입니다. 병원이 자리를 잡으려면 원래 시간이 좀 걸립니다. 앞으로 점점 더 잘될 겁니다."

그 후로도 세 번의 봄이 지나가는 동안, 그분은 한 달에 한번 꼴로 꼬박꼬박 방문을 하셨다. 매번 같은 처방이었지만, 오실 때마다 약 이름과 용법을 손수 쓰신 종이를 내미셨다. 아무래도 따님보다는 내가 좀 놋미더워 그러시나 보다 했다.

A형 독감의 대유행으로 분주했던 연말을 보내고 맞이한 개원 5년차 신년 벽두. 독감 유행이 한창일 땐 북새통이었던 대기실에 다시 개원 초와 비슷한 정적이 찾아들었다. 약 지을 때가 되어 방문하신 강 할아버지로부터 건네받은 종이를 펼쳐놓고 처방을 입력하고 있는데, 진료실

을 나가려던 그분이 다시 뒤돌아서며 내게 뭔가를 보여주셨다.

“이게 우리 딸이 해준 처방전입니다.”

강 할아버지가 보여주신 것은 꼬깃꼬깃해진 처방전이었다. 한눈에도 오래되어 보였다. 나는 좀 더 자세히 들여다보았다. 매번 강 할아버지가 손수 써오신 것과 같은 내용의 처방이 담긴 K병원 처방전이었다. ‘조교수 강’라는 이름도 보였다. 그제야 나는 4년이 다 되도록 그분께 따님의 성함을 여쭤본 적이 없었다는 걸 깨달았다.

“지금은 없어. 미국 가 있어.”

갑자기 궁금증이 발동한 나는, 강 할아버지가 가시고 난 후 K병원 홈페이지에 들어가 보았다. 그런데 내과 의료진 중에는 ‘강’이라는 이름이 없었다. 혹시나 하는 마음에 그 이름으로 인터넷 검색도 해보았다.

여러 동명이인들에 관한 웹문서들 틈에서 ‘K병원 호흡기내과 교수 강’에 관한 기사를 하나 발견했다. 2010년 2월에 의협신문에 실린 기고문이었다. 강 교수님이 대학 졸업 후 상경하여 K병원 교수로 임용되기까지의 과정은 강 할아버지로부터 들어서 알고 있던 것과 다르지 않았다.

그런데 그 다음 내용에서 나는 그만 가슴이 철렁했다. 2009년 3월 4일, 그러니까 K병원에서 교수 임명장을 받은 지 4일째 되던 날. 아침 회진 도중에 갑자기 쓰러진 강 교수님은 응급소생술에도 불구하고 끝내 숨을 거두셨다고 되어 있었다. 사인은 복부 대동맥류 파열.

‘나이 38세. 의대를 졸업하고 12년, 짧다면 짧은 시간이었지만 많은 환자 치료와 연구 업적을 남겼고 후학 양성과 호흡기내과 질환의 진단과 치료 분야 발전을 위해 희생적 노력으로 일관한 삶이었다.’

기사에 첨부된 사진 속에서 총명한 눈빛을 빛내고 있는 이지적인 미인이 바로 강 할아버지의 따님이 맞았다. 왠지 풀죽어 보였던 두 자매의 무표정한 얼굴이 고인의 사진에 퍼즐 조각처럼 맞춰졌다.

'K병원 조교수 강'라고 쓰여 있던 낡은 그것은 바로 교수 임용을 받은 지 며칠 만에 돌아가신 따님이 부친께 드린 마지막 처방전이었나 보다. 강 할아버지는 약을 받으러 오실 때마다 그 처방전을 꺼내놓고, 따님이 아버지를 위해 정성스레 입력했을 약 처방을 떨리는 손으로 한 글자 한 글자 따라 쓰셨으리라.

"지금은 없어. 미국 가 있어."

강 할아버지는 8년이 지나도록 따님이 남긴 마지막 처방전을 버리지 못했듯, 당신의 거짓말 속에서라도 따님을 살려두고 싶으셨던 것이다. 나는 한동안 다음 환자를 부르지 못하고 가만히 앉아 있었다.

그 후로도 강 할아버지는 한 달에 한번씩 처방전을 베껴 적은 A4 용지를 들고 병원을 찾으신다. 오실 때마다 혈압을 체크하고 건강 상태를 여쭤본 후 따님이 고이 남기신 처방을 그대로 입력해드리는 것 말고는, 내가 의사로서 강 할아버지께 해드릴 수 있는 걸 찾긴 힘들다. 나는 그저 조금 더 힘주어 큰소리로 인사드리고, 내가 지을 수 있는 가장 따뜻한 미소를 보여드릴 뿐이다.

나는 강 할아버지께 강 선배님에 대해 아무것도 묻지 않는다. 당신의 거짓말 속에서라도 따님을 계속 살려두고 싶기 때문이다. 나는 강 선배님이 계신다는, 그 슬픈 거짓말 속의 미국으로 진료 의뢰서라도 한 장 써 보내고 싶은 심정이다. 『에세이문학』

The수필

●… 사람이 사라져버린다는 것은 어떤 것일까? 어느 때도, 또 어느 곳에서도 그 모습을 볼 수 없다는 것이다. 그것이 죽음이고 대상이 자식일 때, 그 상실감은 이루 말할 수 없을 것이다. 극도의 상실감은 때론 부정(否定)을 불러온다. 화자의 단골환자 강 할아버지가 그런 경우이다. 그는 죽은 딸을 상상 속에 부활시켜 놓는다. 그리고 의사였던, 자랑스러웠던 그 딸이 남겨주고 간 처방전으로 화자를 찾아와 약을 타는 것으로 상실감을 달랜다. 화자는 우연히 사실을 알게 되지만, 그는 그 거짓말에 짐짓 속아주는 것으로 강 할아버지의 상실감을 덜어주는 데 일조한다. "그 슬픈 거짓말 속의 미국으로 진료의뢰서라도 한 장 써보내고 싶다"는 화자. 비애를 따뜻한 인간미로 감싸안아 아름답게 승화시킨 그의 마음 씀이 깊은 울림을 준다. /이혜연

거기

이동민

“거기.”

거실에서 모임을 알리는 우편물을 찾으려 탁자 위의 종이들을 들썩거렸으나 보이지 않았다. ‘우편물 어디 있어?’라는 말에 대한 아내의 대답이다. 부엌에서 설거지를 하는 아내는 뒤돌아보지도 않았다.

외출을 서두르면서 자동차 키를 찾을 때도, 신문을 보다가 메모할 일이 있어서 볼펜을 찾을 때도, 심지어는 세면대 위에 놓여 있었던 치약을 찾을 때도 나는 ‘어디 있어?’라고 소리친다. 아내가 말하는 ‘거기’는 자동차 키도, 볼펜도, 치약도 들어 있는 마법의 상자이다. ‘거기’에는 우리 집의 자질구레한 물건들이 모두 들어 있다. 상자라기보다는 창고에 가깝다.

‘거기’라는 말만 듣고 화장대 위에서, 또는 장롱의 서랍을 열어서 물건을 찾아내는 내가 용하기도 하다. 아내가 ‘거기’라고 할 때는 장소를 가리키는 것이 아니다. 내가 찾아낼 수 있으리라는 믿음을 전한다. ‘거기’는 언어가 아니고 마음과 마음을 이어주는 신비로운 끈이다. 가섭의 미소는 말로서는 풀어낼 수 없는 소통의 길이다. 미소에는 이 세상의 모든 언어를 하나도 빠짐없이 간직하고 있기 때문이다.

아내가 서실에 가려고 여느 날처럼 현관문을 나서면서 "오늘은 우리 결혼한 날인데" 하였다. 별다른 감정도 없이 무심히 건네는 말이었다. "12월 16일이잖아." 나도 지나가는 말처럼 대꾸했다. 그러고 보니 결혼 41주년이 되는 날이다. 이제는 아이들이 떠난 이 집을 둘이서 지킨 지도 어언 10년이 가깝다. 어제도, 오늘도 아내는 현관문을 나섰고, 나는 버릇처럼 컴퓨터 앞에 앉는다. 자료도 찾아보고, 글도 쓰면서 시간을 보내는 것이 요즘의 일과이다.

해가 기울녘이 되자 아침에 결혼일임을 말하던 아내가 생각났다. 전화를 했다. "오늘 저녁 식사는 바깥에서 할까?"라고 한 내 말도 무덤덤했지만, "그러지 뭐" 하는 아내의 대답도 나와 다르지 않았다.

수성못 가에 있는 식당에 갔다. 창문 밖의 수성못은 가로등 불빛을 반사하면서 일렁이는 물결이 무척 아름다웠다. "우리, 결혼 전에 이곳 호반 커피숍에 더러 들렀지" 했다. 옛날을 생각하니 마음이 젊어졌다. 둘러보니 예전의 그곳처럼 풋풋함이 넘치는 사람들만 자리를 메우고 있다. 아내는 그들 때문인지 주름이 늘어난 얼굴에 신경을 썼다. 그러고 보니 40년보다 더 오래 한 지붕 아래에서 살아온 이야기가 얼굴의 주름에 새겨져 있다.

무슨 말들이 그리도 많은지 티 없이 맑은 얼굴을 맞대고 연신 속살거리는 젊은이의 표정이 무척 달콤해 보인다. 우리는 겨우 몇 마디의 말만 건네고 조용히 식사를 했다. 얼핏 쳐다본 아내의 얼굴에는 세월이 만든 흔적들이 가득하다. 흔적에는 오랫동안 새긴 '거기'라는 단어도 자리를 잡고 있다. '거기'라는 말은 수십 년 간을 같이 생활하면서 두 사람만이 만들어 왔고, 두 사람만이 읽을 수 있는 언어이다. '거기'에는 말의 소리가 아닌 색깔로 상대의 속마음을 알아내는 마법이 담겨 있다.

젊었던 날에도 출근 시간에 쫓기면서 '어디 있어?'라는 말을 자주 했다. '거기'라는 대답을 들으면 '거기가 어딘데?'라며 짜증을 내곤 했다. 아내는 내게 잽싼 걸음으로 와서 '여기 있잖아'라며 부은 얼굴을 하고 내뱉었다. 여기와 거기는 말의 뜻만이 아니고, 사람과 사람을 이어주는 끈의 길이가 다르다. 여기는 모호함이 없다. 말하는 이가 바로 곁에서 일어난 일을 말하다 보니 듣는 사람도 헷갈리지 않는다. '여기'는 의사의 소통이 유리알처럼 투명하게 일어난다. 그런데도 아내가 '여기 있잖아' 하는 말소리에는 온기가 없었다.

아내도 창밖을 물끄러미 바라보더니 "예전에 왜, 아이들과 거기 갔잖아" 하였다. 젊은 날에 아이를 데리고 들렀던 어린이 놀이터를 말하고 싶었나 보다. 나는 거기가 어디인지를 알았다. "어린이 놀이터…." "그래." 다시 말을 끊고 우리는 세월을 가로질러 먼 옛날로 여행을 했다. '여기'에서 '거기'까지 살아온 길이 기억 속에서 가물거린다. 영감탱이가 되도록 둘이서 만들어 온 길이었다. 『에세이문학』

The 수필

●… '여기'와 '거기'의 거리. 그것은 단순히 물리적으로 환산되는 길이가 아니다. 부부 사이에서는 더욱 그러하다. 오랜 시간 함께해온 사이에서는 모호하기 짝이 없는 '거기'가 명확하게 다가오고 모호함이 없는 '여기'가 외려 막막함을 불러올 수가 있다. 그 거리를 화자는 사람과 사람을 이어주는 끈의 길이, 즉 온기로 환산한다. 신혼 시절, '거기'라고 답한 아내의 말뜻을 알아차리지 못한 화자에게 '여기'라고 명확하게 짚어주던 아내의 말소리에는 온기가 없었다고 한다. 그 온기 없음이 단어가 주는 명확성에도 불구하고 거리감을 불러온 것이다. 그러나 이제 그는 가섭의 미소처럼 '거기'라는 아내의 말을 찰떡같이 알아듣는다. 함께해온 세월이 마법을 부린 때문이다. '거기'가 한낱 장소를 가리키는 단어가 아니라 믿음이요, 마음과 마음을 이어주는 신비로운 끈이라는 화자의 정의가 미쁘다. /이혜연

삽화

정태헌

어디선가 휴대폰 벨소리가 울린다. 연달아 울려도 받는 이는 없다. 안에선 전국노래자랑이 티브이에서 한창이고, 밖에선 이동 트럭이 지나가며 확성기를 외쳐댄다. 벨소리는 제풀에 지쳐 꺼지고 확성기 소리는 멀리 사라진다. 입구 맞은편 벽엔 '여기 들어오는 모든 이에게 평화를', 오래된 목판이 걸려 있다.

후미진 곳에 있는 오래된 이발관이다. 좁지만 동네 사랑방 역할을 한다. 오가며 커피도 마시고 말 대접도 받는다. 반은 손님이고 반은 과객이랄까. 장년 사내가 총총걸음으로 들어선다. 눈빛으로 보아 휴대폰 주인인 모양이다. 이발사는 서랍 속에 간직해둔 휴대폰을 꺼내준다. 휴대폰 주인은 이발사의 등을 치며 고맙다는 말을 남기고 나간다.

백발이 성성한 노인네가 들어선다. 이발사가 반갑게 맞이하자 노인네는 소파에 앉는다. 이발 의자는 두 개인데 하나는 내가 앉아 이발 중이고, 곁 의자는 다른 노인네가 누운 채 면도를 하고 있다. 면도는 이발사 아내가 맡고 있는데 공짜요, 이발 값은 수년째 칠천 원이다. 백발의 노인네는 면도하고 있는 노인네를 향하여 대뜸 한마디 내뱉는다.

장가야, 오늘 무슨 일 있느냐. 늘그막에 면도하고 있다고 농을 던진다. 얼굴에 거품을 잔뜩 묻힌 장 씨는 면도날이 얼굴을 달리는 판이니 한마디 못하고 끙끙 앓는다. 이어 또 한마디. 장가야, 그저께도 부리나케 어디를 가던데, 새장가라도 가려는 거여? 장 씨는 목울대만 오르락내리락할 뿐이다. 이발사 마누라가 웃음을 참지 못하다가 손길을 멈추고 짐짓 거든다. 아니 어르신, 정말 그러시는 거예요? 장 씨는 아니라고 손사래치더니 의자에서 몸을 일으키고 만다. 황가야, 그 주둥이 닥쳐라. 아니 멀쩡한 사람 놓고 흠을 내느냐 이놈아. 두 노인네는 칠순을 넘긴 연치인데 막역한 사이인 모양이다.

황가야 형님 먼저 가신다, 천천히 오너라. 이발과 면도를 마친 장 씨는 무에 바쁜지 지팡이를 들고 휭 문밖으로 나선다. 잘 모시세요. 뭘 모시라는 것인지 박 씨가 허리 굽혀 장 씨를 배웅한다. 텔레비전에선 아직도 전국노래자랑이 한창이다. 트로트 여가수가 허리를 흔들어대며 늘어지게 노래를 재껴 부른다. 이발사는 황 씨에게 말을 건넨다. 갈수록 젊어지십니다그려, 어르신. 그려? 빈말이라도 고마우이. 저녁에 탁주 한 사발 사지. 오늘 아침 며느리한테 용돈 받았거든. 그나저나 이 집 커피는 달착지근하여 맛이 그만이란 말이야. 황 씨의 말에 이발사 김 씨는 너털웃음을 뺀다.

갑자기 장 씨가 다시 이발관으로 들어선다. 그러더니 지팡이를 흔들며, 황가야 지팡이를 왜 내 것과 비슷한 걸 마련해 나를 혼란스럽게 하느냐 이놈아. 아무래도 손잡이가 마뜩찮아 살펴보니 제 것이 아니었던 모양이다. 벽에 기대놓은 자신의 지팡이를 다시 들고 나선다. 이에 놓칠세라 황 씨는 장 씨의 등 뒤에 대고, 네 이놈 군청 다니는 둘째 놈이 돈 들여 사다준 지팡이를 감히 욕심을 내? 가다가 속이 켕겨 돌아와 너스레를 떠느냐. 정 욕심나면 말해라 이놈아. 장 씨가 너털웃음을 흘리며 제 지팡이를 찾아들고 밖으로 나선다. 이발사 김 씨는 장 씨에게, 길 조심해서 천천히 살펴 가십시오, 하고 예의를 차린다. 장 씨 또한 말 대접이 되돌아온다. 염려 말게 달려가지 않을 테니까. 대신 다리가 부실한 저 황가 놈이나 잘 부축해 보내시게. 나는 일없네. 허어, 할 일이 많은데 땅거미가 지네그려.

장 씨가 문밖으로 나서자 황 씨는 면도사에게 묻는다. 박 씨, 아까 장가에게 뭘 모시라는 건가? 오늘이 장 씨 어르신 선친 기일이랍니다요. 흐음 그려? 황 씨는 커피 한 모금 마시며 숨을 들이쉰다. 정월 보름께니 그렇겠구먼. 놓칠 뻔했네, 헌작은 못할지라도 제주祭酒나 한 병 보내야겠구먼. 노년의 우정은 격의 없는 농을 곁들이면 수명이 길어진다더니 그런지도 모르겠다.

참, 손가가 요새 통 보이질 않아. 그때 장기 두다가 틀어진 후론 보이질 않더니만. 장 씨가 사라지자 황 씨는 손 씨가 생각났던 모양이다. 이발사는 잠시 뜸을 들이더니 말을 어렵게 꺼낸다. 그 어르신 요새 요양원에 계신답니다. 글쎄, 폐암 말기랍니다. 상처 후 자식 걱정이 많았는데, 막내 놈이 취직해서 이제 일없다 하셨는데, 입때껏 자식들에게도 발병을 감추고 지내셨다는데, 이젠 수술도 어려워 고향 축령산 기슭 요양원에 머무신답니다.

뭣이라, 이런 재변이 있나. 소리 없이 가려고 했네그려. 하긴 낙엽이 질 때 소리 내는 것 봤어? 그냥 조용히 떨어지는 거지. 촛불이 스러질 때

펄럭이는 것은 몸부림이 아니라 마지막 성찰이고 통회라. 그래서 늙으면 자신을 늘 확인해야 한다니까. 몸도 몸이지만 내가 누군지를 되짚어야 해. 그래야 제 등뼈 하나로 자신을 지탱할 수 있는 거지. 김 씨, 언제 날 좀 잡아봐. 소소한 맺힘도 풀어야지만 손잡고 복이라도 빌어야지. 옳은 말씀, 복은 혼자 갖는 게 아니라 서로 빌어주고 나누는 것이리라. 그때야 이발사 김 씨는 가위질을 멈추고 화답을 한다.

잠시 침묵이 흐른다. 세상의 것은 때가 되면 다 지나가게 마련이다. 좋은 때도 힘든 일도 모두 한 시절이 아니던가. 삶이 종점에 다다랐을 때 우리에게 남는 것이 과연 무엇이던가. 자신이 지은 업만 따를 뿐, 그 다음은 아무것도 기약할 수 없다. 따뜻한 덕행과 말없는 베풂만 남을 뿐이다. 고개 숙이며 이발관 밖으로 나서니 저물어가는 하늘가에서 싸락싸락 눈발이 흩날리고 있다. 벽에 걸린 목판이 눈앞을 스친다. 모든 이에게 저 떡쌀 같은 축복과 가없는 평화가 있어라. 『에세이문학』

The 수필

●… 세상을 가설무대라 하던가? 어찌 보면 우리의 일상 편편은 세상이라는 가설무대에 깜짝 등장한 한 장면이요, 대하소설 속 한 컷의 삽화에 불과한 것인지도 모른다. 이 글은 인생이라는 가설무대에 오른, 장차 우리가 마주하게 될 노년의 일상 한 부스러기를 이발관이라는 오래된 장소를 빌려 묘사한다. 해설이 배제된, 철저한 관객의 입장이다. 바깥노인들이 툭툭 던지는 실없는 농담, 그러나 그 실없음 속에는 묵은 정과 따듯한 배려가 담겨 있어 가슴을 뭉클하게 한다. 마지막 문단, '좋은 때도 힘든 일도 모두 한 시절'이라는 화자의 독백이 '삽화'라는 제목의 의미를 곱씹어보게 한다. /이혜연

객토

김상환

텃밭에 객토客土 작업을 했다. 객토란 산성화되었거나 질 나쁜 토양 위에 새 흙을 넣어 땅의 힘을 상승시켜주는 작업이다.

씨앗 한 톨 뿌릴 곳 없는 가난한 농부는 산비탈을 깎아 농토를 만들거나, 버려진 자갈땅을 일구는 길밖에 없다. 지난 날 보릿고개를 겪던 시절, 우리 집에는 산을 깎아 만든 논이 있었다. 그 논은 원체 박토라서 아무리 애써도 작물이 잘 자라지 않았다. 애쓴 보람도 없이 부득이 갈아엎었다. 갈아엎을 때마다 돌을 골라내고 퇴비를 듬뿍 주었다. 하지만 갈아엎을 수 없는 땅이 있다. 돌도 아니고 흙도 아닌 비륵땅은 쟁기로도 갈 수가 없다. 삽 끝도 들어가지 않으니 곡괭이로 조금씩 파내야 한다. 이런 땅은 객토를 해야 한다.

내 삶의 땅이 바로 그런 비륵땅이고 자갈밭이었다. 혹독한 가난 속에 아버지는 내가 말을 배우기도 전에 돌아가셨다. 믿고 의지할 곳 없는 나는 늘 주눅이 들어 있었다. 한창 꿈에 부풀어 있어야 할 나이에 삶의 목표가 없었으며 병까지 앓고 있었다. 무엇을 위해 참고 살아야 하는지도 모른 채, 아파도 신음소리조차 내지 못하고 슬퍼도 속으로 울음을 삭히며 견디었다.

스물다섯 살 되던 해 피폐한 농촌 생활로부터 탈출하기 위해 무작정 상경했다. 기술도 능력도 없으니 첫 직장은 외판원이었다. 몸이 자본이고 부지런함이 최대의 무기였다. 물러설 곳 없는 나는 바위에 정釘을 대고 쇠망치로 쪼아가는 석수장이처럼 내일을 만들어갔다. 모래땅, 자갈땅 같은 현실을 갈아엎기 위해 힘을 기르고 나를 단련했다. 잠자는 시간을 줄이고 밥값도 교통비도 아꼈다. 내 삶의 땅이 햇볕도 받고, 바람도 잘 통하고, 물도 잘 흐르게 한 후 희망의 씨를 뿌릴 수만 있다면 두려울 것이 없었다.

처음에는 곡괭이로도 팔 수 없는 비륵땅 같았던 객지 생활에, 희미하게나마 빛이 보이기 시작했다. 큰 돌 몇 개를 파고 나니 작은 돌멩이들이 나오고 부드러운 흙도 조금씩 섞여 있었다. 이때 자갈밭은 모래밭 같고 모래밭은 옥토처럼 느껴졌다.

온갖 어려움 끝에 가까스로 내 사업을 시작했다. 원체 적은 자본금으로 시작한 탓에 6개월도 못 버티고 큰 고비를 맞았다. 하루하루 살얼음 위를 걸어가듯 아슬아슬하게 넘겼다.

여기서 포기하면 내 인생의 끝이라는 생각으로 2년 동안 고군분투한 결과 첫 번째 내 집을 마련하게 되었다. 겨우 한숨 돌릴 수 있는 여유가 생겼다. 그러자 삶의 가치를 좀 더 높이고 싶은 욕심이 고개를 들었다. 남이 만들어놓은 상품만 판매하는 것보다는 내가 직접 우수한 제품을 개발하여 보람과 가치를 함께 느끼고 싶었다. 그렇지만 기술도 경험도 없으니 아이디어로 승부를 걸었다.

아무런 경험도 없이 시작한 무모한 도전이라 세 번이나 실패했다. 그때까지 내가 서 있는 자리가 바닥인 줄 알았는데 실패를 거듭하고 보니 바닥에도 등급이 있었다. 더 비참한 바닥으로 무너져 내려앉고 보니 낭떠러지가 아닌 지하 바닥이라도 감사해야 했다. 그래도 나는 포기하지 않고 겨자씨만 한 희망을 움켜쥐고 오기로 허리를 곧추세웠다. 삶의 땅을 바꿀 수 없으니 내가 바뀌고 연장을 바꾸었다. 연장도 내 손에 맞지 않으면 나만의 방식으로 만들었다. 땅의 성질에 적합한 새로운 연장을 개발하는 과정에서 실패도 하고 상처가 덧나기도 했지만 보람도 있었다.

가난이 죽음보다 더 무서워 모험을 했고, 바닥에서 비상할 수 없으니 갈아엎었다. 그 과정에서 나와 만났던 사람들 중에는 흙 속에 숨겨진 바윗돌처럼 나를 속이고 더욱 힘들게 하는 이도 있었다. 하지만 그와 반대로 돌밭에 섞인 흙처럼 힘을 보태주는 소수의 사람들이 길을 열어주었다.

농촌에서는 가을이 되면 수확의 결과에 상관없이 다음 해의 풍작을 기원하는 마음으로 땅을 갈아엎는다. 묵은 땅은 갈아엎어야 위아래 흙이 서로 바뀌어서 땅의 질이 높아지기 때문이다.

이와 같이, 살아간다는 건 삶의 땅을 개간하고 갈아엎는 연속이라 할 수 있다. 삶의 땅이 아무리 기름지고 풍요로워도 수시로 갈아엎어주지 않으면 땅의 힘이 유지되기 힘들기 때문이다. 묵히고 방치해두면 잡초가 무성하고 돌처럼 굳어진다. 굳은 땅에 물이 고일 수는 있어도 새로운 싹이 움트기는 어렵다. 설령 싹을 틔웠더라도 무성하게 자라지는 못한다. 그래서 박토뿐만 아니라 옥토도 가끔 뒤집고 갈아엎어야 한다. 그래도 안 되는 비륵땅은 객토 작업을 해야 한다.

농사꾼의 가을처럼 인생의 완성은 노년에 결정된다. 객토 작업은 멈출 수 없는 일이다. 나는 요즘 시민대학과 문화센터에서 내 삶의 마지막 객토 작업을 하고 있는 중이다. 『수필과비평』

The 수필

●… 산을 깎아 만든 논, 비륵땅이 전부였던 작가는 척박한 자신의 삶을 그것과 병치시켜 글을 전개해 나간다. 바위틈을 뚫고 거꾸로 나와 옆으로 자란 나무를 보며 어떠한 어려움에 처해도 '절망은 없다'고 깊이 다짐하던 소년은 마침내 비륵땅을 옥토로 만들었다. 풍요로워진 노년에 이르러 그는 시민대학에 나와 문학으로 또 마음밭을 가꾸며 산성화된 땅을 갈아엎고 있다. 객토(客土)로 땅의 힘을 키운 그의 심전(心田)에 과연 어떤 꽃이 피어날까, 기대된다. /맹난자

'그분'

문영일

안방에서 화장실로 들어가는 공간에 'ㄱ'자 붙박이장이 있다. 철 지난 옷가지를 걸어놓은 옷장이다. 오늘 아침 그 옷장에서 겨울 정장 외투를 찾으려다 제일 안쪽에서 '그분', 곧 그 양복을 보았다. 나도 몰래 '헉' 하는 한숨이 절로 나왔다. 컴컴한 옷장, 제일 구석진 자리. '그분'이 아직 살아계셨다, 그걸 잊고 지냈다. 그것도 4년씩이나. '그분'을 꺼내놓고 가만히 내려다본다. 그분 모습이 다시 떠오른다. 작은 키에 바싹 마른 왜소한 체격인데, 얼굴만은 맑고 그렇게 인자해 보일 수가 없었다.

88올림픽이 끝난 늦가을. 꼭 30년 전이다. 부산 출장길에 잠시 처가에 들렀더니 장모님께서 선물이라며 봉투 하나를 건네주셨다. 다니시는 노인대학에서 경품 추첨이 있었는데, 운 좋게도 일등인 양복 티켓이 당첨되었다는 것이다. 내게 '선물로 준다'며 좋아하시는 거로 보아 당첨되었을 때 장모님의 기쁨이 짐작되고도 남았다. 나도 그만 입이 크게 벌어졌다.

그런데 낭패가 아닌가? 부산의 어느 양복점에서 발행한 것이었다. 다음날 12시 서울행 기차표를 이미 끊어놓았고 더구나 일행들과 함께 가기로 되어 있는데, 언제 양복을 맞추러 가며 가봉은 언제 한단 말인가? 공짜라면 양잿물도 먹고, 상이라면 냉수 한 잔도 좋은 법이다. 그런데 양복 한 벌이라니…….

그때가 오후 5시가 조금 넘었으나 티켓에 적혀 있는 주소를 보고 그 양복점을 찾아나섰다. 부산에서는 꽤 번화가인 서면 로터리 부근 어딘가로 생각했었다. 그러나 물어물어 찾아가보니 서면 번화가에서 한참 벗어난 변두리 동네의 시장 어귀 한편에 있었다.

실망이었다. 양복점이 너무 초라했다. 나를 더욱 낙심시킨 것은 정작 그 주인이었다. 연세가 환갑을 훨씬 지나신 것 같은데, 당신께서 혼자 재단도 하고 직접 바느질을 하여 양복을 만든다는 게 아닌가! 도대체 양복은 고사하고 두루마기 하나 제대로 만들 것 같지 않은 연세 많은 영감님이셨다. '좋은 것' 골라보라며 내어놓는 옷감도 몇 필 되지 않았다. 그 옷감들이 다 떨어지면 문을 닫겠구나 하는 생각까지 들었다. 양복에 대해 기대가 무너졌다. 선물이라며 주신 장모님은 되레 미안해하실 테고 나는 그게 오히려 민망해질 것 같았다.

사람 마음이 그렇게 간사하고 묘하다니. 나는 집을 나설 때, 티켓을 발행한 양복점이 크고 유명한 집이라면 공것 들고 찾아간 주제라 미안해서 주눅이 들 것 같았다. 그런데 막상 볼품없는 양복점이다 보니 실망도 했지만 측은한 생각이 들었다. 염치없는 짓 같았다. 내 배 불러지자고 어린 아이 얼굴에 밥풀 떼어 먹는 것도 유분수지. 양복 맞추는 것은 고사하고 오히려 영감님을 좀 도와드리고 싶은 마음마저 들었다.

"아무거나 하나 골라서 주시고, 가봉은 못하니까 그냥 만들어놓으면 찾아가겠습니다."

그런 내 말은, 그냥 싼 옷감으로 해서 당신께서 이익을 많이 남기기를 바라는 마음이었고 어쩌면 내가 양복을 안 찾아갈 줄 모르니 아예 만들지 말라는 뜻이었다.

그게 잘못이었다. 그분의 자존심을 상하게 한 것 같았다. 그는 같잖다는 듯, 내 눈을 빤히 쳐다보더니 낮고 부드러운 음성으로 말했다.

"가봉을 안 하고 무슨 양복이 됩니까?"

화가 좀 나신 모양이었다. 서랍에서 담배 한 개비를 꺼내 물고 불을 붙이는 두 손이 가볍게 떨렸다. 그는 "푸" 하고 담배 연기를 뿜어 그걸 한참 동안 바라보았다. 머쓱해진 나는 내일 서울로 가야 하는 사정을 말씀드리며 옷이 안 맞아도 '사장님' 책임이 없다는 말이었다고 얼버무렸다.

"그럼 진작 그렇게 말해야지요. 현금으로 되돌려줄 테니 서울 가서 맞출랍니까?"

그는 그렇게 말하며 돈을 찾으려는 듯 여기저기 서랍을 뒤졌다. 나는 할 말을 잊고 말았다. 추측건대, 영감님은 노인대학 아는 사람을 통해 팔았을 티켓일 텐데 도로 현금으로 되돌려주겠다는 게 아닌가! 가봉 없이 그냥 만들어주면 책임도 없고 적잖은 이익을 볼 수 있을 텐데…….

난감했다. 가봉하려고 다시 부산까지 올 수도 없고, 그렇다고 돈을 되돌려 받는다는 것은 생각할 수도 없는 일이다. 난처해하는 날 보고 그가 말했다.

"내일 열두 시 기차라 했습니까?"

"네."

"한번 해보지요. 내일 열 시까지 해놓을 테니 그 시간에 가봉하러 오세요."

양복 맞출 때, 가봉 때까지 필요한 시간이 얼마나 필요한지 몰라도 내 경험으로는 빨라도 2~3일은 지나야 했다. 그때가 저녁 7시가 훨씬 넘었을 때다. 다음날 아침에 오라니…….

다음날 아침. 그 양복점에 들렀다. 영감님께서는 밤을 새우셨는지 어젯밤보다 더 늙고 초췌해 보였다. 그는 마치 예술 작품을 다루듯 가봉한 옷을 내게 입히고 앞뒤, 옆에 여러 개의 바늘을 꽂았다. 내가 몇 번이나 시계를 보는데도 한참 동안 열중했다. 가봉을 마치고 내가 서둘러 나오는데 영감님도 뒤따라 나오며 '늦지 않을 테니 천천히 가요'라고 했다.

아! 인자하고 선량해보이는 그 얼굴. 나는 '고맙습니다'라며 양손으로 그분의 손을 감싸 쥐었다. '아버님'이라고 부르고 싶었다. 길을 건너 택시를 탈 때까지도 그는 흡족한 표정을 지으며 어서 가라며 손을 흔들며 계속 서 계셨다.

꼭 일주일 후, 부산에서 보내온 양복을 입어보았다. 양복을 맞추어 입을 때마다 늘 만족한 적은 없었는데, 이번에는 대만족이었다. 연한 베이지색이 우선 마음에 들었고 바느질도 꼼꼼히 잘 된 것 같았다. 즉시 장모님께 전화했다. 양복이 마음에 드니, 같은 치수대로 바지 하나를 더 만들어서 달래라며, 가실 때 꼭 고기 두어 근 사가시라고 말씀드렸다.

그것은, 비록 초라한 양복점이지만 평생 자기 하는 일에 긍지와 자존심을 가지고 꿋꿋하게, 그리고 당신 스스로 '쟁이'이기를 고집한 '그분'에 대한 존경심이었고 비록 많은 돈은 벌지 못했지만 당당하고 한 점 부끄럼 없이 살아오셨을 그 장인匠人에 대한 박수였다.

다음 해, 여름휴가 때다. 나는 가족들과 부산 해운대를 휴가지로 정했다. 처가에 머물 수도 있고 무엇보다 가을에 입을 양복 한 벌을 맞추려는 심사였다.

부산에 도착한 다음날, 제일 먼저 그 양복점을 찾아갔다. 반갑게 맞이할 그분 생각을 하니 가슴이 뛰었다. 그런데 그 집 앞에서 택시를 세워 내려보니 진열장이 함석 덧문으로 닫혀 있었다. 휴일인가? 낙심하여 길 건너편에 있는 복덕방에 들어가 물었다.

"아, 김 씨요? 돌아가셨어요. 작년 가을에."

"예?"

나는 망연자실 한참 동안 그 자리에 서 있었다. 그날, 밤샘작업을 하여 초췌해 보였던 그분 얼굴이 떠올라 내가 죄를 지은 것 같아 되돌아오는 발걸음이 한없이 무거웠다.

옷장에 걸려 있던 그 양복은 그분께서 마지막으로 만들어 내게 주신 선물이다. 나는 그 양복을 옷소매가 다 해지도록 5년이나 입고 다녔다. 그러고도 30년 동안, 이사를 하거나 옷 정리할 때마다 아내에게 지청구를 들으면서도 그 양복만은 버리지 못하게 했었다.

그분은 내게 큰 선물을 주고 가신 분이시다. 내가 무슨 일을 미루려 할 때마다 "지금 당장 해라"고 손을 끌어주셨고, 일을 대충 해버리려 할 때마다 눈을 흘기시는 것 같았다.

직장생활은 물론 일상생활까지 교훈을 삼았던 그분께서 만들어주신 그 선물이 '그분'이 시다. 나도 이제 그때 그분의 나이를 훌쩍 넘어섰다. 이

겨울 지나 따뜻한 봄이 오면 그 양복을, '그분'인 양 다비식을 올리리다.

『한국산문』

The 수필

●… '그분'은 한 벌의 양복이다. 그러면서 그 안에 양복점 주인을 품고 있다. 그러니까 양복점 주인 = 양복 => 그분이다. 5년 전 양복점 상품권을 갖고 찾아간 곳에서 만난 양복점 주인과의 사건이 소재이다. 일 년 후 다시 찾아갔지만 양복점 주인의 부고를 듣고 자신의 경솔함을 반성하며, "지금 당장 해라"는 그분의 말씀이 들리는 것 같아 작가는 평생 교훈으로 삼는다. 상품권을 든 인간의 얄팍한 심사와 밤을 새워 한 벌의 옷을 만들어낸 '장인'의 자세를 엿보게 한다. 체험 자체가 드라마틱한 긴장과 반전의 묘미까지 갖추고 있어 재미와 감동이 있는데다 자신의 경솔함을 반성하는 대목은 숙연한 감동을 준다. /정진희

사진, 또 하나의 언어

김근혜

징후다. 답답해서 밥이 목구멍에 걸린다. 산맥들이 꿈틀거리며 탈출을 꿈꾼다. 좋지 않은 호흡기 탓에 서랍 안에서 꿈이 늙을 때가 많다. 방랑벽이 있는 사람이 겨울을 나는 건 쉬운 일이 아니다. 그런데도 견디는 재간은 나이인 것 같다.

카메라 가방을 메고 무작정 시동을 건다. 이사 온 지 삼 개월이 지나가는데 낯설다. 감기로 인해 실내에서 지내다 보니 가을이 떠나고 없다. 직장을 그만둔 후론 사진을 찍는다. 영혼이 피사체에 빠져 일체가 될 때 느끼는 희열이 나를 바깥으로 밀친다.

누군가가 지나쳐버린 하루를 담고, 내가 사랑하는 파도도 넣으며 위안을 얻는다. 검은 상자 안에서 빨간 알약, 파란 펭귄, 다 닳은 지팡이가 나온다. 그들의 호흡이 멈추기 전에 재빨리 하드웨어에 저장한다.

사진은 자기 변명이 없어서 싱겁다. 보이는 대로 말하고 전하는 정직함이 싫다. 민낯이 불편하다는 사람들은 세상 흐름에 맞게 부풀리고 화장을 한다. 사람 얼굴에도 여러 학문을 가미하듯 사진도 문학, 심리학,

고고학, 건축학 등 이야기를 입힌다. 애써 뒤틀고 조미료를 넣어야 예술이 되는지 알 순 없지만, 의식적으로 의도한 사진도 맛이 있어서 빠지게 된다.

글자 없는 표정을 읽는다. 긴 휴식에 빠진 그들을 깨운다. 정지된 화면이 부스스 눈을 뜨며 말을 건다. 속살을 보는 순간이 즐겁다. 있음이 없음이고 없음이 있음이 되는 철학. 함축된 의미를 파악하고 메스를 든다.

그들의 생생한 삶의 현장을 내 삶과 환치하고 새로운 의미를 부여한다. 아픈 기억은 지우개로 지우고 바랜 부분은 빈티지 느낌을 살려 고풍스러운 맛을 준다. 노이즈가 난 부분은 더 거친 질감을 주고 팔, 다리를 자른다. 내 작품은 수술대 위에서 새롭게 태어나기 위해 고통을 감수한다.

상처난 부분을 왜곡한다. 나를 비추는 거울이 분할되었다가 사라진다. 여러 사진이 합쳐져서 새로운 하나가 된다. 인연이 되어 새로운 누군가를 만나 가정을 이루기도 하고 헤어지기도 한다. 때론 근친상간도 서슴없다. 하나의 인격에 다중 인격을 부여해서 욕망의 화신을 만들기도 한다. 밋밋하던 가슴이 부풀어 오른다. 창조적 행위가 끝나고 소통이 이루어진다.

들어올리기조차 힘든 카메라의 무게가 그 순간만큼은 가벼워진다. 셔터를 너무 많이 눌러서 손가락이 쑤신다. 마약과도 같은 사진 작업이 통증을 잊게 한다. 내가 살아보지 못한 세상을 만들고, 가져보지 못한 것이 승화된다. 이런 순간이 좋아서 방랑벽을 핑계 삼아 쫓아다니는지 모른다. 상상 속에서만 존재할지라도 내가 꿈꾸는 것을 만날 수 있고 이룰 수 있으니 행복하지 않으랴.

민낯에 옷을 덧입히는 시각을 바꿔놓은 것은 라오스 오지 마을 출사 여행이었다. 맑고 순한 눈을 가진 아이들을 본 후이다. 다섯 살 남짓 된 아이들이 축구를 하며 즐겁게 놀고 있었다. 바지가 벗겨지는 줄도 모르고 뛰노는 아이들의 풍경 속에서 문명은 이기였다. 내가 하는 사진 작업이 순순함에 대한 모욕인 것 같아 차마 광각렌즈를 바로 들이댈 수 없어서 망원렌즈로 그들을 담았다.

네 살배기 여자아이가 동생을 어르고 업고 있는 모습, 가장의 무게를 짊어지고 아무렇지 않은 듯 운명을 껴안고 살아가는 여성들. 불평조차 없어 보이는 평온한 얼굴에서 무엇이든 얻기 위해 발버둥치는 우리들의 모습이 대비된다.

"인간은 구하다, 구하다 고苦의 세계에서 죽는다"고 했던가. "크게 버리면 크게 얻는다"는 진리를 그들에게서 깨닫는다. 많이 가지고도 결핍을 느끼는 혼탁한 가슴이 떨리고 있다.

문명을 받아들여야 하는 압박감이 없는 평화로운 곳에 대책없이 불을 지필 이유는 없다. 신이 인간을 처음 만들었을 때, '보기에 좋았다'고 말한 순전한 모습이 아닐까. 그날 그날의 의식주를 해결하면 그게 행복인 것처럼 보였다. 꼬질꼬질하게 때가 묻은 옷을 입고 맨발로 다녀도 부족한 것이 없어 보였다.

세상에 때 묻지 않은 모습을 한 장이라도 더 담겠다는 작가들의 시선과 그들의 눈동자가 교차한다. 허리를 숙여야만 보이는 들꽃, 눈여겨보지 않으면 지나칠 수 있는 그들. 단지 삶의 형태와 태어난 나라가 다를 뿐. 우리와 똑같은 조물주의 선물이다.

빛을 받은 명부와 빛을 받지 못한 암부의 차가 극명하게 드러나는 것 같아 마음이 아팠다. 아니다. 누가 그들을 암부라고 말할 수 있겠는가. 빛이 강하면 그림자도 길 듯, 빛이 진정 빛이 아닐 수 있는 것을. 어느 생이 렘브란트광처럼 극적이고 입체적일 수 있을까. 빛이 약해 장노출을 통해 절대량을 확보할 때가 있는 것이 인생이거늘.

사탕을 내밀었다. 우르르 몰려오는 아이들의 눈이 맑다. 슬프다. "기브 미 어 초콜릿"을 외치며 다니던 한국전쟁 후의 우리나라 현실이 광각으로 다가오다 망원으로 밀려난다. 『선수필』

The 수필

●… 사실을 복사하는 사진이 싱겁다며, 사실 안쪽의 상처를 왜곡하고 부풀린다. 생생한 현장을 긁고 지워 고풍스럽게 만들기도 하며 꿈꾸던 이상을 사진의 세계와 소통한다. 세상의 때 묻지 않은 모습을 담아내겠다는 시선으로 만나는 현실은 스산하다. 명암이 극과 극이 아님을 알게 된 순간, 세상은 모두 같은 조물주의 선물이 된다. 라오스 오지마을에서 오래 전 우리의 시간을 읽는다. 손가락이 아플 정도로 셔터를 눌러본 사람이 쓴 사진의 세상은 준엄하다. 작가가 창조한 세계가 현실에 뿌리를 굳게 내리고 있어 바라보는 마음이 든든하다. /노정숙

누가 순수한가

송혜영

살구나무 꽃그늘 아래 '정숙한' 아낙 다섯이 모였다.

이미 폐경이 됐거나, 곧 폐경을 앞둔 여자들은 자신의 몸에 일어나는 여러 변화에 대해 의견을 나누고 있었다.

시도 때도 없이 얼굴이 후끈 달아오른다는 여자, 잠이 안 온다는 여자, 자고 일어나면 흠씬 두드려 맞은 것처럼 삭신이 쑤신다는 여자, 피부에 기름기가 쪽 빠졌다는 여자들이 서로 증세의 심각성을 토로했다. 우리 이제 여자로 사는 거 얼마 안 남았지. 쥐꼬리만 한 젊음의 흔적이 서서히 거두어지고 있다는 걸 몸으로 절실히 느끼고 있는 여자들은 길게 한숨을 내쉰다.

내가 아는 여자의 친구의 친구가 바람이 났는데 그렇게 예뻐지고 젊어졌다네, 남편이 밉거나, 귀찮거나, 사물과 별반 다를 게 없는 여자들이 음탕하게 눈을 빛냈다. 하지만 죽기 전에는 절대 '평생 원수' 외에 다른 남정네와의 실제 관계는 꿈도 못 꿀 정숙한 여자들이 남의 외도에 또 한숨을 쉰다. 연애 한번 해보지 못하고 할머니가 되는 건 억울하다며 가슴을 치는데 난 데 없이 머리를 박박 깎은 사람이 마당에 들어섰다.

언뜻 보아서는 성 정체성을 알아챌 수 없다. 여자라 하기에는 너무 밋밋하고 남자라기에는 가냘프고 곱상하다. 맑은 눈빛에 장식하지 않은 마른 몸이 소년 같기도 하다. 여성의 색깔도 남성의 냄새도 없이 무성의 인간이다. 집주인의 교우라는데 지나가다 들렀다며 샘에서 물 한 바가지 떠 마시고 정숙한 여자 제위를 향해 고개를 꾸벅하고는 바람같이 사라졌다. 범상치 않은 외모에 사연이 없을 리 없었다.

그이는 오랫동안 여자를 밑천으로 생계를 꾸려왔다. 예전의 그이는 풍성한 긴 머리카락에 보기 좋은 가슴을 가졌었다. 수컷을 유혹하기 좋은 몸이었다. 가난하고 아버지도 없었던 그이의 성은 생계 수단이었다. 무엇으로 밥을 먹었다면 그것의 바닥을 보았을 것이고 그건 본질을 꿰뚫었다는 의미다. 그이에게 모든 연애는 불순했다. 사랑의 환상 따위는 남아 있지 않았다.

더 이상 여성을 팔지 않아도 되자 그이는 이제 자신의 성을 철저히 버리고자 했다. 삭발한 머리, 남루한 입성으로 발길 닿는 대로 산으로 바다로 돌아다녔다. 여행이 계속되면서 그이는 도나텔로의 막달라 마리아같이 바짝 마른 몸이 되어 갔다. 그이의 여정은 성을 초월한 순수한 한 인간이 되기 위한 고행이 아니었을까.

머리를 깎고 잿빛 장삼을 입었는데도 여자 냄새가 폴폴 나는 예쁜 비구니를 만난 적이 있다. 세속에 물들지 않아 얼굴에 나이도 지워졌나 보다. 실제 나이에 어리둥절했다. 어렸을 때 절에 맡겨져 한번도 속세에 나가 살아본 적이 없었단다. 스물 무렵, 절에 공부하러 온 고시생을 따라갈 뻔한 적이 있었는데 큰 스님이 말려 절에 남았단다. 성을 허락하지 않는 승복 속에 감춘 몸은 깨끗하기 이를 데 없다. 하지만 남자들의 시선을 의식하는 그녀 영혼은 판타지가 무성할 것도 같았다.

고운 건 더럽고 더러운 건 곱다. 극단적으로 멕베스의 첫 구절을 대입시켜본 건 누가 순수한지 따져보고 싶어서일까. 애초부터 불순물이 섞이지 않은 순수한 질료는 불가능하다. 아이의 무지함이 순수가 아니라고 전제를 깔고, 진정한 순수는 혹독한 제련 과정을 거쳐 불순물이 제거된 상태가 아닐까. 담백한 눈빛, 지방질이 없는 가뿐한 몸의 그 무성의 인간처럼, 성뿐 아니라, 삶 전체에 끼어 있는 불순물을 혹독한 경험이라는 필터를 거쳐 다 정화시키고 난 그이가 어쩌면 진정 순수한 자일 거야.

'정숙한' 여자 두셋이 고개를 끄덕인다.

연분홍 꽃잎 바람에 날린다.

『한국수필』

The 수필

●… 수필 창작은 작가가 선택한 소재를 자신의 삶을 토대로 해석하고 그것이 갖는 의미를 형상화하는 과정이다. 해석한 결과로 주제를 만들고, 그것을 드러내기 위해 소재를 재구성해서 완성한다. 한때 절박한 가난으로 여자를 밑천삼아 생계를 꾸려왔던, 하지만 이젠 성을 초월해 순수를 향한 고행으로 비짝 마른 몸이 되어가는 여인과 머리를 깎고 잿빛 장삼을 입었음에도 여자 냄새를 그대로 간직한 비구니를 비교한다. 몸과 마음을 견주고 있는 것이다. 작가는 애초부터 순수한 질료는 불가능하다는 전제 하에 삶 전체에 끼어 있는 불순물을 혹독한 경험이라는 필터를 거쳐 정화시킨 여자 쪽에 서고 싶어 한다. 그 판단과 해석이 재밌고 참신하다. 그러나 순결, 그것이 그렇게 중요한 건가? /조헌

2월

서성남

새벽 새소리가 가장 듣기 좋은 달이 2월이다. 어느 달보다 많이 지저귄다. 그 소리는 영하의 날씨를 뚫고 맑기도 하다.

집수리 중인 까치들은 둥지 주위에서 쉴 새 없이 상대를 부른다. 높지 않고 부드럽다. 여럿이 토론하듯 날카롭게 짖는 것과는 달리 온화하다. 다른 새들도 서로 부르는 소리에는 교태가 있다. 숲의 악사인 청딱따구리 수컷의 연주를 자주 듣는 달도 2월이다. 속 빈 나무를 부리로 두드려 내는 음은 드럼 소리 같기도, 대나무 통에 구슬이 구르는 듯도 하다. 비명 같은 소리를 지르며 눈앞을 가로지르던 직박구리도 날갯짓과 소리가 한결 순하다.

냇물 소리가 가장 정겨운 달이 2월이다. 채 녹지 않은 얼음 밑으로 흐르는 냇물, 아기의 옹알이 같고 엄마의 자장가 같다. 물이 잠깐 멈춘 자리에는 성급한 개구리가 어느새 까만 알을 낳았다. 냇물 소리에 겨울이 흘러간다.

얼었다 녹았다를 반복한 강은 윤슬로 눈부시다. 물속 고기들은 기지

개를 켜며 물살을 차고 오를 준비를 할 것이다. 풍경의 변화나 마음의 움직임으로 이름을 짓는 인디언이 2월을 '물고기가 뛰노는 달'이라고도 부른다지 않는가. 강 위를 나는 철새 무리도 서서히 떠날 채비를 해야 한다. 바닷속도 한층 분주해질 것이다.

2월의 빈 들판은 색이 바래 황량해 보인다. 누렇게 마른 풀잎, 반짝이는 얼음, 스산한 바람, 옅은 햇살, 겉으로는 생명 활동을 멈추고 편안히 쉬는 것 같지만 가만히 보면 움직임이 느껴진다. 햇볕에 땅이 반응하고 바람에도 그냥 있지 않는다. 한 겹의 볕도 더 받으려 꿈틀대고 서릿발 사이로 한 자락의 바람도 더 마시려 손을 내밀고 숨을 크게 쉬는 것 같다. 보이지 않게 움직인다. 언덕 위로는 아지랑이가 피어난다.

산도 얼핏 황량해 보이기는 마찬가지다. 숲은 무성했던 잎을 다 떨어뜨리고 마른 가지만 허공을 지킨다. 키 큰 나무의 묵묵한 모습, 아버지를 닮았다. 침묵하듯 조용한 숲이지만 뿌리는 수분을 저어 올리느라 바쁠 것이다. 낙엽 속에서는 수많은 생명이 살아가고 있다. 지난 여름 몇 개의 잎을 달고 떨어진 참나무거위벌레도 도토리 속에서 겨울을 나고 있을 것이다. 숲은 침잠하고 번성하는 우주의 섭리를 되풀이하느라 잠시 정동중일 뿐이다.

매몰차던 바람도 갈수록 순해진다. 문풍지의 떨림도 잦아든다. 설핏 남쪽 바다 냄새도 묻어난다. 2월의 바람은 연을 날게 한다. 얼레의 실을 풀며 보리밭을 힘껏 달리면 매단 연은 일순간 바람 타고 공중을 난다. 먼 하늘에 아득히 나부끼는 연은 꿈이다. 2월의 바람은 꿈을 실어온다. 바람의 신 영등 할매도 이제 지상으로 내려올 채비 중일 게다. 어머니는 장독에 맑은 물을 올리고 두 손을 모을 것이다.

2월은 24절기의 시작인 입춘이 있는 달이다. 대한 다음이라 봄이 시작된다기보다는 준비한다는 게 맞을 것이다. 그래서인지 1년 농사의 씨앗을 고르는 달도 2월이다. 지난해 받아 놓은 씨앗들을 꺼내 겨우내 얼거나 훼손되지 않았는지 살핀다. 바꿀 것은 바꾼다. 한해 식탁을 준비하는 장을 담그는 달도 2월이다.

두 번째 절기인 우수는 대개 19일 무렵에 있다. 중국에서는 우수 지난 10일에 기러기가 북쪽으로 날아가고 그 다음 5일에는 초목에 싹이 튼다고 한다. 아파트 앞 단풍나무 가지에도 어느새 푸른 빛이 감돈다.

하순 들어 기온이 영상으로 이어지지만, 가끔 꽃샘추위가 찾아오기도 한다. 이때 추위는 앙탈부리는 막냇동생 같아 밉지가 않다. 오래 머물지도 않는다. 두꺼운 겨울옷을 꺼내 갈무리를 잘하라는 의미인지도 모른다.

2월은 찬 기운 속에서도 뭔가 준비하느라 엎드리고 있는 형색이다. 달리기 시합에서 출발 신호를 기다리는 선수들처럼. 전신의 힘을 가다듬고 숨을 멈춘 긴장한 모습이다. 비행기가 활주로에 선 채 비상하기 위해 출력을 높이는 모양새. 튜닝을 끝내고 지휘자의 손끝을 기다리는 관현악단 같다. 2월은 숨죽이고 있지만 뛰쳐나갈 자세를 취하고 있는 달이다.

신호가 나기 전 생존을 위해 규칙을 어기는 꽃이 있다. 키 큰 풀이 자라면 설 곳을 잃고 마는 작은 들꽃들, 신이 베푼 자비일지 모른다. 종족 번식을 윤허해주는 것이리라. 복수초, 노루귀, 안전부채, 변산바람꽃……. 예쁜 꽃들이 핀다. 봄의 전령이다.

인생에도 2월이 있을 것이다. 일 년 농사의 씨앗을 살피고 장을 담그며 출발선에서 신호를 기다리는 것처럼 인생을 벼르는 2월이 있을 것이다.

이제 2월 말. 내일이면 '탕' 신호와 함께 눈부신 생명이 다투어 피어날 것이다.

『에세이문학』

The 수필

●… '간절기(間節期)'라는 말이 있다. 한 계절에서 다른 계절로 넘어가는 시기를 말한다. 그 간절기 중에 어쩌면 가장 동(動)적인 것이 2월이 아닐까 싶다. 정(靜)의 계절인 겨울. 그러나 그것은 정(靜)이라기보다는 동(動)을 위한 휴식이고 준비라 할 수 있다. 2월은 그 준비의 마지막 단계, 리허설 무대이다. 그 숨은 움직임을 화자는 시각 청각 촉각을 총동원한, 예민한 촉수로 잡아낸다. 대상수필이 저지르기 쉬운 오류가 대상의 묘사에 너무 많은 것을 끌어들이거나 과장된 비유로 되레 설득력을 떨어뜨린다는 것이다. 이 글은 섬세한 감성을 바탕으로 한, 세심한 관찰과 통찰을 거친 적확한 묘사로 공감을 이끌어내는 데 성공했다. /이혜연

모탕

김순경

땅바닥에 누워 있다. 상처를 움켜쥐고 혼자 뒹군 듯 미동도 없다. 셀 수 없는 도끼질에 정신을 잃었는지 일어날 기력조차 없어 보인다. 상처뿐인 육신은 형체를 알아볼 수 없을 정도로 망가졌지만 누구 하나 눈길조차 주지 않는다.

모탕은 나무를 패거나 자를 때 밑에 받쳐놓는 나무토막이다. 도끼날과 톱날을 보호하고 작업 능률을 높이는 튼튼한 받침대이다. 일단 모탕이 되면 수많은 도끼질을 감내해야 하고 만신창이가 될 때까지 굴레를 벗지 못한다. 얼마나 고통스럽고 험한 길인지도 모른 채 바닥에 누워 까닭도 없이 살점을 뜯어내는 도끼 세례부터 받는다. 한두 번 몸을 비틀어 피해보지만 힘이 빠지면 순순히 온몸을 내어놓는다. 그렇게 될 줄 알았으면 자신을 불태워 재가 되는 장작의 길을 택했을 것이다. 고통의 길인 줄 미리 알았다면 누가 그 길을 따라갔겠는가.

한 배에서 태어나도 가는 길은 다르다. 좋은 환경 속에서 곧게 자란 나무는 전각의 기둥이 되어 귀한 대접을 받지만, 척박한 땅과 돌 틈에서 비틀거리며 자란 나무는 군불용 장작도 되기 어렵다. 아무리 좋은 씨앗이라도 환경이 받쳐주지 않으면 정상적으로 성장할 수가 없다. 단단하고 당차게 하늘을 향해 뻗어가고 싶지만, 바위가 뿌리를 막고 비바람이 가지를 비틀면 목숨을 유지하기도 어렵다. 살기 위해 어디든 발을 뻗다 보니 모양에 신경쓸 새가 없었다. 겨우 살아남았지만 내세울 것이 없는 모탕이 되었다. 미꾸라지는 용이 될 수 없었고 개천에서 용이 나올 수도 없었다.

모탕은 소나무 밑동이나 구불구불한 밤나무가 제격이다. 비틀어져도 나무토막을 잡아주고 힘차게 내려치는 도끼날이 튀지 않게 감싸주면 된다. 목재도 장작도 될 수 없는 등걸이나 옹이가 많은 나무라도 아무 문제가 없다. 이런 나무가 흔들림도 적고 도끼날의 충격도 잘 받아주어 장작 패기에 편하다. 한번 받침대가 되면 장작을 패지 않는 날이나 눈비가 오는 날에도 땅바닥을 지킨다. 도끼날에 찍힌 몸통이 개미허리처럼 가늘어져도 나무토막을 받아준다.

운명을 피할 수는 없다. 살다보면 원치 않는 일들이 숙명처럼 다가온다. 피할 수 없으면 즐기라는 말도 있지만, 자신의 몸을 송두리째 내어주는 일이 어디 말처럼 쉬운가. 차마고도의 험난한 길을 가는 당나귀와 콧물마저 받아 마시며 사막을 가야 하는 낙타도 좋아서 하는 일은 아니다. 가지 않으면 안 되는 길이기에 갈 수밖에 없다. 강제 소집돼 전쟁터에 끌려가는 총알받이 학도병처럼 설사 가다가 죽는다 해도 가야만 할 때가 있다.

장작도 매 맞을 순서를 기다리는 신병처럼 불안하다. 날 선 도끼가 높이 올라가면 그 충격이 얼마나 큰지 알고 있는 모탕은 두 눈을 감는다. 도끼날이 자신의 등에 꽂힐 때마다 살점이 뜯겨나갔다.

도끼는 나무토막의 혈을 찾아 내려친다. 도끼날이 정확히 맥을 찾아 들어가야 반으로 쪼개진다. 나무에 결이 없으면 잘 쪼개지지 않는다. 결이 선명한 참나무는 도끼날이 닿기만 해도 쫙 갈라지며 떡살 같은 목질을 드러낸다. 장작을 패다보면 결이 분명하지 않은 나무가 더 많다. 비틀어지거나 옹이가 많은 소나무 밑동은 장작을 만들기도 어렵다. 도끼도 모탕도 서로 힘이 든다.

자루를 잡는 것만 봐도 도끼질 수준을 짐작한다. 숙련된 작업자는 가볍게 자루를 잡고 중력을 이용해 내려친다. 복싱 선수가 어깨 힘을 빼고 가볍게 툭툭 던지는 잽처럼 최대한 힘을 빼야 도끼날에 가속도가 붙는다. 힘만 믿고 덤비다가는 믿는 도끼에 발등을 찍힐 수도 있다. 어쩌다 나무토막을 맞힌다 해도 장작이 아닌 나무 부스러기를 만들고 모탕을 찍는다.

모탕도 처음부터 고분고분했던 것은 아니다. 처음 몇 번은 몸을 요리조리 피했다. 빗맞은 나무토막이 튀어오르면 도끼는 땅에 박혔다. 통쾌했다. 어쩌면 이 자리를 모면할 수도 있겠구나 싶었다. 아니었다. 바로 꺾쇠나 말뚝으로 땅에 묶였다. 억울함에 몸을 떨었지만, 세월이 적응하게 했다. 도끼날에 찍힌 등이 움푹 파이면 모탕도 나무토막도 움직이지 않았다.

나는 중학생이 되면서 도낏자루를 잡았다. 겨울방학만 되면 하얀 입김을 내뿜으며 새벽부터 톱질하고 장작을 팼다. 동생들이 일정한 길이로 잘라주면 나는 장작을 팼다. 도끼질도 힘들지만, 전신 근육을 다 사용하는 톱질도 만만치 않았다. 톱질과 도끼질을 하면서 손가락 뼈가 보일 정도로 다친 적도 있다. 상비약이 별로 없던 시절이라 송진을 발라 피를 멈추게 하고 화롯불에 손가락을 쪼이면서 상처가 아물기를 기다렸다. 추운 겨울 새벽마다 장작을 패는 일은 기를 모아 자신을 단련하는 수련이었다.

장작을 패는 일이 힘든 것만은 아니었다. 등걸과 통나무가 속살을 드러내며 쪼개질 때마다 쾌감을 느꼈다. 맥을 잘 짚어 한번에 통나무가 쩍 갈라지면 마치 대어를 낚은 것같이 손맛이 좋았다. 무엇이든 다 할 수 있는 장골이 된 것 같았다.

부모는 언제나 자식을 먼저 생각한다. 때로는 자신의 존재감마저 상실한 채 자식에게 모든 것을 다 내준다. 거센 도끼질을 받아내는 모탕처럼 등이 굽고 뼈마디가 다 닳아도 자신만을 탓한다. 그것이 부모의 삶이다. 아버지가 힘든 것을 아는 아들은 드물다. 설사 안다고 말해도 그저 지나가는 빈말처럼 들린다. 어찌 겪어보지 않고 그 질곡의 세월을 이해한단 말인가. 자신이 부모가 되지 않는 한 그 희생을 알 수가 없다는 생각이 든다.

장작더미가 높아갈수록 모탕은 작아져갔다. 장작가리가 가지런히 쌓여가면 도끼질 당한 모탕은 숨소리마저 잦아든다. 온몸으로 장작을 만들 때는 누구도 관심을 보이지 않다가 문제만 생기면 모든 원망을 감수해야 한다. 도끼날에 가슴이 움푹 파여도 헌신적인 자식들의 뒷바라지를 내세우지 않는 부모처럼 장작을 먼저 생각한다.

도끼를 받아낼 힘이 없는 모탕이 마당 한구석에서 조용히 썩어간다. 활활 타오르는 장작불의 열기가 하늘 높이 오른다. 『수필세계』

The수필

●… 모탕은 나무를 패거나 자를 때 밑에 받쳐놓는 받침대다. 작가는 아무도 눈길 주지 않은 그 나무토막의 비의를 헤아린다. 모나게 태어나 정해진 운명이다. 운명에 반항도 해보지만 바로 꺾쇠나 말뚝으로 결박된다. 모탕이 수많은 톱날과 도끼날에 잘리고 패여도 굳건히 자신의 자리를 지키는 것을 헌신적으로 자식들의 뒷바라지를 하는 부모의 모습과 겹쳐놓았다. 이제 모탕은 자신의 임무를 끝내고 마당 한 구석에서 썩어가고 있다. 나무는 태어날 때부터 길이 정해진다. 어찌 나무뿐이겠는가. 자신의 노력보다 기득권으로 횡행하는 사회현상까지 헤아리게 한다. 모탕처럼 단단한 필력으로, 낮은 것에 대한 깊은 시선과 나직한 목소리로 큰 울림을 준다. / 노정숙

위대한 실험

정희승

“저에게 기회를 주십시오. 과제를 내주시면 성심성의껏 작성하여 제출하겠습니다. 봐달라고 하지 않겠습니다. 기본 점수만 주십시오.”

P 교수는 자존심이 크게 상한 것 같았다. 내가 1학기 중간고사를 치르지 않은 것을 알고는 대단히 언짢아했다.

“내가 왜 그래야 하지?”

안경 너머에서 금강석처럼 단단한 눈빛으로 나를 빤히 바라보았다.

P 교수는 시험을 어렵게 출제할 뿐 아니라 학점 또한 짜게 주기로 학생들 사이에선 널리 알려져 있었다. 선배들의 말에 따르면 융통성이 전혀 없는 데다 바늘에 찔려도 피 한 방울 나지 않을 사람이라 했다.

예상은 했지만 거대한 벽 앞에 선 기분이었다. 어떤 가능성도 없어 보였다. 이제 입대하는 일만 남은 것 같았다. 공과대학교 4학년인 내가 3학점인 필수과목을 펑크냈으니, 이 문제가 해결되지 않으면 정상적으로 졸업할 수 없었다. 차라리 군복무를 마치고 나서 학기를 다시 시작하는 편이 나았다.

잠시 머뭇거리다가 돌아가려고 엉거주춤 인사를 드렸다. 하소연해 보았자 소용이 없을 것 같았다. 막 교수실을 나서려는데 등 뒤에서 P 교수가 물었다.

"왜 시험을 보지 않았지?"

모르긴 해도 나의 초췌한 몰골을 보고 그냥 보내려니 마음에 걸렸을 것이다. 거의 2주 동안 제대로 먹지도 자지도 못했으니까.

잠시 망설이다가 어렵게 속내를 털어놓았다.

"5년 동안 사귀던 여자 친구와 헤어지게 되어서요."

그것만으로는 충분히 내 마음을 표현한 것 같지 않았다. 갑자기 알 수 없는 힘이 가슴 밑바닥에서 솟아올랐다. 어쩌면 그것은 울분인지도 몰랐다.

"시험을 보는 일보다 여자 친구를 보내는 일이 더 중요하게 여겨졌어요. 어떻게 차분하게 앉아서 시험을 볼 수 있겠습니까?"

사실 그랬다. 그녀가 떠난다면 시험은 내게 그다지 중요하지 않았다. 입대를 미루며 4학년까지 버틴 것도 오직 그녀 때문이었으니까. 당시 나에게 입대란 곧 그녀와 헤어짐을 의미했다. 양가에서 교제하는 데 반대가 심한데다, 학번은 같아도 그녀는 나이가 나보다 한 살 더 많았다. 그런 상황에서 어찌 '3년 춘향'을 기대할 수 있겠는가.

P 교수와 나 사이에 잠시 침묵이 흘렀다.

신념을 굽히지 않은 데는 나름의 대책이 있었기 때문이었다. 어렵기는 하지만 한국과학기술원(대학원 과정)에 들어가면 문제될 게 없어 보였다. 입대하는 대신에 졸업 후 요건에 맞는 기업체에서 일정 기간 근무하면 되었으므로. 차선책도 있었다. 만약 그곳에 들어가지 못한다면 대학원에 진학할 예정이었다. 석사장교 시험에 합격하면 6개월간 장교 훈련만 받고 제대하므로. 곧 폐지되었지만 당시에는 그런 제도가 있었다.

그런데 중간고사를 10여 일쯤 앞둔 날부터 그녀는 전화를 받지 않았다. 어쩌다 전화를 받아도 말을 하지 않았다. 내성적인 그녀는 그냥 수화기를 들고만 있었다. 내겐 너무나 갑작스럽고 이해할 수 없는 일이었다. 처음엔 공부하느라 그녀에게 소홀히해서 그런가 보다 생각했다. 중간고사 마지막 날이 되어서야 돌이킬 수 없는 상황에 이르렀음을 깨달았다. 시험이고 뭐고 때려치우고 그녀를 만나러 갔다. 그렇지 않으면 영영 만날 기회가 없을 것 같았다. 그나마 다행이라면 그날은 P 교수의 과목 하나만 남겨두고 있었다.

P 교수는 여전히 냉정함을 유지했다. 전혀 표정 변화가 없었다. 재킷 안주머니에서 수강생 명단이 적힌 수첩을 꺼내들더니 지극히 사무적인 어조로 "자네 이름이 뭐지?" 하고 물었다. 이름을 말하자 수첩 한 곳에 체크 표시를 해두었다. 그것뿐이었다. 고개를 끄덕이며 나에게 이제 가라는 손짓을 했다.

그녀가 떠났음에도 입대하지 않은 데는 두 가지 이유가 있었다. 무엇보다도 그녀를 원망하고 싶지 않아서였다. 자칫 일이 잘못 풀리면 평생 그녀를 원망하며 살아야 할 것 같았다. 그건 생각하고 싶지 않는 나의 가장 초라한 모습이있다. 원망할 이유야 찾으면 차고도 넘칠 디였다. 기다리지 못하고 왜 하필 중간고사를 치르고 있을 때 떠난단 말인가? 그것도 대학 4학년 때 말이다. 고등학교 3학년 때는 데이트하느라 원하는 대학에 가지 못했다는 걸 너무나 잘 알지 않는가. 왜 결정적인 시기에 두 번이나 나에게 치명상을 입히고 떠난단 말인가……. 그런 한심하고 비참한 지경에 이르고 싶지 않았다. 또한 과연 내 자신과의 약속을 지킬 능력이 있는지도 궁금했다. 그게 불확실해 보여 그녀가 떠났을 테니까.

참으로 힘든 시련의 시간이 나를 기다리고 있었다. 마음이 쓰라리고 아파서 먹고 잠자는 일상생활조차도 힘에 부쳤다. 그런데도 강의를 듣고 공부를 해야만 했다.

P 교수가 학점을 어떻게 줄지도 알 수 없었다. 안개 속을 헤매는 것 같았다. 그렇다고 속수무책 무너질 수는 없었다. 상실감으로 인한 극심한 고통 속에서도 이를 악물었다. 기말 시험에서 다른 과목은 몰라도 P 교수 과목만은 만점을 맞아야 했다. 그러고 나서 결과를 기다려보는 수밖에 도리가 없었다.

성적표를 받아보고 놀라지 않을 수 없었다. 도무지 믿기지 않았다. P 교수가 A+라는 최고 학점을 내게 하사한 것이다. 내 기억이 확실하다면 기말 시험에서 한 문제를 틀렸는데도 말이다. 그제야 참고 참았던 눈물이 쏟아져 나왔다.

소문과 달리 P 교수도 따뜻한 가슴을 지닌 한 인간이었다.

애석하게도 그해 한국과학기술원에 응시하지 못했다. 방황하며 괴로워하는 사이에 원서 접수 기한이 지나버렸기 때문이다. 단언컨대 시험을 보았더라도 떨어졌을 것이다. 예정대로 졸업 후에 대학원에 진학하였다.

그곳에서도 P 교수와의 인연은 계속되었다. 나는 P 교수에게서 두 과목을 더 수강했다. 물론 모두 최고 학점을 받았다. 최선을 다하기도 했지만 나에게 점수를 후하게 준다는 느낌도 들었다.

어느 날 생년월일이 나와 같은 단짝인 친구가 나에게 물었다. 어떻게 학점이 짜기로 소문난 그 깐깐한 교수에게서 매번 A+를 받을 수 있는지를. 그 친구는 자신의 성적에 불만이 많았다.

어찌 그 내밀한 사연을 말로 다 설명할 수 있겠는가. 씁쓸하게 웃으며 의미심장한 농담으로 어물쩍 넘길 수밖에 없었다.

"아프고 뜨겁게 사랑해봐. 그럼 최고 점수를 받을 수 있어."

사실 나도 몹시 궁금했다. 하지만 직접 여쭤볼 수는 없었다. 물론 어렴풋이 짐작은 했다. 비록 그날 시험을 펑크냈지만 나의 선택이 결코 잘못되지 않았음을 말없이 승인해주고 지지해준 거라고. 달리 생각할 여지가 없었다. 왜 우린 규정이나 법 때문에, 아니면 목전의 이해득실 때문에 인간성까지 외면해도 되는지를 놓고 갈등할 때가 있지 않는가.

6개월 군복무를 마치고 취업을 준비하고 있는데 그녀의 남동생이 찾아왔다. 전혀 예상하지 못한 일이었다. 시장 입구 호프집에서 술잔을 앞에 놓고 물끄러미 오가는 사람들을 바라보았다. 자리를 잡고 앉은 이후로 나는 동생에게 한마디 말도 건네지 않았다. 그녀의 안부를 묻는 게 그렇게도 고통스러웠다. 그때까지도 현실을 인정하고 싶지 않았던 것이다. 헤어질 무렵이 되어서야 겨우 조심스럽게 물어보았다. "누나는 애가 지금 몇이지?" 잠시 뜸을 들이다 "둘이에요" 했다. 나는 말없이 고개를 끄덕였다. 그게 그날 술집에서 나눈 대화의 전부였다. 나는 끝내 말하지 않았다. 그녀가 떠나고 나서도 얼마나 힘겹게 분투했는지를, 나쁜 이별이 되지 않도록 얼마나 많은 노력을 했는지를. 그녀와의 이별도 내 사랑의 일부였다는 걸 그렇게 가슴 깊이 묻어두었다.

돌이킬 수 없는 단 한번의 위대한 실험이 곧 삶이라는 말이 있다. 하지만 이제 나는 잘 안다. 그 위대한 실험은 수많은 시작과 수많은 존재의 모험으로 이루어졌다는 걸.

나는 P 교수가 말없이 일깨워준 소중한 믿음을 가슴에 품고서 사회에 첫발을 내디뎠다. 그 믿음이란 대단한 게 아니었다. 우린 목석이 아닌 가슴을 지닌 사람들과 더불어 산다는 지극히 평범한 것이었다. 삶이라는 수많은 존재의 모험 속에서, 그 믿음이 앞으로 얼마나 내게 큰 도움이 될지 그때는 알지 못했다.

『한국산문』

The 수필

●… 이 글은 "돌이킬 수 없는 단 한번의 위대한 실험이 곧 삶"이라는 말에서 시작된다. 공대 4학년 중간고사에서 3학점짜리 시험을 포기하고 헤어지자는 애인을 찾아간 것이 작가에게는 '위대한 실험'이었다. 때로는 세상의 법전보다 내 마음의 법이 더 중요하다는 것을, 더구나 '사랑'의 문제일 때, 그것을 실천에 옮김으로써 세상의 마음을 움직이게 하는 게 아닐까. 연인과의 사랑에서 이별까지 아름답게 지키려는 한 청년의 지고지순한 사랑이 한 편의 소설처럼 읽히면서 그의 사랑법을 지지해준 교수에게서 스승의 의미를 다시 생각하게 하는 수필이다. 규정이나 법, 혹은 목전의 이해득실로 인간성을 외면해서는 안 된다는 주제는 설득력이 있다. 아프고 뜨겁게 사랑해보라는 작가의 외침이 우리들 가슴에 화살처럼 날아와 박힌다. /정진희

업경

박흥일

명부冥府로 출석하라는 전갈이 왔다. 명부란 말만 들어도 다리가 얼어붙지만, 어차피 이승을 이별할 때 반드시 거쳐야 할 관문이기에 마음을 다잡아 명부에 나갔다. 눈에 보이지 않는 누군가에게 등을 떠밀리며 명부전의 대청마루에 엉금엉금 기어올랐다. 우락부락한 판관이 사천왕의 눈알을 부라리며 높다란 보좌에 앉아서 흘깃 내려다보았다. 오방색 조끼적삼을 헐렁하게 풀어헤친 판관은 밤낮으로 밀려드는 영혼들을 심판하느라 지쳐보였고, 맥없는 쉰 목소리로 입을 열었다. 판관은 초면 영혼의 심문 매뉴얼에 따라 "어느 골에 사는 뉘신지요. 그리고 무슨 일로 이렇게 서둘러 오셨나요"라고 의례적인 인사를 했다.

나는 악업惡業만 까발려서 얼렁뚱땅하는 판관도 많다는 소문을 들었기에 판관의 입을 주시하였다. 판관은 판결문을 낭독하지 않고 나를 곁으로 오라는 손짓을 했다. 불꽃 문양이 조각된 거울을 보여주었다. 업경業鏡이었다. 업경은 생전의 과보果報가 낱낱이 되비치는 거울이다. 판관은 내가 동네 친구들을 꼬드겨 도깨비불을 잡겠노라 꽹과리를 쳐대며 부슬비 내리는 공동묘지에서 밤을 지새운 황당한 사건, 단골 대폿집 마담의 전화번호와 제때 갚지 않았던 외상 술값 청구서, 영어 단어 외우기가 너무 힘들어 염소에게 억지로 단어장을 뜯어 먹이다가 누나에게 혼나는 모습, 시시콜콜한 일상까지 낱낱이 저장되어 있는 업경을 보여주었다.

판관은 내가 쌓은 선업의 두루마리와 내가 지은 악업의 두루마리를 업칭業秤에 올렸다. 판관은 입술을 지그시 깨물었다. "인턴 저승사자의 업경 판독에 실수가 있었나 봅니다. 당신은 개똥밭으로 돌아가야겠습니다. 환생의 기쁨을 후회 없이 누리다가 때가 되면 조용히 오세요. 요즈음 옷을 벗고 한 일은 옷을 입고 나면 깡그리 까먹는 허깨비들, '#MeToo'를 유발하는 주책바가지들이 득실거립니다. 게다가 선택적 기억상실증을 빙자하는 망나니들의 재심 청구가 산더미같이 쌓여 있어 어쩔 수 없이 당신의 업경 평가를 무기한 미루기로 했습니다."

판관은 긴 한숨을 지었다. "명부전이 너무 비좁습니다. '#MeToo'를 외칠 때마다 명부전 마당은 북새통이 됩니다. 엊그제는 노벨문학상을 꿈꾸는 한량이 성추행 고발을 당했답니다. 그저께는 꼴값하는 배우가, 사이비 교수가 학생들을 희롱했답니다. 어저께는 연극계의 대부라고 자처하는 늑대가 대명천지를 활보하다가 포획됐답니다. 일전에는 나라 살림을 봐달라고 뽑아준 믿었던 도끼가 위력을 휘둘러 그 짓거리를 했다 안 했다를 번복하다가 자연인으로 돌아가겠노라 발뺌했답니다. 그 뻰지레한 변명을 들은 팔도의 노송들이 뿌리를 뽑아 흔들며 발끈했답니다. 그들이 구린내를 속이며 숨어든다면 당장 날짐승과 들짐승을 데리고 숲을 떠나겠노라고 청기와집 대문에 방을 붙였답니다."

해무가 출렁이는 이른 아침에 천둥치는 전화 벨소리가 울렸다. 판관은 들뜬 목소리로 내가 '명부발전위원회'의 지구별 대표로 뽑힌 것을 축하해주었다. 그리고 '죄는 지은 대로, 덕은 쌓은 대로'라고 쓴 주렴을 걸어두고 공정한 선악 감별을 위하여 노력하고 있으며, 매주 월요일 정오에 각자의 과보평가서를 전송하여 명부 판관을 빙자한 '악업털기' 사기범들을 검거하고 있단다. 명부 체험관 신축사업은 순조롭게 진행되고 있으며, '아기 코끼리 벨라 이야기'에 나오는 영혼 심판법을 벤치마킹하겠단다. 신축 명부전은 양수리의 '두물머리'와 삼랑진의 '뒷기미'가 낙점될 가능성이 높다 했다. 명부에 호출된 영혼은 반드시 두 개의 강줄기가 흐르는 계곡에 홀로 서 있게 하고, 가까운 강줄기의 수면에는 그들이 살아온 행적을 비춰주고, 맞은편 강줄기의 수면에는 그들이 능력을 발휘하여 정성껏 살았다면 누릴 수 있었던 성취를 비춰주어, 그들이 보낸 허송세월의 고통을 통감할 수 있는 최적지로 평가되었기 때문이란다.

판관은 호언장담하였다. '두 강줄기 수면에 똑같은 아름다운 인생의 참모습이 떠오르게 하려면 주어진 삶을 어떻게 살아야 했는지'를 뉘우칠 때까지 반복하여 업경을 비춰보이겠노라고.

『수필과비평』

The 수필

●… 누구나 알고 있지만 아무도 본 적 없는 사후세계와 내세관은 문화와 종교에 따라 나르며 예술삭품 속에 등장하는 삶과 죽음은 유기적으로 서로 영향을 준다. 「업경(業鏡)」의 작가는 저승세계 입문 직전 업경(業鏡)이라는 매체를 통해 생전의 선업과 악업을 저울질 당하던 중 "#Me Too"의 여파로 인한 판관의 업무량 과다로 죽음의 문턱에서 컴백한다. 자기성찰의 도구로서의 업경은 단순한 삶의 행적을 되비치는 단순한 거울이 아니라 이승에서 보낸 시간에 대한 질적 평가가 따른다는 시도와 상상력의 발현이 신선하다. /엄현옥

백팔십 번째의 봄

조옥규

며칠 전, 우리 동네에 함박눈이 펑펑 내렸습니다. 이곳 사람들은 겨울이 되어도 가늘고 성긴 포슬눈은 한두 차례 보았어도 올해처럼 굵고 탐스러운 함박눈은 처음이라며 축제 분위기에 싸였습니다. 남녀노소 할 것 없이 집밖으로 뛰쳐나와 눈사람을 만들고 썰매도 타며 즐거워하는 웃음소리가 행복의 꽃으로 피어났습니다.

햇살이 퍼지고 예년의 기온을 되찾게 되자 우리 부부는 설경에 미련이 남아 길을 나섰습니다. 가다보니 집에서 세 시간 반 거리인 아팔라치안 산맥을 따라 그레이트 스모키 마운틴Great Smokey Mountain까지 이르게 되었습니다.

스모키 마운틴은 포레스트 카터의『내 영혼이 따스했던 날들』이라는 소설의 무대이기도 합니다. 나는 책을 통하여 체로키 인디언들이 자연섭리에 순응하며 소박하게 살아가는 생활 모습에 신선한 감동을 받을 수 있었습니다. 문명공해로 얼룩진 영혼이 맑아지는 기분이었습니다. 그래서 작년 이곳 노스캐롤라이나로 이주하자마자 만사 제치고 제일 먼저 찾았던 곳이기도 합니다.

소복으로 단장한 겹겹산 굽이굽이 산길을 따라 올랐습니다. 두어 달 전만 해도 감탄사를 연발하며 경탄의 눈으로 바라보던 화려한 단풍은 오간 데 없고 뼈대만 남은 나무들이 높바람에 잔가지를 떨며 눈꽃을 떨구고 있었습니다. 마치 한겨울 고향땅에서 쫓겨난 체로키 인디언들이 고난의 행군에 지쳐 추위에 오돌대는 것 같아 명치끝이 시려왔습니다. 산골짝을 따라 부는 바람소리는 저들이 울부짖는 곡소리 같고, 나뭇가지에서 녹아내리는 눈은 저들이 흘리는 눈물 같았습니다. 성하盛夏의 우거진 삼림森林 속에서는 느낄 수 없었던 체로키 족들의 슬픈 역사가 겨울산 곳곳에 상흔으로 남아 있는 듯했습니다.

미국의 제7대 대통령 앤드류 잭슨이 서명한 인디언 강제이주계획은 한겨울에 집행되었다고 합니다. 화톳불에 둘러앉아 문밖에 이는 바람소리, 눈 내리는 소리, 먹이를 찾아 내려오는 길짐승의 발자국 소리에 귀를 기울이며 평화로이 지내던 체로키 족들에게 갑자기 광풍처럼 재앙이 들이닥쳤습니다. 두터운 겨울옷가지도 챙기지 못한 채 공권력으로 무장한 군인들에게 이끌려 천이백 마일 오크라호마까지 걸어서 눈물의 행진을 했다 합니다. 11월에 출발해서 이듬해 3월이 되기까지 도상에서 숨을 거둔 사람이 자그마치 오천여 명이었다고 하니 상상만 해도 끔찍한 일입니다. 왜 하필이면 엄동설한이었을까요. 어째서 봄이 올 때까지라도 기다려주지 못했을까요.

역사는 피의 기록이기도 합니다. 동서고금을 막론하고 인간의 끝없는 탐욕이 역사의 장을 피로 얼룩지게 합니다.

체로키 족들의 몰락은 한 인디언 소년이 스모키 마운틴을 흐르는 개

울가에서 금덩어리를 발견함으로써 시작되었다고 합니다. 금이 나왔다는 소문은 멀리 퍼져나갔고 황금을 탐하는 문명인들이 너도나도 할 것 없이 몰려드는 바람에 저들의 운명이 나락으로 떨어지게 된 것이라 합니다. 체로키 족이 겪어온 고난 역사는 21세기에 들어서서야 버락 오바마 대통령이 공표한 '원주민 권리선언'에 의해 다소나마 위로를 받을 수 있었습니다.

저들이 고난의 길에서 얼어죽고 굶어죽은 가족이나 동료들을 동토 구덩이에 매장하면서 목메어 불렀다는 〈어메이징 그레이스Amazing Grace〉를 웅얼거리며 산을 내려왔습니다. 숲속에 칠면조 대여섯 마리가 눈밭에 부리를 쪼아대는 모습이 보였습니다. 아마 눈 속 깊이 파묻힌 봄을 캐내고 있는가 봅니다. 아무쪼록 이제 얼마 남지 않은 마지막 추위를 잘 견디다가 새봄을 맞아주길 바라는 마음이 간절했습니다.

봄은 희망이라고 말합니다. 눈이 두텁게 쌓인 땅에서는 진한 향기로 봄꽃이 피어난다고 합니다. 올 겨울은 눈이 많이 왔기에 스모키 마운틴의 봄은 어느 해보다도 찬란할 것 같습니다. 올해로서 인디언강제이주가 시작된 후 백팔십 번째의 봄이 다가옵니다.

지금은 고난의 질곡에서 살아남은 체로키 인디언 후손들이 고향땅을 지키고 있습니다. 그들에게는 자연을 찬미하며 자연과 더불어 살았던 조상의 영혼이 깃들어 있을 것 같아 친근감이 느껴졌습니다.

오늘은 입춘입니다. 저도 눈밭에서 봄을 캐는 칠면조처럼 희망의 봄을 기다리며 자연인으로 살아갑니다.

『그린에세이』

The 수필

●… 스모키 마운틴을 찾은 작가는 눈 시린 그곳 겨울 풍경 속에서 강제이주 당한 체로키 인디언들의 슬픈 역사를 떠올린다. 그들의 몰락은 금덩어리가 발견되면서였다. 오크라호마까지 걸어서 1200마일의 행진 중 5,000명이나 혹한 속에서 굶어 죽었다. 이제 그들이 떠난 땅에 180번째의 봄이 오고 있다. 땅의 진짜 주인은 누구인가. 흑인도 백인도 아닌 자연 아닌가. '눈이 많으면 봄꽃이 향기롭다'는 작가의 결미에서 희망을 읽는다. /맹난자

불어라, 봄바람

추선희

좋거나 싫은 것을 줄 세우던 시절이 있었다. 추상이든 구체든 제일 좋아하는 것, 두 번째로 싫어하는 것 등으로 정해두고 마음에 품거나 타인에게 드러내곤 했다. 제일 싫어하는 것을 언급할 때는 살짝 몸서리도 쳤었다. 선택의 자유와 냉소가 범람하던 때였다.

싫어하는 계절로는 봄이 으뜸이었다. 차분하게 아름다운 가을이 제일 좋았고 냉기와 온기를 넘나들어야 하는 겨울도 나름 매력적이었다. 더위를 탔지만 휴식과 동의어인 여름에는 우호와 미움이 반반이었다. 봄은 왜 미움을 받았을까. 햇살도 따습고 새순과 꽃을 피워 올려 세상을 환하게 하는데 말이다. 주범은 바람이었다. 훈기가 배어 있음에도 불구하고 남풍이 반갑다기보다 싫었다. 봄바람은 방향과 속도, 강약을 순간순간 변경하면서 겨울 동안 가라앉아 있던 것들을 들쑤셨다. 특히 가늘고 힘없는 내 머리칼을 헤집어 산발을 만들고 뺨과 이마를 때리듯 거칠게 스쳤다. 봄볕에 속아 치마라도 입은 날이면 제멋대로 파고드는 바람 때문에 종일 고단했다. 통제를 벗어난 머리칼과 옷자락 때문인지 마음도 따라 헝클어졌다. 바람이 잦아들고 봄이 어서 지나가기를 기다렸다.

그런데 좋아했던 사실을 후회하고 싫다가 좋아지는 일이 잦아진다. 좋든 싫든 순서를 매기는 것은 부질없는 오만이었다. 봄도 언제부턴가 편해지더니 점점 반가워졌다. 바람이 싫지 않게 된 덕이 제일 크다. 바람이야 그제나 이제나 상하좌우 제 마음대로 놀지만 밉지가 않다. 흙먼지를 일으키고 새순이 달린 나뭇가지를 흔들고 깃발을 갖고 노는 게 눈에 거슬리지 않는다. 바람 줄기에 고갱이처럼 들어 있는 온기가 고맙고 속절없이 바람에 흔들리는 이것저것을 보는 게 유쾌하다. 머리칼과 옷자락을 헤집는데 화나지 않는다. 여간한 일에는 꿈쩍하지 않는 마음을 알아채고 나니 더 그런 듯하다.

근자에 지진이 연거푸 발생했었다. 첫 지진 때는 저녁을 먹고 동네 학교 운동장을 도는 중이었고 두 번째는 서재에서 베이스를 퉁기고 있었다. 딛고 있던 땅이 별안간 움찔했고 서재가 통째로 흔들렸다. 지진임을 알아차리자마자 흔들림은 멈췄고 나는 그 몇 초 전 하던 일을 이어갔다. 마음이 별로 동요되지 않았으므로 다시 운동장을 돌기 시작했다. 운동장으로 모여들어 불안을 나누던 사람들이 나를 흘낏 쳐다보았다. 그 다음 지진 때도 특별히 해야 할 일이 없어서 베이스 연습을 계속했다. 곧 리듬을 되찾았다. 예상 외로 침착한 자신이 대견스러웠으나 뜻밖의 반응이 어색하기도 했다. 이런 태연무심이 평정심인지 체념인지, 고요인지 비관적 수용인지 모르겠다. 한 줄기 서글픔이 일었는데 단단하면서 푹 익은 허무도 약간 섞여 있었다.

혹시 때 이른 평정심에 대한 저항으로 새삼 봄에 호의를 느끼는 것은 아닐까. 바람 때문에 싫어했던 봄이 바람 때문에 좋아졌기에 그리 짐작해본다. 들쑥날쑥한 만남과 이별, 적응과 반항으로 거칠게 버무려진 그 시간과 봄바람은 많이 닮아 있었다. 새파란 꿈과 열기, 불안과 강박을 견디며 겨우 버티는데 종잡을 수 없는 바람까지 가세하니 피하고 싶었을 것이다.

이제 지진이든 이별이든 오해든 상처든 겉으로야 그리 흔들리지 않는다. 잠깐 휘청대다가도 큰 숨 한번 쉬고 나면 제자리에서 멀리 벗어나 있지 않다. 생의 봄이 지나가버리니 오히려 들뜨고 어수선한 봄날이 좋아지고, 흔들리지 않으니 흔드는 것이 그립다. 평정심이 덜 익은 탓이라도 상관없다.

봄바람아, 불어라.
너만이라도 나를 흔들어라.
아직은 나를 흔들어라.

『한국수필』

The 수필

●… 누구에게나 좋거나 싫은 것을 또렷이 줄 세우던 시절이 있다. 선택의 자유와 냉소가 범람하던 젊을 때였다. 그 당시 그토록 싫어했던 봄바람. 모든 것을 들쑤시고 헤집고 거칠게 스쳤던 그 헝클어짐을 싫어했다. 그러나 이젠 지진이든 이별이든 오해든 상처든 나를 그리 흔들지 못하는 나이가 되었다. 생의 봄이 지나가버리니 오히려 들뜨고 어수선한 봄날이 좋아지고, 흔들리지 않으니 흔드는 것이 더욱 그리운 인생의 모순. 평정심이 덜 익은 탓이라 해도 상관없다. 다시 흔들리고 싶은 작가의 속내에 자꾸 공감이 간다. 나이가 든다는 것은 모든 걸 수용하고 이해해야 하는 불가피한 과정은 아닐까. 여하튼 늙는다는 것은 서글픈 일이다. /조헌

마당

탁현수

오늘도 일어나자마자 마당을 쓴다. 이 집으로 이사를 한 후 비가 오는 날을 제외하고는 매일 아침 반복되는 일이다. 대빗자루 끝이 흙을 파고들어 그림 아닌 그림이 그려질 만큼 온힘을 다한다. 엄밀히 말하자면 마당을 쓴다기보다는 미세하게나마 흙을 뒤엎는다고 보아야 한다.

생전의 할아버지께서도 아침마다 맨 먼저 하시는 일이 마당 쓸기였다. 가끔은 '할아버지는 저 일을 좋아하시나 보다'라고 생각할 정도였다. 그 시절엔 그렇게 열심히 쓸어야 할 정도로 마당이 더러워질 만한 까닭이 없었다. 음식물에서 시작해 종이류까지 쓰레기라는 단어조차도 모르던 시절이었을 뿐만 아니라 나뭇잎을 떨굴 만한 정원수라고는 대문 옆 감나무 두어 그루뿐이었나. 봉숭아, 맨드라미, 과꽃 등이 만발하던 화단마저도 옆 마당과 뒤란에 있었던 터라 앞마당은 웬만해서는 꽃잎 하나 휘날리는 법 없이 항상 반짝반짝 윤이 났다. 그럼에도 할아버지는 습관처럼 마당을 쓸곤 하셨다. 우리 형제들은 그런 마당에서 술래잡기를 하고 자치기 놀이를 할 때마다 그 어느 곳에서보다 신이 났었다. 특히 땅따먹기나 공기놀이를 할 때는 손에 닿는 그 보드라운 흙의 촉감에 시간 가는 줄도 몰랐다.

장면 장면들이 어제 일처럼 생생하기만 한데 어느새 내가 그때의 할아버지 나이도 넘어서서 똑같은 모습으로 마당을 쓸고 있다. 그것도 이웃집 아저씨께 부탁해서 만든 대빗자루까지 들고 말이다. 사실은 5년 전 이사를 한 후 집 한쪽을 차지하고 있는 흙마당을 지켜내기 위해 그간 많은 노력을 했었다. 정해진 공간 안에서 남편의 놀이터나 다름없는 텃밭자리를 떼어주어야 했고, 다실茶室로 사용할 별채 지을 자리도 남겨야 했다. 거기다 사철 피고 지는 일년초를 심는 일은 가장 중요한 나의 숙원사업이었건만, 남편은 유실수를 심으려고 호시탐탐 내 땅을 침범하려 했다. 더구나 오다가다 들른 동네 사람들은 풀 때문에 감당을 못하니 잔디를 심으라고 종용하기도 했다. 동네에 새로 지은 집들은 대부분 푸른 잔디가 깔려 있다. 산책길에 들여다볼 때마다 특별히 정원조성을 하지 않아도 그 푸른색 하나만으로 충분히 아름답다는 생각을 했던 것도 사실이다.

이러저러 사연들이 있기는 했지만 나는 지금까지 꿋꿋하게 흙마당을 지켜내고 있다. 할아버지께서 왜 그토록 마당을 자주 쓰셨는지 그 이유도 알게 되었다. 마당을 쓴다는 것은 단지 너저분한 쓰레기만을 치우는 일이 아니다. 흙을 뒤집어 숨을 쉬게 해주는, 그야말로 흙을 가꾸는 일이라고 볼 수 있다. 그래야 이끼도 자라지 않을 뿐만 아니라 흙의 색이 죽지 않고 제 색을 지녀 윤기가 난다.

요즈음은 우리 집을 방문하는 사람들마다 흙마당을 칭찬하곤 한다. 별채 앞에 현대식 바닥재를 깔고 파라솔과 편한 의자까지 마련해놓았건만 모두가 흙마당의 감나무 밑에 놓인 평상으로 달려든다. 달과 별이 뜨는 밤에 마당 가운데 모닥불이라도 피우노라면 그야말로 하늘도 땅도 인간도 하나가 되어 어우러지곤 한다.

불과 몇 십 년 전까지만 해도 우리는 국민의 80% 이상이 농사에 의지하며 살았다. 그 시절의 마당이란 요즘 푸른 잔디가 깔린 서양식 정원과는 의미가 달랐다. 서양식 정원이 시각으로 즐기는 공간이라면 우리의 마당은 몸을 담고 활동하는 생활의 공간이라고 할 수 있다. 추수철에는 노인만이 무대의 주인공이 되는 세상이다. 사회 곳곳에 뛰어난 배우들이 공연하는 무대는 너무 많은데 바라만 보아야 할 뿐 함께 뛰어들어 어우러질 만한 보통 사람들의 마당이 없다. 쉼 없이 판이 벌어지고 누구나 스스럼없이 끼어들어 함께 주인공이 될 수 있었던 그 옛날의 마당 풍경이 그립다.

누군가 온다는 약속도 없는데 대분 빗장을 활짝 열어놓고 나는 오늘도 정성을 다해 마당을 쓴다.

『계간수필』

The 수필

●… 잔디를 심지 않고 흙마당을 지켜내고 있는 작가의 내심은 취향의 차원이 아니라, 삶의 의미를 쥐락펴락하는 실존의 세계와 맞닿아 있다. "잔디가 깔린 서양식 정원은 시각적으로 즐기는 공간이라면, 우리의 마당은 몸을 담고 활동하는 생활의 공간이다." 추수 때는 타작마당, 평상을 놓으면 가족의 쉼터다. 그곳은 보여주기 위한 공연자의 무대가 아니다. 빗장이 열려 있는 마당이기에 원하기만 하면 모든 주인공에게 '설 자리'는 있다. 세상의 많은 선인(先人)들이 인생을 마감하는 순간 가장 후회되는 것 하나를 알려주고 떠났다. "남이 원하는 삶을 살았다." 탁현수 작가의 우리네 옛날 마당이 남은 자들의 미래 마당으로 읽혀지는 까닭이다. /홍혜랑

아픈 것도 직무 유기

정성화

대학병원 안과는 늘 환자로 붐빈다. 예약 시간이 아무 의미가 없을 정도로 대기 시간이 길다. 내 옆에 앉아 있는 어르신이 아들로 보이는 젊은이에게 말했다.

"야야, 내 차례가 아직 멀었는가 간호사한테 좀 물어봐라."

아까부터 휴대폰만 들여다보고 있는 그가 답했다.

"가만있어, 가만있으라니까!"

그 순간 병원 복도 공기가 더 탁해지는 듯했다. 어르신은 더 말이 없었다. '못 배운 놈! 그거 알아봐 드리는 게 뭐 그리 힘든 일이라고…….'

이 병원에 주기적으로 다닌 지 2년이 되었다. 어느 날 아침, 냉장고를 열려는데 냉장고 문의 손잡이가 구부러져 있었다. 누가 이랬을까. 놀랍게도 오븐과 전자레인지도 찌그러져 있었다. 그런데 냉장고 문의 손잡이를 잡아보니 매끈했다. 내 눈에 이상이 온 걸 직감했다.

의사는 내 왼쪽 눈에 황반변성이 왔다고 했다. 약으로 다스릴 단계를 넘어섰으니 눈에 주사를 맞으며 경과를 봐야 한다고 했다.

"그러면 주사를 눈가에 맞나요, 아니면 눈알에 맞나요?"

의사는 간단히 "눈알예요"라고 했다. 병도 고약하지만 치료법도 끔찍하다. 인상을 찌푸리는 나에게 의사는 말했다. 제때 치료하지 않으면 시력을 잃을 수도 있다고.

황반이란 눈 안쪽의 망막 중심부에 있는 신경조직으로 우리가 사물을 볼 수 있도록 상이 맺히는 지점이다. 황반변성이란 이 황반부에 변성이 일어나면서 사물이 찌그러져 보이거나 휘어져 보이는 병이다.

집에 돌아오자마자 인터넷으로 황반변성을 검색해봤다. 주로 칠십대 중반의 노인들에게 오는 병으로 정확한 원인을 모른다고 한다. 병의 원인을 모르니 완치도 안 된다고 한다. 병에 대한 설명 중 '실명'이라는 용어가 자주 나왔다. 남편이 며칠째 웃지 않는다. 내가 저 사람을 힘들게 하는구나 싶어 일부러 명랑한 목소리로 물었다.

"여보, 내 병이 더 깊어지기 전에 안마 기술이라도 배워둬야 하지 않을까?"

이에 남편이 답했다.

"당신은 안마 기술을 배워봤자 손아귀 힘이 약해서 손님도 못 끈다."

소중한 걸 잃고 나니 누가 그걸 가져갔는지 아니면 어디에 떨구었는지 생각해보게 된다. 내 눈이 왜 이렇게 되었을까. 신경조직에 탈이 났으니 내 신경을 가장 많이 건들린 자가 범인이겠나. 내가 자주 접하는 인간들— 남편, 아들, 딸 중에 누구일까. 그런데 이 세 사람이 나를 애먹인 정도가 다 고만고만하니 어느 한 사람을 지목할 수가 없다. 그렇다면 내가 글을 쓴답시고 눈을 너무 혹사해서일까. 그동안 대하소설을 집필한 것도 아니고 남들보다 독서를 많이 하는 편도 아니다. 등단해서

쓴 글이라 해봤자 겨우 수필집 두 권 분량이니 문학 쪽도 범인이 아니다. 오리무중이다.

눈에 주사를 맞기 위해 대기하는 환자들 중에는 내 또래가 없다. 어떤 이는 나에게 보호자로 따라왔느냐고 묻는다. 그런 날은 우울하다. 어깨가 드러나는 반짝이 원피스 한번 못 입어보고 내 '젊음'이 다 갔다. 나에게 축지법을 쓰면 달려오는 이 '늙어감'이 낯설다. '늙어감', 이분은 마치 보부상처럼 보따리 속에 여러 가지를 싸들고 다닌다. 이명과 코골이, 탈모에다 팔자주름, 눈꼬리 처짐과 건망증 등. 그가 이번에 가져온 신상이 황반변성이다. 이 또한 내가 주문한 것이었다고 우기며 내게 안기고 갔다.

가족의 삶은 끊임없이 돌아가는 컨베이어 벨트를 닮았다. 각자 맡은 구역이 있고 그 지점에 서서 제때 처리해주어야 할 공정이 있다. 갑자기 어머니를 여의는 바람에 어린 동생들을 돌보느라고 혼기를 놓친 지인을 보며, 아프고 죽는 것도 가족에게 피해가 가지 않도록 시기를 잘 택해야 한다는 생각이 들었다. 지금 내가 아프면 일종의 직무 유기가 된다. 라면 끓일 물도 가늠하지 못하는 남편, 급할 때마다 전화를 해대는 갓 시집 간 딸, 코에 간이 호흡기 줄을 꽂고 있는 호흡기 중환자인 친정어머니 때문에라도.

내 눈에 이상이 생긴 후로 남편이 달라졌다. 전에는 내가 코 고는 것 때문에 불만이 많았다. 웬 머슴이 들어와 옆에서 자고 있는 줄 알았다며 툴툴대기도 하고 한참 자고 있는 사람의 코를 비틀기도 하더니, 이젠 안방이 떠나가도 괜찮으니 "푹 주무시라"고 한다.

눈에 주사를 맞고 온 날은 붕대를 감은 채 한 눈으로 지내야 한다. 거리 조절이 안 되어 반찬을 집는 것도 어둔하고 계단을 오르내리는 것도 힘들다. 그날은 청각도 둔해지고 미각·후각도 흐릿해지는 듯하다. 그 대신 '생각의 눈' 하나가 떠진다. 그동안 내가 너무 한쪽으로 치우친 시선으로 살아온 게 아닐까 싶기도 하고, 앞으로는 세상을 삐딱하게 보지 말라는 신神의 경고인 듯도 하다.

고난과 극복을 반복하는 게 내 숙명이다. 지금은 '극복 모드'다. 아무래도 왼쪽 눈에 '와이로'를 좀 써야 할 것 같다. 오늘 저녁에는 눈 건강에 좋다는 소 간을 사러갈 생각이다. 『에세이21』

The 수필

●… 자신의 이야기를 자기가 쓰는 것이 수필이다. 어찌 보면 참 멋쩍고 부담스러운 작업이다. 어쨌든 자신의 진솔한 삶과 깨달음이 녹아 있는 것이 수필인 만큼 자신을 객관적으로 바라보는 진지한 자세가 필요하다. 컨베이어 벨트같이 끊임없이 돌아가야 하는 역할분담 속 화자. 누구의 딸이고 아내이며 어머니여야 하는 사람이 어느 날 안과병원에서 황반변성이란 진단을 받는다. 투병의 우울함 속에서도 아직 자기에겐 아픈 것도 직무유기라며 긍정적 알아차림을 갖는다. 극복의 의지 때문인지 심각한 병의 증세마저 그리 심하게 전달되지 않는다. 더욱이 눈 건강에 좋다는 소간을 사러가는 모습에선 딸과 아내, 그리고 어머니의 책임감이 자못 숭고하게 다가온다. /조헌

The 수필

Summer

단추를 달며 | 정해경
파랑 | 송마나
지금 몇 시냐 | 전미란
두 장의 흑백사진 | 김덕기
소금꽃 | 박월수
세월의 흔적 | 염희순
휴전선의 봄, 그 고무줄놀이 | 하재열
3월의 눈 | 김아인
벽지 속으로 머리를 집어넣었다 | 홍정현
시각적 산문 | 이춘희
깃들이다 | 김은주
세상을 지배하는 방식 | 김은중
파리의 추억 | 윤기정
취하다 | 박헬레나
장미에게 들인 시간 | 유병숙

단추를 달며

정해경

벌써 며칠째, 옷걸이에 걸린 와이셔츠가 문틀에 매달려 드나들 때마다 춤추듯 흔들거린다. 진즉에 말랐으니 다림질 후 장 속으로 들어가야 하지만 단추 하나가 떨어져 이러지도 저러지도 못한 채 원상복구만을 기다리고 있다. 단추를 단 다음 다시 빨아야 될 것 같다. 괜한 내 눈총에 더러움이 더 묻어난 것 같아서다. 갈아입는 셔츠 대열에서 이탈한 채 방치되고 있는 옷이 딱해 옷걸이를 빼내고 반짇고리를 가져왔다.

별것 아닌 일에 마음이 상해 남편과 관련된 건 가급적 눈길을 피했다. 그 와중에 와이셔츠의 단추가 실이 풀려 어디론가 달아나버리고 셔츠는 영문도 모른 채 한참 동안 문틀에 걸려 벌을 섰다. 그러고 보니 까닭 없이 수모를 당하고 있는 건 그뿐만이 아니다. 솔기가 벌어진 것을 보고도 그냥 서랍 속으로 들어간 스웨터도 있고 바지주머니가 터져 동전이 빠진다는 소리를 듣고도 못 들은 척했다. 언제부터 내가 이렇게 옹졸한 사람이었던가. 오랫동안 함께 살아도 여태 보지 못했던 모습을 이제야 본다는 비아냥거림은 그에게만 해당되는 것이 아닌 것 같다. 이

제껏 내가 이 정도로 밴댕이속인 줄은 나도 몰랐으니까.

마음이 그래서 그런지 불려나온 반짇고리도 더없이 추레해 보인다. 색동비단을 덧씌워 만든 손잡이가 달린 바구니, 결혼할 때 직장 동료가 선물로 준 것이다. 촌스러울 만큼 화려해서 들고 올까말까 망설였는데 침모처럼 따라와 나와 함께한 지 수십 년이다. 세월이 흐르는 동안 여기저기 얼룩이 지고 헝겊 고리단추도 많이 헐거워졌다. 화려했기에 더 초라해진 반짇고리. 울컥 측은한 마음이 물결처럼 인다. 남대문시장에서 번쩍거리는 스테인리스 가위와 흰 색, 검은 색 실꾸리 두 개를 사던 날이 어제인 듯 떠오른다. 그때는 뭔가를 사들이는 것이 살림의 시작인 것처럼 사 나르기에 열을 올렸다. 반짇고리에 담는 건 일단 그거면 될 것 같았다.

뚜껑을 연다. 뚜껑 안쪽에 붙어 있는 바늘꽂이에 바늘이 빽빽하게 꽂혀 있다. 이 많은 바늘은 다 어디서 왔을까. 손가락 마디만한 작은 것부터 이불을 꿰매는 큰바늘까지, 그 중에 녹이 슨 것도 있으니 꽤 오래 사용하지 않았나 보다. 반짇고리 안의 공간을 2층으로 나눈 플라스틱 받침의 한쪽 귀퉁이가 깨진 건 언제였을까. 사용한 사람은 나밖에 없을 텐데 모르고 있다니. 알 수 없는 일이 그것뿐이랴 생각하며 모아논 단추 중에서 셔츠에 달려 있는 것과 같은 것 하나를 골라 집어낸다.

받침을 들어내니 온갖 실들이 그 밑에서 북새통을 이루고 있다. 큰 실꾸리 두 개와 자잘한 색색의 실꾸리들. 한 뼘쯤 실이 풀려 다른 것에 엉키기도 하고 통에서 빠져나와 구석에 처박혀 있는 것도 있다. 사람도 살림도 자꾸 얽혀드는 것이 세월의 흔적인가. 이 많은 색실을 사용할 만큼 우리 집에 가지각색의 옷이 있기나 한 건지. 다 풀린 자국이 있으니 없다고 할 수도 없다. 여태껏 나만 모르고 살았던 내 모습이 반짇고리에 담겨 있는 것 같아 민망해진다.

흰 색 큰 실꾸리에서 실을 풀어 적당한 길이로 자른다. 가위 날이 시퍼렇게 살아 있다. 아직도 서슬 퍼런 가위가 반갑지 않다. 마치 몇 십 년이 지나도 꼬장꼬장한 시어미처럼 시누이처럼 아니 내 안에 있는 꼬부라진 성질머리처럼. 시간이 흘렀다는 이유만으로 무딘 듯 온화해질 수 있다면 흐르는 세월에 그저 몸과 마음을 맡겨두는 것도 괜찮은 일일 텐데.

아직도 단추 다는 일이 내키지 않은 듯 한참을 머뭇거리다 비로소 옷과 단추와 실과 바늘을 손안에 쥔다. 옷과 단추를 바늘과 실이 이어준다. 단추가 달렸던 자리에 바늘자국이 희미하게 나 있다. 말끔했던 옷에 바늘자국도 상처일까 싶어 구멍이 있던 자리에 집중하며 바늘을 넣고 뺀다. 또다시 실이 풀리지 않도록 옷섶의 두께만큼 실을 홀쳐매고 옷 안쪽으로 바늘을 빼 매듭을 묶는다. 다시 매듭이 풀리지 않기를 바라며 바짝 당겨 실을 끊어낸다. 옷섶이 울지는 않는지 단추를 채워 옷을 들어본다. 언제 단추가 떨어졌었던가. 감쪽같다.

이런저런 생각이 머리와 가슴을 오가는 사이 실과 바늘이 바뀌며 스웨터의 솔기도 아물어지고 바지 속주머니도 메워졌다. 내친 김에 다림질도 해둔다. 그동안 모인 바지가 몇 개이고 셔츠가 몇 장인지 한동안 입고 나갈 옷에 신경 안 써도 될 것 같다. 통장에 잔액이 불어난 것처럼 마음이 넉넉하다.

낡았지만 아직은 내 옆에 더 있어줘야 할 침모, 반짇고리도 잠시 재정비에 들어간다. 바늘을 가지런히 다시 꼽고 실꾸리의 실들을 잘 갈무리해서 질서정연하게 배치한 후 뚜껑을 덮는다.

산다는 것이 어찌 늘 단정하기만 할까. 나도 모르는 사이 단추가 떨어지고 바지 단이 뜯어지고 점퍼의 지퍼가 밑에서부터 벌어지기도 한다. 단추를 달고 단을 꿰매고 지퍼를 고쳐 손질하고 나면 새 옷을 산 것과는 다른 산뜻한 느낌이 있다. 주위가 바뀌면 생각도 바뀌는 것일까. 한껏 구겨졌던 내 마음도 어느 정도 반듯하게 펴진 것 같다. 『좋은수필』

The 수필

●… 남편의 와이셔츠에서 떨어진 단추 하나와 진작 그것을 달지 못하는 화자의 심리적 간극이 재미있다. '언제부터 내가 이렇게 옹졸한 사람이었던가' 며칠이라는 시간이 경과한 뒤 화자는 단추가 달렸던 자리에 난 바늘자국, 그것도 상처일까 싶어 구멍이 있던 자리에 정신을 집중하며 조심스레 바늘을 넣고 뺀다. 마지막에는 '옷섶이 울지 않은지 단추를 채워 옷을 들어본다.' 회복된 것은 옷만이 아니었다. 글을 쓰면서 자신의 마음을 돌아보고 마음이 순화되는 과정, 그 또한 수필의 덕목이 아닌가. /맹난자

파랑

송마나

파란 하늘이 펼쳐져 있었다. 고요함과 가벼움마저 씻어낸 하늘은 무한히 푸르렀다. 저 무염無染한 푸름을 우주적 푸름이라고 할까. 금방이라도 시퍼런 강물이 하늘에서 흘러넘칠 것 같았다. 강물에서는 비파 소리가 들렸다. 줄 없는 비파 소리는 존재의 생멸마저도 아무런 의미를 갖지 않게 하였다. 하늘은 이미 두 눈 안에 담긴 풍경이 아니었다. 나의 몸은 하늘의 한 조각이었다.

히말라야 설산들이 파란 하늘에 끝없이 늘어섰다. 이때 하늘은 세상의 절대 배경이다. 그 무수한 봉우리들 사이로 에베레스트가 우뚝 솟아 있을 터. 나의 눈길은 그곳의 베이스캠프를 찾아 헤맸다. 에베레스트 산은 아무나 받아들이지 않았다. 티베트 팅그리스 검문소는 세계에서 몰려온 산악인들을 걸러내고 있었다. 줄지어 늘어선 랜드로버 자동차 30여 대를 타고 온 사람 가운데 동양 여자는 나 혼자였다. 고독했다. 산에 오를 때마다 늘 고독했다. 높은 산에 오를수록 정상은 하늘을 더욱

파랗게 물들였기 때문이다. 지구에서 가장 높다는 에베레스트 산은 얼마나 파란 색으로 하늘과 맞닿아 있을까?

검문을 기다리는 동안 산등성이로 올라갔다. 하늘에서 종소리가 울렸다. 종소리는 산소가 희박한 산마루를 오르는 내 심장의 고동 소리였는지도 모른다. 종소리가 닿는 곳마다 꽃이 피었다. 푸른 꽃이 피었다. 소설『푸른 꽃』*의 주인공 하인리히의 마음을 앗아간 것은 키가 큰 푸른색 꽃이었으나, 내 귀를 사로잡은 것은 손톱보다 작은 푸른 꽃의 웃음소리였다. 그 웃음소리는 바람 따라 흩어졌고 바람이 스치는 곳마다 푸른 꽃들이 피어났다. 광활한 고원은 푸른 종소리로 가득했다. 그 종소리를 언젠가 들어본 적이 있는 것 같았다. 그래, 어린 시절에는 푸른 종소리가 울려 퍼지는 들판 위에서 뛰어놀았지. 인간은 누구나 마음 깊은 곳에 그리운 소리를 간직하고 있다. 나는 어머니의 뱃속에서부터 어머니의 목소리에 매혹되었다. 그런데 언제부터인가 그 목소리를 잊어버리고 말았다.

초등학교 1학년 여름방학이었을까. 식구들과 가마미 해수욕장에 도착했으나 그날은 밤이 늦어 바다를 보지 못하고 잠이 들었다. 다음날 살며시 눈을 떴다. 열린 문 너머로 처음 보는 바다가 눈부시게 펼쳐져 있었다. 푸른 빛이 어둠에 갇힌 나를 구출하기 위해 방문의 네모 틀이 부서지도록 강렬하게 달려들었다. 내 숨결이 빨라졌다. 푸른 바다로 뛰어들었다.

사람들이 도넛처럼 생긴 튜브를 안고 둥둥 떠다녔다. 나도 그들처럼

*『푸른 꽃』은 독일 낭만파 시인 노발리스(1772~1801)가 쓴 미완성 소설. 중세의 전설적인 기사 하인리히 폰 오프터딩겐을 소재로 한 작품으로, 주인공 하인리히가 꿈에 본 푸른 꽃을 찾아 헤매는 여정을 그렸다.

튜브를 껴안고 물장구를 쳐댔다. 어머니는 맨몸으로 멀리 헤엄쳐 나아갔다. 사람들은 어머니의 수영 실력에 놀라며 환호했다. 튜브를 의지한 사람들은 해안선에 인접한 바다에서만 맴돌아야 한다. 해안선을 따라 평행으로 너울거릴 뿐이다. 그러나 어머니는 그곳을 벗어나 푸른 색이 솟아오르는 바다와 하늘이 맞닿은 무無의 선을 향하여 곧장 헤엄쳐갔다. 어머니는 튜브를 버려야만 푸른 바다를 마음껏 헤엄칠 수 있다고 속삭였지만 나는 그 소리를 귀담아 듣지 않았다.

'파랑', 이 소리의 울림은 얼마나 가볍고 경쾌한가. 투명하여 속이 훤히 보일 것 같다. 어떤 저항이나 경계도 느껴지지 않는다. 오히려 꿈과 사랑, 낭만과 알 수 없는 그리움이 떠오른다. 달빛 쏟아지는 고요한 해변으로 떠나고 싶어진다. 그곳에서 블루 칵테일을 마시며 블루스 리듬에 흠뻑 젖어들고 싶다. 파랑이란 이름만 들어도 나는 어느새 파랑새가 되어 하늘을 날아오른다.

하늘은 스스로 푸르게 깊어간다. 푸른 색을 퍼내고 퍼내어도 그 무궁한 빛을 잃지 않는다. 먹구름이 뒤덮어도 하늘빛은 마냥 청정하다. 마음껏 마시는 공기, 두 팔로 휘저어도 걸림이 없는 공간, 마음이 하늘 너머로 내달려도 막히지 않는 허공, 이 모든 하늘은 보이거나 만져지지 않고 냄새도 없다.

하늘의 푸른 빛은 이미 색깔이 아니다. 항상 그대로 무위無爲일 뿐, 야릇한 욕망이 아닌 초월적 혜안이 담겨 있는 듯하다. 인간이 대지와 함께 풍요로워지고 기쁨이 넘치면 하늘빛은 절로 푸르러지리라.

파란 색은 모든 색깔 중에서 가장 높이 올라선 색이다. 나는 그 파란 빛을 찾아 산을 오르고 올랐다. 급기야 에베레스트 산허리까지 올라왔지만 정상은 아득하기만 했다. 등에 진 배낭이 무거웠다. 필요하다고 여긴 것들로 채워진 배낭 무게가 더는 오를 수 없게 했다. 배낭을 벗고 하늘을 올려다보았다. 하늘이 푸르러질수록 어머니의 목소리가 선명하게 들려왔다. "튜브를 버려야만 푸른 바다를 마음껏 헤엄칠 수 있다"고.

『에세이문학』

The 수필

●… 경쾌한 울림 소리만큼이나 무염(無染)한 색 '파랑'. 하늘과 바다의 색이기도 한 파랑. 하지만 그 파랑은 색깔의 경계를 넘어선, 초월의 색이요 시원(始原)의 색이다. 그 시원의 하늘빛에 이르고 싶어 화자는 지구상에서 가장 높다는 에베레스트를 찾는다. 그러나 오를수록 정상은 아득해 보이고 등에 진 배낭은 무겁기만 하다. 산허리 어디쯤에서 절망하고 있을 때 화자는 어린 시절, '푸른 색이 솟아오르는 바다와 하늘이 맞닿은 무(無)의 선을 향해 헤엄쳐가'던 어머니가 했던 말씀을 상기한다. "튜브를 버려야만 푸른 바다를 마음껏 헤엄칠 수 있다." 꼭 필요한 것들만 챙겼다 여긴 배낭. 화자는 그 배낭을 내려놓을 수 있을까. '색'이라는 현상(現象)에 머물지 않고 본질을 보려는 화자의 시각이 신선하다. /이혜연

지금 몇 시냐

전미란

'몇 시 몇 분입니까? 시간을 구하시오.'

초등학교 때 시계 보는 법을 몰라 나머지 공부를 하기 일쑤였다. 방과 후면 종이 위의 시계가 나를 기다리고 있었다. 동그란 시계의 모양과는 달리 머리는 잘 굴러가지 않았다. 시침과 분침이 직각을 이루거나 포개지는 문제는 쉬웠지만 긴바늘이 조금만 움직여도 짧은 바늘은 어느새 정각을 벗어나 풀기 어려웠다. 짝꿍은 시간의 비밀을 다 풀어버린 듯한 표정으로 "이게 머가 어렵다고…" 하면서 어이없어했다. 나는 운동장 느티나무 그림자가 길어지는 것을 지켜보며 집에 갈 시간만을 기다렸다.

어릴 적, 어머니는 시계에 밥이 떨어졌다며 나를 부르시곤 했다. 안방 윗목 높이 괘종시계가 붙어 있었는데 밥을 주는 일은 늘 내 차지였다. 의자에 올라 유리문을 열고 밥을 주면 죽었던 시계는 묵은 시간을 털어내고 바로 살아났다. 시계가 밥을 먹은 날엔 시간의 발자국 소리가 더 크게 들렸다. 한밤중 종소리는 무서웠다. 종을 치기 직전 마치 심호흡이라도 하듯 '씨익' 하며 뱉어내던 태엽의 신음 소리는 더 무서웠다.

얼마 전 친정에 갔다. 창고에 괘종시계가 해묵은 잡동사니 틈에 끼여 먼지를 뽀얗게 뒤집어쓰고 있었다. 언제부터 창고에 있었는지 칠이 벗겨지고 귀퉁이가 부서져 있었다. 세월의 어디쯤에서 멎어버린 시계는 어머니를 떠올리게 했다.

육남매 중 막내를 결혼시키던 해, 몸에 묵직한 혹이 만져진다고 하시더니 얼마 지나지 않아 커졌다고 했다. 어머니는 퇴원과 입원을 반복했다. 몸속의 혹은 더 이상 치료를 할 수 없게 되었다. 남은 시간이 얼마 없다는 걸 알게 된 후 조금이라도 곁에 있고 싶어 친정으로 내려갔다.

고통으로 느리게 시간이 휘어지던 어느 날, 어머니의 몸이 퉁퉁 부어올랐다. 의사가 오늘을 넘기기 어려울 거라고 했다. 링거액이 초침처럼 다급하게 떨어졌다. 강한 진통제에도 통증이 잦아지지 않았다. 아파도 소리를 내지 않는 성정을 지닌 어머니는 병실에서 죽고 살아나기를 반복하셨다. 잠깐 눈이 감겼다가 뜨일 때마다 "지금 몇 시냐?"고 또 "몇 시냐?"고 자꾸 물으셨다. 물음의 간격은 갈수록 짧아졌다. 그러다 어느 순간부터 말을 잃고 시계만 망연히 쳐다보셨다.

자정 무렵 어머니는 침대에서 힘겹게 몸을 일으켜 앉았다. 당신을 에워싸고 서 있는 자식들을 눈물 괸 눈으로 바라보셨다. 그리고는 갑자기 누룽지가 먹고 싶다고 했다. 나는 누룽지를 끓여 오려고 부리나케 집으로 달려갔다. 입맛이 그대로 있으신 걸 보니 아직 가실 때가 되지 않은 것 같아 마음이 한결 놓였다. 집으로 돌아오자 나도 모르게 긴장이 풀어졌다. 잠깐 눈을 붙인다는 것이 어처구니없게도 깜빡 잠에 빠졌다. 허둥지둥 일어나 조급한 마음에 설 끓인 누룽지를 갖고 병원에 가는 사이 어머니 몸시계가 멈춰버렸다는 연락을 받았다.

아무리 세월이 흘러도 엊그제 같은 어머니의 아픈 숨소리가 들린다. 세월의 소용돌이에서도 난 어머니의 시간으로부터 자유로울 수 없었다. 온전히 마음을 기울이지 못한 그날이 가슴속을 휘저었다. 임종을 지키지 못했던 시간이 지금도 먹먹한 회한으로 작동하고 있다.

어머니는 절대의 시각 앞에서 몇 시냐?고 왜 그렇게 시간을 물어 왔을까. 가파른 생의 내리막에서 어떤 시간이 필요했을까. 째깍거리는 현실의 시각이라고 하기엔 거리가 멀게 느껴졌던 물음. 시간을 터득하지 못했던 유년처럼 나는 지금도 어머니의 물음에 대한 답을 얻어내지 못하고 있다.

『수필과비평』

The 수필

●… 시계는 시간의 허상일 뿐, 인간은 저마다 자신의 경험에 의해 스캔한 시간을 기억에 저장한다. 괘종시계의 태엽을 열심히 감았으나 정작 시계를 보지 못했던 유년기의 에피소드, 임종을 앞둔 노모의 시간에 대한 집착 등은 화자의 단순한 회상에 머무르지 않고 시간에 대한 의미에 천착한다. 한정된 지면에서 시간이라는 화두로 과거와 현재를 넘나드는 진행과 참신한 표현력이 돋보이는 "지금 몇 시냐?"는 시간의 의미를 파악하지 못한 채 살아가는 우리 모두에게 던진 물음이며, 시간의 의미 찾기는 삶이 출제한 난해하고 영원한 미제가 아닐까. /엄현옥

두 장의 흑백사진

김덕기

지난해 섣달 그믐께였다. 방 정리를 하던 아내가 불쑥 사진 한 장을 내밀었다. 가지런한 이를 드러내며 미소 짓고 있는 젊은 여인의 흑백사진이었다. 사진을 받아들자 어머니의 젊은 시절 사진이라는 걸 이내 알았다. 그분의 눈매가 내가 간직하고 있는 부모님 결혼식 사진 속 신부와 같았기 때문이다. 사진 속의 어머니는 20대 중후반의 세련된 여인이었다.

아내는 어머니가 주신 성경책 갈피에서 그 사진이 나왔다고 했다. 나이가 들면서 시력이 떨어진 아내는 10여 년 전 어머니로부터 물려받은 글씨 큰 성경책을 꺼내 읽기 시작했다. 이 큼지막한 성경책은 말년에 거동이 불편해져 내게 몸을 의탁하게 된 어머니가 짐을 정리하면서 아내에게 건네준 것이었다. 그 성경책 속에 어머니 사진이 있으리라고는 생각지 못했다. 어머니의 짐을 정리하면서 보니 사진첩은 물론 사진 한 장 없었다. 나와 떨어져 살았던 반세기의 흔적을 보이고 싶지 않으셨던 것일까. 재가하여 5남매를 낳고 키운 추억이 있으련만, 그 모든 것들을 가슴에만 넣어두려고 하셨나 보다.

기도원에서 생활하는 어머니는 한 달에 한번 찾아뵙는 내게 초등학교 선생님이었던 아버지와 중매로 결혼한 이야기, 시부모님인 할머니 할아버지로부터 사랑받았던 이야기를 녹음기처럼 되풀이하며 쏟아내곤 했다. 가끔 '네게 미안하구나'라는 후렴구를 반복하시기도 했다. 내가 궁금해하는, 젖먹이 시절부터 내 곁을 떠나기 전까지의 생활이며, 재가해 낳은 5남매와의 생활에 관해서는 단 한마디도 입 밖으로 내지 않았다. 사진이라도 있다면 짐작이라도 할 수 있으련만 흔적조차 없는 단절된 40여 년의 시간은 궁금증만 자아내게 했다.

어릴 적 나의 사진이란 책상 유리덮개 속, 부모님 결혼사진 옆에 둔 것 하나뿐이다. 서너 살쯤 되어 보이는 독사진이다. 시선이 아래를 향하고 있는 것으로 보아 사진 찍을 때의 분위기가 어색했음을 짐작하게 한다. 조화 옆에서 두 손을 가지런히 모으고 서 있는 모습이 애처롭게 보인다. 어머니가 내 곁을 떠날 즈음 찍은 사진이라는 말을 들은 적이 있다. 어머니와의 이별을 알아차리기라도 한 듯 금방이라도 울음보를 터뜨릴 것 같은 눈망울이다.

이보다 훨씬 어릴 때 찍은 사진이 한 장 더 있었다. 지금은 어디 있는지 찾을 수 없지만 다섯 살 위인 막내삼촌과 나란히 앉아 찍은 사진이었다. 반소매 차림으로 마루에 앉아 한 손에 주발을 들고 다른 한 손으로는 주발 속에 담긴 무엇인가를 만지고 있는 사진이었다.

'네가 몹시 아파 죽을 것 같아서 찍어두었던 것'이라는 할머니의 말씀이 생생한 내 기억 속에 사라지지 않고 있는 사진이다. 그렇게 병약했던 나는 이렇게 살아남아 중늙은이가 되어, 어릴 적 내 사진과 어머니의 20

대 때 사진을 들여다보고 있다.

어머니의 사진은 가로 16센티미터, 세로 27센티미터 정도로, 60년도 훨씬 전 사진으로는 꽤나 큰 사이즈다. 흰 블라우스에 검은 색 정장을 받쳐 입고 양 귓불이 살짝 보이는 파마 머리를 한 모습에서 예쁘게 찍히고 싶었던 여인의 소망이 읽혀진다. 왼쪽 옷깃에 달린 리본 모양의 브로치가 세련미를 더한다. 가지런한 이와 엷은 미소, 갸름한 얼굴선이 전형적인 미인의 모습이다.

좌익이었던 아버지가 후퇴하던 인민군에 의해 죽임을 당했다는 사실이 확인된 후, 웃어른들의 배려로 어머니는 친정으로 돌아갔다. 어머니 소식은 외가 쪽 친척들을 통해 간간이 할머니에게 전해졌다. 어머니는 한동안 서울 생활을 하다가 몇 해 뒤 재가를 했다는 것이다. 중매쟁이의 입담과 사진 한 장이 혼사를 결정짓던 시절이었으니 아마도 이 사진은 그 무렵에 찍은 것이 아닌가 한다.

어머니의 사진은 오른쪽 귀퉁이가 찢어져 달아나고 뒷면 가운데 부분이 들떠 있는 것으로 보아 끈끈이 앨범에 넣어 간직했던 듯하다. 그 끈끈이 앨범 속에 담겨 있었던 어머니의 끈끈한 삶은 다 어디로 간 것일까. 내가 모르는 어머니의 삶이 행복했던 것만은 아닌 것 같다. 어머니가 모르는 나의 세월도 그랬다.

내 사진과 어머니의 사진을 나란히 놓아본다. 두 장의 흑백사진 속에서 고단했던 시간들이 바래가고 있다. 『에세이문학』

The수필

●… 아내의 성경책 속에 꽂혀 있던 20대 중후반 여인의 흑백사진과 책상 유리 덮개 속 서너 살쯤 돼 보이는 사내아이의 독사진. 「두 장의 흑백사진」은 작가의 자전적 에세이로, 그는 독사진을 찍을 즈음 어머니와 이별했다. "좌익이었던 아버지가 후퇴하던 인민군에 의해 죽임을 당했다는 사실"이 확인되고 어머니는 어른들의 배려로 재가한다. 반세기의 흔적을 지운 채, 재가해 5남매를 두었지만 말년에 작가에게로 왔다. 화자는 "내가 모르는 어머니의 삶이 행복했던 것만은 아닌 것 같다"며 "어머니가 모르는 나의 세월도 그랬다"고 독백한다. 시대의 아픔이 만들어놓은 두 장의 흑백사진, 어머니의 잃어버린 세월을 짐작하는 작가의 마음이 애련(哀憐)하다. 드러내기와 절제가 잘 조합된, 마치 장편소설 한편을 읽은 느낌이다. /한복용

소금꽃

박월수

곰소의 여름은 짭짤하다. 곰소에서는 태양도 소금밥을 먹고 뜬다. 사는 일이 물에 물탄 듯 싱겁게 느껴질 때 나는 곰소로 간다. 폭양 아래서 소금꽃을 피우는 염부를 만나러 간다. 소금밭 물거울에 비친 그들 경건한 몸짓을 매만지러 간다.

염전 초입에서 허기에 발목이 잡혔다. 무한정 내어주는 간장게장 한 상 차림으로 점심을 먹는다. 등딱지 살은 비리고 짠데 뒤이어 오는 고소함이 앞에 맛을 덮고도 남을 만큼 관대한 맛이다. 다리 살은 입천장에 착 달라붙을 만큼 찰지다. 체면이란 녀석은 뒤 집 빨랫줄에나 걸어두고 쩝쩝거리는 소리 곁들여 알뜰하게 발라먹는다. 짭조름해진 입안을 함께 나온 꼬막 국물로 헹군다. 서해 한 귀퉁이가 딸려 들어온다. 향긋하니 시원하다. 등딱지에 쌀밥을 비벼 맨 김에 싸서 한 입 먹는다. 비린 맛을 또 다른 비린 맛이 품어준다는 걸 바다에 등 기대고 사는 사람들은 일찍부터 알고 있었나 보다. 포근하게 안기는 맛이다. 남은 밥 한 술에 갈치속젓을 얹어 마저 비우니 비로소 바다에서 나는 작은 금이 이

것들을 완성했다는 생각에 미친다.

세자 책봉을 앞둔 선조가 왕자들을 불러 모아 슬기를 시험했다. 세상에서 가장 맛있는 음식이 무엇이라 생각하느냐고 물었다. 다른 왕자들이 떡이며 꿀, 고기라는 말을 늘어놓을 때 광해군은 소금이라 답했다. 모든 음식엔 소금이 들어가야 맛을 내기 때문이라는 말도 덧붙였다. 왕을 만들어낸 소금이 몸 속에 들어온 덕분인가 처졌던 기운이 솟는다.

게장 냄새와 젓갈 냄새가 골고루 밴 몸을 이끌고 그들 기원을 찾아가듯 소금밭에 이른다. 여름 한낮의 태양은 강렬하다 못해 폭력적이다. 너른 염전에 가득 들어찬 소금물을 덜덜 볶을 것처럼 따갑게 쏟아붓는다. 소금밭을 가꾸는 염부가 가장 좋아하는 볕이다. 뙤약볕 아래 꽃모자를 눌러쓴 염부가 보인다. 소금꽃이 피기 시작한 염전을 고무래로 훑으며 지나간다. 의아스러워 하는 방문객을 향해 자는 물을 흔들어 깨워야 소금꽃이 빨리 핀다며 귀띔을 한다. 고여 있던 소금물이 은빛으로 흔들리더니 얕은 소금밭은 이내 고요를 찾는다. 멀리 능가산 꼭대기와 명징한 하늘이 잽싸게 들어와 가부좌를 튼다. 염부의 일손은 더 바빠져야 될 것 같다. 벌써 갈증이 나는 걸 보니 싱거운 일상에서 떠나오긴 했나 보다.

낡은 소금창고 귀퉁이 보자기만한 그늘을 깔고 앉는다. 소금밭을 보러와서는 뙤약볕이 무서워 숨어서 보낼 참이다. 바람과 햇볕과 사람이 간여해서 소금꽃 피우는 일을 넌지시 지켜본다. 태양이 소금물을 갉아먹는 동안 바람이 거들고 고무래 든 염부가 부추기는 걸 바라본다. 물이 꽃이 되려고 부대끼는 염전바닥에 내 마음을 꺼내 비춰본다. 소금밥 먹는 볕과 귀때기마저 하얀 바람과 대파질로 뼈대가 굵어진 염부만큼

독하게 살았는지 묻는 소리 들린다. 늘 뒷걸음치며 살아온 터라 대답이 궁색하다. 스무날을 공들여야 귀한 소금은 온다는데 겨우 한나절을 쪼그리고 앉아 나는 무얼 하자는 것일까. 소금꽃 피는 소리와 물거울에 비친 염부의 표정을 음미하며 마음에 적당히 간이 배이길 기다린다.

일 년에 반을 염부는 소금밭에 빠져 산다. 달무리를 보고 바람의 방향을 읽으며 우주와 소통한다. 언제쯤 낮은 지붕으로 된 해주 아래 소금물을 가둬야 할지를 미리 가늠한다. 꽃모자 쓴 염부의 고무장화 안에서는 땀에 절어 끈적이는 발이 미끄럼을 탄다. 토시 낀 팔이며 햇볕을 정면으로 받는 등줄기에서도 땀은 비처럼 흐른다. 그에겐 제 몸마저 염전이다. 물거울에 비친 하늘을 쓰다듬으며 성전을 가꾸듯 고무래를 미는 염부는 소금을 바가지로 쏟은 저녁, 막걸리 한 사발로 몸을 위무하는 삶의 멋도 안다. 생이 농축된 가장 짠맛은 어쩌면 지극히 감미로울지도 모를 일이다.

나는 잠시 소금창고를 기웃거린다. 함석지붕을 이고 벽에는 기다란 판자를 덧댄 소금창고는 염전 가장자리에 줄을 지어 서 있다. 그 속엔 소금산이 살고 있다. 쓴맛을 제하고 단맛을 품으려는 창고의 시간이 곰삭고 있다. 간수를 버리느라 흘렸을 창고의 눈물을 생각한다. 달짝지근한 소금을 낳기 위해 엎드렸던 창고의 기억 속에 부패한 것들은 없다. 소금을 오래 안으면 햇볕으로 달아난 물의 영혼처럼 가벼워질 수 있다. 누가 소금을 짜다고 했을까. 소금창고가 간직한 하얗고 작은 금은 달다.

능가산 너머로 노을이 진다. 소금꽃이 잠을 청할 시간이다. 한 뼘 그늘도 없이 염전을 누비던 염부가 장화를 벗어 툭툭 턴다. 마음에 한소끔 소금 간이 밴 나도 이제는 돌아갈 채비를 한다. 소금꽃 피우는 일처럼 독하고 덤덤하게 살아갈 준비를 마쳤다. 『현대수필』

The 수필

●… 태양도 소금밥을 먹는다는 곰소다. 사는 일이 싱겁게 느껴질 때 찾아가 간기를 넣고 온다는 곰소의 염전. 모든 음식의 시원에 소금이 있다. 소금이 비로소 꽃이 되고 작은 금이 되는 과정을 숨죽이고 그려본다. 촘촘히 엮은 작가의 언어는 염부의 꽃모자처럼 생의 누추를 덮어 환하고 넉넉하다. 눈물을 버리고 독하게 단도리한 삶이 가볍듯이 간수를 버린 소금은 단맛까지 품는다. 그 곰삭은 시간을 새기며 덤덤하게 살아갈 기운을 얻는다. 더하거나 뺄 것 없는 정갈한 한 상을 받은 느낌이다. /노정숙

세월의 흔적

염희순

오후 늦게 바다를 찾았다. 남편 낚시 가는 길에 따라나섰는데, 간만에 사색도 하고 스마트폰 노트에 글도 써본다.

한눈에 들어오는 해안이 아담하다. 물이 많이 빠졌다. 드러난 바위들이 넓은 운동장을 이루었다. 썰물 때 갯벌에 물길이 드러나듯이 바위틈 사이로 바닷물이 고여 구불구불 길이 났다. 더러 작은 웅덩이도 생겼다. 바다 물풀 가득한 그 속에서 치어들이 잘방댄다. 물기가 마른 널찍한 바위 위에 앉아본다. 자세히 보니 바위에 잔잔한 물결무늬가 새겨져 있다. 너무 정교해 손바닥으로 바위를 쓸어보면 찰랑거리는 물결의 감촉을 느낄 수 있을 것만 같다. 하루 이틀 사이에 이 무늬가 새겨졌겠는가. 눈에 보이지 않는 시간은 이렇게 물속에서도 흔적을 남긴다.

며칠 전 허리가 아파 엑스레이를 찍었다. 오늘 그 결과를 보는 날이었다. 의사가 내 엑스레이 필름을 형광판에 끼웠다. 저 뼈대의 주인이 나라니! 마치 무덤 속 내 유골을 보듯 섬뜩했다. 의사가 자를 들어 골반에 대고 빨간 펜으로 수평선을 그었다. 오른쪽, 아니 왼쪽 골반이 현저

하게 올라와 있었다. 골반이 틀어졌단다. 그래서 다리와 허리에 통증이 온다고 했다. 다음은 척추 옆모습 필름을 끼웠다. 의사는 또 빨간 펜으로 위에서부터 유연한 S자 곡선을 그었다. 내 뼈는 일자에 가까웠다. 척추 4, 5번 디스크가 약간 튀어나온 게 보였다. 5, 6번 사이는 좁아져 있었다. 심한 디스크는 아니나 퇴행성이 진행 중이라고 했다. 뼈 교정과 운동요법을 병행해야 한다고 했다.

치료에 들어갔다. 침대에 누웠더니 오른쪽 다리가 1센티 이상 더 길다고 했다. 어긋난 골반. 삐쩡한 척추. 아까 본 엑스레이 사진이 떠올랐다. 의사가 오른쪽 다리를 들어올려 뒤쪽으로 원을 그리는데 얼마나 민망하던지. 삐꺼덕 소리가 안 나니 다행이다 싶었다. 소리 없이 흐르는 세월 속에 바위가 바닷물에 조용히 깎이듯이 내 척추는 기척 없이 휘고 골반은 틀어져 갔다. 이토록 서글픈 흔적을 남기고 가는 세월을 눈치채지 못하고 흘려보냈다니.

나는 지금 호주에서 살고 있다. 한국에서 살던 시간이 추상적이었다면 여기서는 구체적이다. 순간은 아니더라도 매시간을 의식하며 산다고나 할까. 호주는 임금을 시급時給으로 계산한다. 나는 시급 30달러(대략 25,000원) 인생이다. 풀타임이 아닌 파트타임이며 주급週給으로 받아 매 주말 집세를 내고 먹고 살 음식을 산다. 한 시간 번 돈으로 삼겹살 두 근을 사고 30분 번 돈으로 샌드위치와 커피로 점심을 때우고 10분 번 돈으로 가끔 생맥주도 한 잔 마시는 사치를 부리기도 한다.

돈을 번다는 것이 생명 유지와 직결되어 있음을 여기서 이렇듯 실감하며 산다. 얼마 전에 본 영화 〈IN TIME〉에서처럼 말이다. 영화에서는 유전자 조작으로 25살에 성장, 아니 노화가 멈추며 그때부터 그날그날

노동의 대가로 팔뚝에 시간이 적립된다. 그 시간이 곧 수명이며 화폐로써 거래가 된다. "Time is Money!" 결제 시 팔뚝에 표시된 숫자가 쉬리릭 줄어들 때 목숨 줄이 짧아지고 있다는 것이 얼마나 실감나던지. 시간이 많은 부자는 영생을 할 것이며 그날 벌어 그날 사는 하루살이 인생들은 일거리가 없으면 사망이다. 호주에서 내가 시급으로 먹고 사는 일도 결국 영화에서처럼 시간으로 결제하는 삶이다. 그들이 수명 연장을 위해 기를 쓰고 일을 하는 것이나, 수명을 유지하기 위해 내가 애를 쓰는 것이나 별반 다를 것이 없다.

지금 이 글을 쓰고 있는 바닷가 하늘 위로 아까부터 경비행기가 왔다 갔다 하더니 하늘에 글씨를 써놓았다.

JESUS SAVES JESUS = ♡

예수님이 영생을 준다고 했던가.

유한한 생을 사는 우리야 생존 유지를 위해 안간힘을 쓰며 살 수밖에. 먹고 사는 일만큼 중요하고 숭고한 것이 또 있겠냐마는 살기 위해 허겁지겁 사는 인생은 허망하기 짝이 없다. 사람이 떡으로만 사는 것은 아니지 않겠는가.

노을이 진다. 참 곱다. 이곳 노을은 화사해서 슬픈 느낌이 들지 않는다. 오히려 경쾌해진다. 한국의 노을이 처절한 핏빛의 유화 같았다면 호주의 노을은 해말간 홍시 빛의 수채화 같다.

오늘 나는 바닷가에 지불은 안 했지만 돈을 벌 수 있는 기회비용을 지불한 것이니 내 수명의 몇 시간을 치른 셈이다. 그러나 밑졌다는 생각은 안 든다. 쓸 데 쓴 것이다. 〈IN TIME〉 영화에서 엄마가 밀린 대출비를 벌기 위해 생일날 야간 근무를 해야 함에도 주인공에게 맛있는 점심 사먹으라고 수명의 30분을 옮겨주듯이(결국 엄마는 예고 없이 오른 버스비로 30분이 모자라 그 다음 날 죽고 만다.), 아들은 또 그 귀한 시간을 출근길에 어떤 소녀가 고지서 낼 돈이 없다고 구걸하자 5분을 덜어주고 직장동료에게 4분짜리 커피를 사주듯이, 어디에 내 시간을 쓰느냐가 어떻게 사느냐의 답인 것이다.

내 몸 구석구석 세월의 흔적이 조금이라도 누군가를 위한 것이었다면 노화가 그렇게 슬프지 않을 것 같다. 저 고운 노을처럼. 『에세이문학』

The 수필

●… 바닷가 바윗돌에 물결무늬를 새겨놓듯, 시간은 우리 몸에도 흔적을 남긴다. 골반과 척추가 뒤틀려 있는 자신의 엑스레이 사진을 보면서 화자는 세월이 그냥 지나가는 것이 아님을 새삼 느낀다. 어쩌다 낯선 나라에서 시급(時給)으로 하루하루 연명하게 된 화자는 그런 자신의 삶이 영화 〈IN TIME〉 속 등장인물들의 삶과 흡사하다고 생각한다. 유전자 조작으로 25살에 머문 채 그날그날 노동의 대가로 팔뚝에 적립된 시간만큼씩 수명을 연장해가는 그들. 비단 시급 인생뿐이랴. 어쩌면 우리 모두의 인생이 그와 같은 것을. 자신의 수명이 감소될 것을 알면서도 사랑하는 사람에게 혹은 어려운 이에게 자신의 시간을 나눠주는 영화 속 사람들처럼, 자신의 몸에 새겨진 세월의 흔적이 누군가를 위한 것이었기를 바라는 필자의 마음이 서글픈 한편 따뜻하다. /이혜연

휴전선의 봄, 그 고무줄놀이

하재열

무엇보다 내 밥그릇 길이 걱정된다. 예단할 수 없는 일로 가슴이 두근댄다. 힘 겨루는 장수처럼 마주한 두 집, 그 한 집의 대문을 나올 젊은 사내를 기다린다. 온 세상의 눈이, 유리눈알이 각자의 셈법으로 번득인다. 사월의 봄이 휴전선에 내리쏟아졌다. 낯선 산야의 물오른 신록과 꽃잎이 다른 땅이 아님을 저릿하게 일깨운다. 그 전쟁의 상흔에 몸부림치던 시절, 배고파 진달래 꽃잎을 따먹던 날의 헐벗은 산비탈이 겹쳐 떠오른다.

두 사내가 손을 잡았다. 휴전선, 아무것도 아니어야 할 그 경계선을 사이에 두고서다. 남으로 넘어온 북의 사내는 다시 남의 사내와 둘이서 북으로 넘어갔다가 또다시 남으로 손잡고 넘어왔다. 순간에 오갔다. 오십 센티, 걸음 한 폭 넓이를 뒤뚱대듯 넘나드는 두 사내의 몸짓에 환호와 폭소가 터졌다. 연이어 탄식했다. 나는 심호흡을 해야 했다. 그 눈들은 세기의 사건이라 적으며 말 잔치를 벌였다.

도보다리라 했다. 푸른 단장을 하고 봄 하늘을 가르고 있었다. 그 사내들이 걷는다. 천상의 외딴 길인 양 길게 느껴진다. 무언가 말을 하는데 알아들을 수가 없다. 내가 꿈을 꾸고 있는 걸까. 엄청난 일이니 이건 틀림없이 춘몽이다. 몽롱하게 하늘에서 계집애들의 노랫가락이 들린다.

고향 땅이 여기서 얼마나 되나
푸른 하늘 끝닿은 저기가 거긴가
아카시아 흰 꽃이 바람에 날리니
고향에도 지금쯤 뻐꾹새 울겠네

어디선가 보았던 일이라 여기며 골똘했는데, 그렇다. 그건 고무줄놀이요, 그 노래였다. 고샅길에서, 학교 운동장 귀퉁이에서 발장단에 맞추어 흘러나오던 노래였다. 오늘 사내 둘이서 고무줄놀이를 했다. 휴전선에서. 맞아, 넘나들며 뒤뚱대는 율동이 그랬다. 내 어릴 적 또래들과 고무줄을 끊어먹으면서 한창인 놀이판을 깨는 심술을 부렸지. 계집애들은 "야 이 종내기야" 하며 욕을 퍼부었어. 그때 참 재미있었거든. 일에 구분 없다더니 남정네가 이것도 다 하네.

사내 둘은 하늘길 끝 봄꽃 병풍 앞에 마주 앉았다. 아지랑이인 듯 바람이 무성영화의 알 수 없는 자막처럼 흔들린다. 온 눈들이 불을 켜고 두 사내의 입만 바라본다. 도깨비가 붙어 앉아 홍얼대는 것만 같다. 온갖 예측과 상상이 봄 하늘을 떠돈다. 초병처럼 옆에 서 있던 휴전선 표지판이 냅다 고함을 지른다. 낮말은 새가 듣고 밤말은 쥐가 듣는다 했소. 내 비록 늙어 녹이 슬었어도 입은 살아 있소. 내가 변사 노릇하리다.

南이요/ 누가 우릴 보고 고무줄놀이한다고 하는 것 같았는데 북에도 이런 놀이 있는가요. 내 어릴 땐 여자애들 놀거리가 그런 것밖에 없었소.

北이요/ 내래 안 해봤지만 말은 들었수다. 우리끼리 피 터지게 싸우다가 같이 못살 때였으니 비슷하갔디오. 내가 계집애 놀이했다니 좀 넘세시럽슴메. 내래 농구 좋아하디요. 철천지원수 미국놈이지만 그래도 좋아하는 선수 하나 평양에 두어 번 불렀수다. 찾아올 사람도 없고 해서리.

南이요/ 우리 이제 철조망 걷어치우고 고무줄놀이하는 세상 만들지 않겠소. 터놓고 이야기합시다. 핵 내어놓으시오. 핵 무력 완성했다는 거 나 인정하겠소. 그런데 북은 끝까지 지킬 힘 안 되오. 그게 코 큰 친구 때문만이 아니요. 중국, 일본, 러시아놈 같은 패거리요. 언제든지 고무줄 끊어먹을 종내기들이오. 지금껏 그래왔잖소. 저 철조망 보시오.

北이요/ 내래 지금 고민 많수다. 우리 인민이 배가 고파 핵 버리겠다고 말은 했슴메. 남조선은 겨누지 안 캈시요. 주머니 좀 푸시라우. 미국놈하고 수틀리면 다시 엎어버리갔수. 그땐 남이 어떻게 된다는 거 알잖수.

南이요/ 그건 우리 같이 끝장나는 일이요. 내 한 가지 제안하겠소. 북은 나이가 있지 않소. 나처럼 물러날 일도 없잖소. 후일을 기약하시오. 우선 핵 내려놓으시오. 핵 개발 인력도 묶으려 한다는데 그 사람들 남으로 숨기시오. 핵심만 삼천 명은 된다는데 내가 신분 보장하겠소이다.

北이요/ 수 쓰지 마시라우요. 전쟁 겁나면 밥 내놓으라우. 다른 말은 안 캈시요. 아까부터 중국, 일본 아이들에게 신경 쓰는데 줏대머리 없수다. 내래 중국 속셈 다 읽고 있디요. 남쪽처럼 꼼짝 못하고 당하진 안함메. 납치해온 일본사람 없다고 하시라우요. 일제 때 잡혀가 안 돌아온 우리 사람 셀 수도 없잖수. 그리고 남쪽은 왜 위안부를 그렇게나 우려묵습네까. 내래 동상 좋아하지만 남의 집 대문 앞에서까지 치사하게는 안 하우다. 인간의 전쟁은 원래 그런 거디요. 왜 임진왜란 때 일은 들먹이지 않수.

南이요/ 나 중국, 일본 아이들 사실 버거워요. 가끔은 광개토대왕이, 안시성의 양만춘이 그립소. 우리 귓속말로 합시다. 새가 듣소. 그 핵을 대륙 쪽에 겨누어보려 사람 숨기라 한 거요. 오천 년 동안 당해왔잖소. 일본은 찰거머리 같소.

北이요/ 임자도 그리 생각함네. 이심전심이우다. 말로써 말이 많아 갈가리 갈라진 남쪽 힘으로 어디 그놈들에게 대들 수 있갔소. 나처럼 헛소리도 한번 못해놓고시리.

南이요/ 인권 떠드는 입이 많아 어쩔 수 없소. 고사포를 쏘고 독극물을 바르는 건 너무 심했소. 그것 때문에 고무줄놀이도 더 어려워질 뻔했잖소.

北이요/ 반공화국 분자는 즉결처분이우다. 내래 마음대로디요. 남쪽도 나보다 나을 거 없수다. 임자 눈치만 보는 법, 그 법 마음대로니 법 없는 거 아니갔소. 다 가두었잖수. 내래 걱정하는 건 그 간나 종내기들이 고무줄 끊어먹을까 싶수. 살살 하시라우요. 고무줄 노래처럼 그리워만 하지 말고 서로 고향에 왔다갔다 해야 안 캈소.

숲에서인지 새소리가 들린다. 이 숨 막히는 영화의 배경음악인가. 고향 산허리 보리밭에 누워 듣던 소리도 이랬다. 이어진 산하인데 왜 같지 않으랴. 문득 종달새 날갯짓이 떠오른다. 까마득한 창공에 올라 파닥이며 지저귀는 소리, 노고지리라고 했지. 나는 어릴 때 종달새를 보며 하늘을 날고 싶어했다. 그리고 꿈을 꾸었다. 두 사내가 자리를 털고 걸어 나온다. 봄바람이 따라가며 일렁댄다.

푸른 도보다리에 하늘이 내려앉았다. 이 길을 얼마나 많은 사람이 오갔을까. 반도의 허리길 아닌가. 수많은 말발굽이 먼지를 일으켰고, 남부여대한 민초들의 걸음이 질경이처럼 휘감겨진 길이다. 두 사내는 무슨 꿈을 꾸었을까. 다시 언덕을 넘어갔다. 김구 선생도 이 길을 걸었으리라. 저 북쪽 사내의 조부를 만나러 올라갔던 길 아닌가. 갈라지지 말자고 절규하며 올랐던 길이다. 텅 빈 길, 끊어진 길 위에 선생의 말이 울린다.

오늘 기쁘구나. 참 잘하는 일이다. 원수라도 만나야 일이 풀리는 거란다. 큰일 앞에 걱정도 많겠구나. 응원하마. 나는 경교장에서 총탄에 쓰러졌지만 이제 누구도 원망하지 않아. 방법이 달랐지만 모두 통일된 나라를 바란 일이었던 거야. 그 젊은 사내의 할아비 욕심을 내가 일찍 알아채지 못했어. 그게 사달의 시작이었지. 이승만 원망하지 말어. 그도 어쩔 수 없는 선택이었어. 남북이 각자 살림을 차린 1948년, 나는 내내 울고 다녔어. 가슴 아픈 일이었어. 지금도 보아하니 말 붙이기가 쉬운 일은 아니야. 잘 해봐. 호들갑은 떨지 말고, 큰일나.

대반전이라 했다. 모두 그렇게 썼다. 올림픽을 못할까 싶도록 전쟁의 붉은 혀가 날름댔다. 몇 달 전을 옛일처럼 여기며 북쪽 젊은 사내의 통 큰 결단이라 치켜세운다. 들떠 웃는데 따라 웃다가도 멈칫한다. 대동강 부벽루에 올라 잔 잡아볼 날 있으려나 싶다가도 고개를 흔든다. 좋은 꿈에 뒤섞인 혼미한 꿈을 꾸다 깨버린 밤의 적막 같은 날이 길다.

문득 칼 마르크스의 말이 스멀댄다. "지금까지 모든 사회의 역사는 계급투쟁의 역사다." 인간 세상의 본질을 이토록 꿰뚫은 명제가 있었던가. 계급투쟁은 바로 부의 분배를 둘러싼 싸움이다. 역사의 흐름이 그래왔다. 시끄럽기만 한 남쪽은 몫을 가르려다 부를 흩기만 하고, 핵 가진 북쪽은 배고프다고 한다. 거짓처럼 바뀐 북의 얼굴이 참이라 해도 우리 살림이 감내할 수 있을 것인가. 내 밥그릇도 어찌 될지 알 수 없다고 말해야 할 때가 올까 걱정이다. 그러나 마다할 수 있을까, 이 길을.

길은 아직 멀다. 큰 밥주걱 든 자가 많아 안개 속이다. 신명나는 덩더꿍 춤을 추어댈지, 아니면 멍만 든 가슴을 다시 싸매야 할지도 모른다. 그래도 고무줄놀이는 해야 하지 않겠는가. 모두 노래를 부르자. 대성동 사는 화동의 얼굴에 웃음을 앗아가는 일은 없어야 하지 않겠는가. 위원장 동지, 봄날이 간다.

『수필과비평』

The 수필

●… '모든 사회의 역사는 계급투쟁의 역사'라는 마르크스의 언술은 유효하며, 시대를 읽는 일은 문학의 역할이다. 지난 4월 열린 판문점의 남북정상회담은 핵 없는 한반도와 종전을 약속했으나 저마다의 주걱을 들고 자국의 이익만을 위해 달려드는 강대국의 속셈과 동반자로서의 자질이 모호한 북한의 태도에 갈 길이 멀어 보인다. 휴전선 표지판의 의인화로 시작하여 총성 없는 외교 전쟁을 고무줄놀이로 희화화하였으며, 의도적인 조사 생략과 구어체 구사 등의 실험적인 전개, 결미에 배치한 남북합동 공연의 부제 '봄이 온다'의 풍자 등 문학적 장치가 돋보인다. /엄현옥

3월의 눈

김아인

샤갈의 마을에는 3월에 눈이 온다고 했던가. 언젠가부터 내가 사는 이 동네에도 3월 눈이 어색하지 않다. 철없는 계절임을 증명이라도 하려는 듯 우수, 경칩이 지났는데 함박눈이 내린다. 한겨울에도 좀체 구경하기 힘든 폭설이다. 겨우내 밀린 눈을 소급 정산하려는지 푸지게 퍼붓는다. 비를 머금은 눈이라고, 농가는 시설물 관리에 특별히 주의하라고, 매스컴에서 목소리를 높인다.

오던 봄이 살짝 뒷걸음친들 어떠랴. 잠재된 소녀 감성이 무거운 엉덩이를 일으킨다. 설거지할 일도 없는데 텔레비전을 끄고 밖으로 나왔다. 무릇 태초의 세상이 이런 모습이었을까? 위남공원은 설국이 되었다. 소담스런 눈에 눈이 시리다. 눈이 길을 지웠다. 할머니랑 나온 꼬마가 숫눈 위에다 아장아장 새 길을 만들어간다. 너무 깨끗해서 발자국 떼기가 조심스러운 나는 카메라만 누른다. 별안간 렌즈 안으로 먼 시간의 피사체 하나가 불쑥 들어온다.

시골에 계신 어머님께서 다급한 목소리로 호출을 하셨다. 아침 먹을 겨를도 없이 남편과 득달같이 달려갔다. 마구에 있어야 할 소가 마당에 나와서 진을 치고 있다. 뒷다리 둘은 세우고 앞다리 둘은 반을 접은 채 일어서지도, 앉지도 못하고 엉기적거리는 게 아닌가. 전날 저녁에 수의사를 불렀으나 너무 늙어서 치료 방법이 없다며 아예 손도 안 써보고 그냥 돌아갔다고 한다. 낙담하시는 어머님 얼굴에 먹장구름이 뒤덮였다.

시아버지께서 살아 계실 때부터 부렸다 했으니 대충 꼽아도 30년이 넘는다. 해마다 착실하게 새끼를 낳아서 살림에 보탬을 주고 농번기엔 사람의 노동력 그 이상을 감당한다. 쟁기질과 쓰레질은 여자 혼자 힘으로 어림도 없는 일이라고, 소가 몇 사람 몫을 한다고, 평소에 어머님이 많이 대견해하셨다. 당신께는 보배로운 존재다. 단순히 가축이란 이름을 뛰어넘는 가족과 같은 의미였으리라. 가장家長의 부재, 그 자리를 대신하여 든든한 버팀목 역할을 해준 반려동물인 것이다.

많이 아프다는 표식인가. 몰골이 영 말이 아니다. 초점 잃은 소의 눈가가 축축하고 눈곱이 덕지덕지 앉았다. 큰 눈망울을 희번덕일 때 흰자위만 보인다. 질질 흘리는 침이 고무줄처럼 늘어진다. 그동안 내가 보아온 소가 맞나, 도무지 믿기지 않는다. 가끔 고개를 빼들고 먼 하늘을 응시하며 도리질을 한다. 잘 익은 포도 알맹이처럼 빛나던 눈동자는 어디로 갔을까. 자초지종을 들은 뒤라선지 내 눈에도 병색이 뚜렷하다. 어머님께서 장남이라고 유독 믿으시는 남편도 뾰족한 방법이 없나 보다. 소의 등줄기나 하염없이 쓸어줄 뿐 속수무책이긴 마찬가지다.

구경꾼에 불과한 나는 대책 없는 안타까움과 마주하기 난감하여 슬며시 자리를 떴다. 하필이면 마구간 앞에서 멈춰졌다. 휑뎅그렁한 시멘트 바닥에 실금이 뻗어 있다. 소가 걸어온 행로처럼 복잡한 무늬다. 마음으로 잠시 그 길을 따라가자니 한 생명의 고단함이 읽힌다. 하릴없이 쇠죽솥에 물 한 바가지를 붓고 불을 지핀다. 마른 아카시가 타면서 '치지직' 소리와 함께 거품을 뿜는다. 소가 흘리는 침과 비슷하다. 그때 경운기가 탈탈거리며 올라왔다. 파란 색 페인트칠이 벗겨져 너덜거리는 짐칸에서 동네 어르신들이 내렸다.

대치하듯이 일제히 소를 향하고 섰다. 뭐가 어떻게 돌아가는지 사뭇 진지하고 심각한 분위기다. 걱정 반 궁금증 반이 발동하지만 내가 끼어들 자리가 아니다. 몇 걸음 뒤에서 조용히 살핀다. 이윽고 맞대었던 머리들이 흩어져 움직이기 시작한다. 전혀 예상 못한 방향으로 일이 진행된다. 굵은 새끼줄로 소의 앞다리와 뒷다리를 따로 묶는다. 경운기에 싣는다. 약속이라도 한 듯 말문을 닫은 채 경건한 동작이다. '아픈 소를 왜 저러지?' 사정을 알 리 없는 나는 의아스런 광경에 얼음이 되어 물끄러미 바라본다.

일소의 운명인가. 일을 못하면 여물만 축낸다는 것, 너무 늙어서 팔지도 잡아먹지도 못한다는 이야기다. 이 충격적인 말을 소가 듣지 않기를 바랐다. 천성이랄까? 반항 한번 없이 실려갔다. 소의 장례식, 경운기는 영구차가 된 셈이다. 평생 일만 하다가 처음이자 마지막으로 호강하는 순간이다. 골목을 빠져나가는 경운기 소음에 소 울음이 길게 겹칠 때 어머님이 굵은 소금 한 대접을 들고 와서 대문 바깥으로 뿌리신다. 앙다문 입술이 파리하게 떨릴 뿐 아무 감정도 내비치지 않는다. 그래서 더 염려스러운데 뜬금없이 소금 부스러기 같은 눈발이 날린다. 3월의 눈이다.

어떤 장면은 시간 흐름과 상관없이 어제 일처럼 선명할 때가 있다.

대개 웃음보다는 울음 가까이의 장면이거나 옷핀처럼 단단하게 가슴에 꽂힌 것들이 그렇다. 솔가지에 얹힌 눈이 제 무게를 못 견디고 툭, 떨어진다. 정수리에 한 방 맞고서야 나는 정신을 가다듬는다. 금세 사라질 풍경이 아까워서 카메라에 담는 사이 할머니와 꼬마가 보이지 않는다. 창조된 작은 세계 하나가 그들의 족적을 말해준다. 어쩌면 유한의 모든 생명은 무한한 세상이란 페이지에 자기 몫의 발자국을 자기 방식으로 남기기 위해 존재하는 것인지 모르겠다. 일생을 좌우하는 건 결코 의지나 선택의 문제만은 아니리라.

『에세이문학』

The 수필

●… 생명이 태동하는 3월 어느 날, 때 아닌 눈이 주는 순백의 아름다움에 취해 공원에 나와 카메라 셔터를 누르던 화자는 어떤 안노인과 꼬마가 남기고 간 발자국을 보며 기억 하나를 떠올린다. 어느 해 3월, 뜬금없이 만났던 소의 죽음이다. 시댁 식구들과 삼십여 년을 함께했던 소가 우리 안 시멘트 바닥에 행로처럼 남겨놓고 간 실금들과, 죽어가는 소를 싣고 가는 경운기 뒤로 시어머니가 뿌려대던 굵은 소금과, 그 소금 부스러기처럼 흩날리던 눈발을 기억해낸 것이다. 이미지의 연결이 유연하고, 죽어가는 소에게 아무것도 해줄 수 없는 무력감을 '하릴없이 쇠죽솥에 물 한 바가지를 붓고 불을 지피는' 행위로 묘사하는가 하면, 마른 아카시가 타면서 뿜는 거품을 소가 흘리는 침에 비유하는 등 능란한 표현 기법이 읽는 재미를 준다. / 이혜연

벽지 속으로 머리를 집어넣었다

홍정현

'쿵' 하고 쓰러졌다. 내가 올라서 있던 의자를 넘어뜨린 녀석은 저만치서 날 보고 있었다. 나는 동네에서 소문난 울보였지만, 그날은 울지 않았다. 차가운 시멘트 바닥에서 바로 일어나, 의자를 세우고, 바닥에 뭉개진 분필들을 빗자루로 쓸어서 쓰레기통에 버렸다. 그리고 다시 의자 위에 올라서서 새 분필을 들고 칠판에 주훈週訓을 적었다.

그해 담임은 정말 무서웠다. 이제 겨우 열 살인 칠십여 명의 아이들은 그 앞에서 바짝 긴장했다. 숙제를 해오지 않거나 준비물을 가져오지 않은 학생들은 아침마다 교실 앞으로 나가 일렬로 서서 맞았다. 그는 얇은 플라스틱 자를 튕겨 아이들의 뺨을 때렸다. 반장, 부반장은 두 배로 맞는 것이 규칙이었다. 나는 나의 의지와 무관하게 부반장이었고, 어른들이 기대한 것과는 달리 성실한 학생이 아니었기에, 그 체벌은 수시로 나를 떨게 만드는 공포였다. 그런데 그것보다 더 큰 공포는 담임의 당직 날이었다. 그는 당직 날 나를 학교로 불러 잡다한 일들을 시켰다. 텅 빈 학교 교무실에서 그와 나란히 앉아 허드렛일을 하는 것이 맞는 것보다 더 끔찍했다.

어렸을 때 기억은 망각의 바다에 떠 있는 섬들 같다. 몇 가지 장면들만 집요하게 남아 풍선처럼 부풀어 수면 위에 동동 떠 있다. 사건보다는 그때의 감정이 더 도드라져 어딘가 일그러져 보이는 기억의 조각들. 그러니깐, 나의 열 살은 공포가 지배하던 시절이었다. 그때 장면은 모두 어둡고 스산하다. 그날 담임이 시킨 주훈 적는 일을 빨리 끝내야 했다. 아프다고 울거나, 날 넘어뜨린 아이를 담임에게 고자질하면 하교 시간이 미뤄진다는 것쯤은 아는 나이였다. 학교는 불안한 장소였다. 집에 가고 싶었다. 넘어졌지만 피가 나지 않으니 괜찮다고 생각했다. 서둘러 일을 마무리하고 집으로 왔다. 그런데 집에 오니 몸이 이상했다. 머리가 아프고 속이 울렁거렸다. 먹은 것을 모두 토했다. 엄마에게 학교에서 넘어진 이야기를 했다.

"머리를 부딪쳤어?"

나는 끄덕였다. 엄마가 근심스러운 표정으로 바라보았다.

약을 먹고 안방에 누웠다. 온몸이 축 늘어지고 스르르 눈이 감겼다. 꿈과 현실을 반반씩 섞어놓은 곳을 떠다니는 듯했다. 그곳의 시간은 현실과 다르게 흘렀다. 반복적인 영상이 되풀이되었다. 고양이라고 생각되지만 고양일 수 없는 것을 어루만졌다. 어루만진다는 행위도 만진다는 행위 같지 않았지만, 그곳에선 그런 것들이 당연하고 타당했다. 그러다 갑자기 무슨 소리인가에 놀라 화들짝 현실로 돌아왔다. 꿈인지 현실인지 알 수 없는 그곳에서 고양이를 몇 번 만졌을 뿐인데 밖은 벌써 어두워져 있었다.

거실에서 시끄러운 소리가 들렸다. 손님이 오신 것 같았다. 화가 많이 난 손님이었다. 대충 짐작이 갔다. 낮에 우리 집 전화벨을 계속 울리게 만든 사람 중 한 명일 것이다. 수화기 속에서 아빠가 있는 곳을 당장 말하라고 거침없이 소리 지르던 사람.

거실에서 빚, 부도, 경매 등의 단어가 들려왔다. 엄마는 손님의 말을 조용히 듣고 있다가 대답했다. 어디에 있는지 연락이 되지 않는다, 라고. 그는 아빠가 올 때까지 우리 집에 있겠다고 했다. 엄마는 아무 대답도 하지 않았다.

여전히 기운이 없었지만, 약을 먹어서 그런지 두통은 많이 좋아졌다. 하지만 일어날 수 없었다. 거실로 나가 이제 좋아졌다고 엄마에게 말할 수 없었다. 나는 계속 아파서 잠을 자는 아이가 되어야 했다.

그저 눈을 깜빡거리며 벽만 바라봤다. 통증을 누르고 있는 약 때문인지 눈을 깜빡거리는 시간이 길게 늘어나는 듯했다. 나는 눈을 끔벅 감았다가 떴다. 벽엔 70년대 유행했던 연한 금색의 곡선 무늬가 반복적으로 그려져 있었다. 내가 눈을 천천히 감았다 뜰 때마다, 벽지의 무늬들이 일렁거리기 시작했다. 천천히 규칙적으로. 나는 또 현실인지 꿈인지 알 수 없는 곳에 와 있었다. 눈 쌓인 언덕 아래로 계속 미끄러져 내려가는 기분이 들었다. 썰매를 타듯 미끄러지는 것이 무섭지는 않았다.

언덕 아래쪽에 안방 벽지가 보였다. 금색 무늬가 가득한 벽지. 벽지의 무늬들이 춤을 추고 있었다. 무늬들은 호흡하듯 '커졌다, 작아졌다'를 반복했다. 벽지 앞까지 내려간 나는 춤추는 무늬 사이로 손을 쑥 집어넣었다. 그리고 뒤를 돌아봤다. 멀리 언덕 위에서 목소리가 들려왔다. 거실의 손님 목소리였다. 그 소리가 보풀처럼 '웅웅' 날리더니 서로 뭉쳐지기 시작했다. 그것은 동그랗고 단단한 눈 뭉치가 되어 나를 향해 굴러 내려왔다. 그리고 어디선가 다른 소리들도 들려왔다.

담임이 아이들 뺨을 찰싹거리며 때리는 소리, 빈 교무실 밖 휑한 복도를 울리는 차가운 바람 소리, 의자를 넘어뜨리고 도망간 남자아이의 히쭉거리는 웃음소리, 아빠가 있는 곳을 말하지 않으면 학교로 찾아와 나를 가만두지 않겠다던 수화기 속 빚쟁이의 목소리.

소리들은 나풀나풀 눈송이처럼 날아들어와 굴러오는 눈 뭉치에 더해졌다. 눈 뭉치는 점점 거대해졌다. 도망가야 했다. 벽지 속으로 머리를 집어넣었다. 아무 소리도 들리지 않았다. 소리가 사라진 고요가 폭신하게 느껴졌다. 나는 벽지 속으로 폴짝 들어갔다. 그리고 몸을 작게 웅크렸다. 둥글게 말린 등 뒤에서 벽지의 금빛 무늬들이 흐느적흐느적 춤을 추고 있었다.

『에세이문학』

The 수필

●… 어른들이 모르는 아이들의 상처가 어떻게 시작되고 극복되어 가는가를 보여주는 작품이다. 어린 '내'가 고통으로부터 벗어나는 법을 알아가는 과정에서 안도(安堵)를 느낀다. 열 살짜리 아이들을 공포의 도가니로 몰아넣은 담임 선생님. 그는 툭하면 아이들의 뺨을 때렸다. '나'는 부반장이었고 담임이 시키는 허드렛일을 했다. 화자는 "나의 열 살은 공포가 지배하던 시절이었"다고 고백한다. 아버지를 찾는 빚쟁이들의 고함은 그를 '벽지 속으로' 도망치게 했다. 그곳에서는 아무 소리도 들리지 않았다. 시끄러운 소리가 사라진 세계, 그 안에서 '나'는 무서움을 잊는 법과 그것으로부터 벗어나는 법을 알아간다. 작가는 '분열된 무의식에 남아서 삶을 민감하고 억울하게 만드는 상처 입은 아이의 감정덩어리'를, 그리고 타인에게 '무시당하지 않으려고 애써 개발한 잘난 나의 인격 부분'과 연결하는 데 성공했다. 토마스 홉스의 말처럼 그의 회복된 자기애가 모든 고백을 가능하게 하고 또한 이런 글을 쓰게 한 것이 아닌가 한다. /한복용

시각적 산문

이춘희

사진이란 빛이 잠시 머물다간 흔적이라 생각했다. 가까운 친구가 사진작가여서 사진에 대해 관심을 갖게는 되었지만 그 가치에 대해 깊이 생각해본 적이 없었다. 순간의 흔적을 담아 언제든 그 순간을 재현할 수 있는 것 정도가 내가 유추해낼 수 있는 사진의 가치였다.

그런데 며칠 전에 읽은 책의 한 문장에 순간적으로 사로잡혔다. “사진의 가치는 보이는 것이 보이지 않는 것을 불러내는 데에 있다.” 소설가 정찬의 『새의 시선』에 실린 대화체의 문장이다. 그는 이것이 영국의 저명한 작가인 존 버거의 말이며 ‘사진의 가치’가 아니라 ‘사진의 권력’이라 말했다고 정정해준다. 유독 이 짧은 글이 한순간에 와 닿았던 것은 요즘 스스로도 이해하기 힘든 나의 짓거리라 해야 할지 마음의 행태라 불러야 할지 모를 일 때문이다. 물론 이 문장이 함축한 의미를 다분히 자의적으로 해석한 결과다.

올해 초에 오랫동안 운영해오던 매장을 접었다. 국내 여성의류로는 제법 전통이 있는 브랜드의 대리점이었다. 언제나 어깨를 짓누르는 노후라는 문제 외에도 여러 가지 이유가 있어 몇 년째 망설이다가 마침내 실행에 옮긴 것이다. 누가 말리기라도 할 것처럼 당장 폐업신고부터 했다. 서둘러 본사와 관련된 일들을 마무리 짓고 세금을 완납했다. 컴퓨터에 저장된 본사 홈페이지까지 삭제하고 나니 무거운 옷이라도 벗어던진 것처럼 홀가분해져 마음만 먹으면 날 수도 있을 것만 같았다.

그런데 고객들의 전화번호를 저장해놓은 파일이 아직도 컴퓨터에 남아 있는 것을 문 닫은 지 몇 달이나 지난 얼마 전에 발견했다. 내게는 더 이상 필요치 않으니 삭제하는 것이 마땅할 것이다. 우스운 고백이 되겠지만 버튼 하나를 누르는 간단한 손가락 동작에 제동이 걸렸다. 단순한 아라비아 숫자의 조합에 불과한 전화번호들이 창에 불이 켜지면 눈앞에 마치 신기루처럼 여러 가지 형상의 그림들을 불러오는 것이 아닌가. 지난 이십여 년이 오롯이 살아 다가오는 것이다.

이십여 년 전 생활에 떠밀려 엉겁결에 옷 장사에 발을 내딛었다. 돌아보니 내게 주어졌던 다른 선택의 여지가 없기도 했지만 오늘까지 나를 버티게 해준 고마운 기회였다. 그러나 장사꾼으로 산다는 것이 스스로 설정한 사회적 지위에 대한 기대를 만족시키지는 못했던 모양이다. 쉬는 날은 염두에도 둘 수 없었던, 캄캄한 터널을 통과해야 했던 처음 몇 해가 지나자 옷을 팔고 있는 내 모습이 조금씩 불편해지기 시작했다. 그렇다고 구체적인 계획이나 선망이 있었던 것도 아니었다. 주어진 자리에 안주하다보면 결국 장사치가 되고 말 것 같은 두려움이 내가 해야 할 행동 하나하나에 끝없이 제동을 걸게 만들었다. 가령 고객에게 내 쪽에서 전화를 걸지는 않겠다고 결심을 한다거나 나를 찾아온 사람들과 필요 이상으로 가까워지지 않으려 마음을 다잡곤 했던, 생각하면 어처구니없는 일들이다. 전화는 호객행위나 다름없이 여겨졌고 상품 때문이 아니라 친분을 이용해 장사를 하려는 사람으로 비치는 것도 마땅치 않았다. 언니 아우하면서 감겨드는 사람들은 당연히 경계해야 되었겠지만 이십여 년을 꾸준히 찾아오는 고마운 분들조차도 굳이 일정한 거리를 유지하려 애를 썼으니, 더 이상 무슨 말을 할까. 내가 대단히 양심적이어서가 아니라 자신에게 공연한 일로 딴지 걸고 까탈 부리는 것이 자존감을 뭉개야 하는 장사치로 물들지 않는 길이라고 믿었던 게 아니었나 싶다.

그렇다고 매출에 신경을 쓰지 않을 수는 없었다. 특히 대리점을 하는 입장에서는 본사와의 원만한 관계가 중요하다. 그것은 매출로 증명되어야 하고 내 수입 역시 장사의 목적이 아닌가. 전화를 하는 것보다는 번거롭지 않고 은근하게 다가가는 문자 메시지를 즐겨 사용했다. 직접적으로 상품을 선전한다거나 구매를 권하는 대신 주기적으로 계절에 대한 멘트나 여성 특유의 감성을 가볍게 자극하는 짧은 글을 띄웠다. 기대했던 것보다 반응이 좋아 문자를 저장한다는 고객들이 많았고 더러는 바뀐 번호를 남기러 들르기도 했다. 물론 매출에 상당히 도움이 되었다. 전화번호 뒤에 숨어 심리적 효과를 노린 것은 적극적으로 다가서는 것보다 더 교묘한 상술이 아니겠는가. 나는 역시 장사꾼이었나 보다.

매장을 접고 나니 나를 지키겠다고 만들었던 울타리 안에는 자존감이 아니라 숫자로 남겨진 통장의 빈약한 잔고만이 고개를 숙이고 있다. 조금만 마음을 열었더라면 지금쯤 고객들과 끈끈한 인간관계로 연결되지 않았을까 싶어 아쉬워지곤 한다. 그러나 이십여 년을 그렇게 지키고 싶었던 자존감이 어떤 모습이어야 하는지에 대한 확신은 없지만 안간힘을 쓰고 있는 내 모양새가 좀 미련스럽기는 해도 밉지는 않다. 더러 그립기도 하다. 날기라도 할 것처럼 가볍게 텅 빈 나날을 보내는 이즈음의 나보다 나아 보인다. 저장된 전화번호에 미련을 버리지 못하는 것은 그것만이 유일하게 기억을 환기시키고 시간을 뛰어넘어 지난 날들을 불러내주기 때문이다.

존 버거는 성실한 관찰자가 되어 사진보다 더 세밀한 묘사로 「글로 쓴 사진」이라는 시각적 산문을 만들었다. 그의 글에 기대어 전호번호 파일을 남겨두려 한다. 단순한 숫자의 조합이 숫자가 아닌 것을 불러오는 유일한 창. 어떤 사실적인 묘사보다 더 또렷한 영상들을 불러오는 창. 숫자로 된 이 시각적 산문의 공간을 한동안은 간직해야 할 것 같다.

『계간수필』

The 수필

●… 본성에 따라 성장하려는 경향은 모든 생명에게 공통적이다. 소유할 것인가? 존재할 것인가? 여성의류 매장을 경영하는 작가는 '장사치가 되고 말 것 같은' 두려움에서 고객들과 일정한 거리두기에 안간힘을 썼다. 창작이 아닌 단순노동은 작가의 본성을 숨막히게 했다. 생존을 위한 소유보다는 예술창작의 존재적 삶을 희구하던 작가는 드디어 매장을 접었다. 저장된 고객의 전화번호 파일이 작가에게 뜻밖의 메시지를 던진다. 번호의 주인공들에게 "조금만 마음을 열었더라면..." 아라비아 숫자의 조합들이 하나하나 회한의 '시각적 산문'으로 변신한다. 단독자로서의 창작만이 아니라, 타인과의 관계 속에서도 자신의 정체성을 확립할 수 있음을 깨닫게 된 것이다. 존재적 삶을 위한 눈물겨운 항일성이 작가의 오늘을 있게 했다. /홍혜랑

깃들이다

김은주

아마 이른 봄이었나 보다. 겨울 일을 막 끝내고 풍성하게 주어진 시간을 바느질로 달래고 있는데 베란다 광목 커튼 뒤가 이상하게 수상쩍다. '꾸르륵 꾸르륵.' 창자가 밥을 밀어내는 소리 같기도 하고 어찌 들으니 개수대에 물 빠지는 소리 같기도 하다. 자투리 천으로 말 여러 마리 만들고 고무신 한 켤레를 다 깁는 사이에도 정체 모를 소리는 내내 주위를 맴돌았다. 창밖은 위태로운 난간이고 강을 끼고 있어 사나흘이 멀다 하고 바람이 불어대니 그 무엇도 깃들 틈이 없는 곳이다. 소리의 정체가 궁금하긴 했으나 아직 바람이 차니 창을 열어볼 엄두를 내지 못했다. 그러다 변화무쌍한 봄 날씨는 황사바람이 몰아치고 볕이 났다가 또 사월에 함박눈까지 내렸다. 조석으로 변하는 날씨에 휘둘리다 묘한 소리는 사라진 줄 알았다.

소리를 등한시하고 잊어갈 즈음 커튼 뒤에 검은 그림자가 나타났다. 서쪽으로 비스듬히 빛살이 기울어지는 시간이라 펼친 날개는 더욱 선명했다. 펼쳤다 다시 접고 잠시 멀리 날아갔다 돌아오는 모습이 흡사 어린 시절 자주 하던 그림자놀이 같다. 두 그림자가 겹쳐지더니 다시 분리되고 한 그림자가 다른 그림자의 머리를 쪼아대기도 한다. 창밖에는 봄꽃이 다투어 피었는데 커튼 뒤, 두 그림자는 물색없이 뜨겁다. 속수무책 말릴 새도 없이 날갯짓 분주하다. 다정한 풍경 앞에 앉아 바느질 삼매경에 빠진 나는 어인 일로 볼이 붉게 달아오르는지 알다가도 모를 일이다.

어룽대는 날개의 크기로 봐서는 작은 새가 아닐 성싶어 그제야 창을 열어보니 에어컨 실외기 사이에 비둘기 두 마리 머리를 맞대고 있다. 창에 몸을 붙이고 길게 고개를 빼 내다보니 놀랐는지 허겁지겁 실외기 뒤로 몸을 숨긴다. 머리와 몸통만 겨우 숨기고 미처 말아넣지 못한 꼬리가 심하게 떨린다. 떨리는 꼬리를 보고 있자니 상대가 원치 않는 관심은 곧 불안이라는 생각이 든다. 집에 생명이 깃들었다는 반가움과 수북한 나뭇가지 위에 배설물을 보며 기쁨과 근심이 정확히 두 덩이다.

봄 내내 날이 새기가 무섭게 창을 열어 새들의 안부를 확인하고 바람이 심하게 부는 밤은 번뇌 덩어리를 껴안고 잠이 들었다. 근래 먹어 보지 못한 순정한 마음이다. 살피고 염려하는 마음이 어디 숨어 있다가 이제 나타났는지 봄꽃처럼 사태를 이뤘다. 살피다 보면 은연 중에 사랑도 깃드는지 겨우내 냉랭하던 심장이 한결 말랑해졌다.

좁고 위태롭지만, 둥지를 품고 앉은 새의 등이 눈부시다. 회색 깃털을 한껏 부풀려 품고 있는 생명은 몇이나 되는지. 꽃 지고 파르라니 숲이 일어서는데도 통 움직일 기미가 보이지 않는다. 꽃사태가 나고 다시 초록이 산을 넘어오는 동안 나는 아니 보는 척 멀찍이 서서 새의 등만 바라봤다. 적당한 무관심과 애정 어린 방치는 내가 새에게 기울일 수 있는 다른 방식의 사랑이다. 두어 달 무심히 새를 바라보며 하해와 같은 사랑도 적당한 완급조절이 필요함을 새삼 느낀다. 꽃 피고 지는 사이 통통하던 어미 등이 눈에 띄게 야위었다. 날개가 수척해지고 몹시 먹이가 마려운 눈빛일 때 푸른 생명 넷이 알을 깨고 세상에 나왔다.

봄가뭄이 길어지더니 다시 비가 잦아졌다. 여름 소나기처럼 요란하게 내리는 봄비에 아직 눈도 못 뜬 아기 새는 맨살이다. 애가 타 목을 빼고 내다봐도 달리 내가 해줄 것이 없다. 가까이 갈 수도 만질 수도 없으니 마음만 졸이는 애물단지다. 쪼그리고 앉아 비를 맞으며 핏덩이 넷을 가슴에 품은 새는 등이 시려 보인다. 코를 박고 끌어안았지만, 어미 배 아래로 붉은 맨살이 삐져나온다. 살살 몸을 좌우로 흔들어 몸 밖으로 밀려난 살점을 끌어 모아 둥글게 만다. 눈치 없는 비는 그칠 줄 모르고 등은 젖었지만 품어 안은 가슴 안쪽은 한없이 따뜻해 보인다. 더 말할 것도 없는 엄마 품이다. 난간에 매달린 빗물이 일정한 간격을 유지하며 바람이 부는 대로 떨어져 내린다. 10층에서 내려다보니 둥지 밖은 천 길 낭떠러지다. 위태로운 곳에서 어린 목숨을 지켜낸다는 것, 무주공산 힘없이 떨고 있는 것을 품어낸다는 것, 무작정 내 전부를 들이밀고 나를 바친다는 것, 어미니까 아니 어미만이 할 수 있는 유일한 일이다.

씻은 듯이 비 그치고 볕 좋은 여러 날이 지났다. 꽃 진 자리에 초록이 짙어지고 위태롭던 둥지는 그새 좁아 보인다. 애처롭던 맨살은 간 곳 없고 날개 죽지에 회색 깃털이 무성하다. 주야로 품고 있던 어미도 설렁설렁 난간을 걸어다니며 산책을 즐기고 때로는 멀리 날아가 한참 만에 돌아온다. 어미 없이도 둘레둘레 모여 앉아 한나절 잘도 논다. 대견하리만치 훌쩍 자랐다. 제법 씨알이 굵어진 등을 바라본 게 어제였던 것 같은데 오늘 보니 두 마리가 사라졌다. 둥지를 드나드는 어미 새의 발길도 뜸해지고 가끔 내다보면 아파트 건너 피아노 집 앞 전깃줄에 앉아 쉼 없이 꾸르륵대고 있다. 아니 갈 터이니 스스로 날아오라는 신호다. 이소離巢의 순간이다.

눈부처 바라보듯 지극했던 내 눈길도 이제 거둬야 할 때다. 한철 몰입의 단맛에 빠져 꽃이 폈는지 졌는지도 모르고 살았다. 누군가의 안을 골똘히 응시하는 일은 그곳을 향해 끝없이 말을 거는 일이다. 꽃놀이도 마다하고 새와 나눈 수다에 봄을 옴팡 탕진했음에도 불구하고 그 시간이 하나도 아깝지 않은 이유는 뭘까? 생명이 주는 공것 같은 즐거움. 그 즐거움을 어디 꽃 피는 일에 비하랴. 봄꽃보다 더 설레는 두 생명이 아직 내 곁에 남아 깃을 고르고 있다. 볕 좋은 날이 쌓이고 쌓여 도톰해진 느티나무 숲으로 날아갈 때까지, 봄이 돌아오지 못할 만큼 이울 때까지, 봄날의 사랑은 아직 창밖에 있다.

『한국산문』

The 수필

●… 아파트 10층 베란다에 둥지를 튼 새 한 쌍이 알을 낳아 기른 후 새끼를 떠나보내기까지의 과정을 그렸다. 위태로운 곳에 생명이 깃든 것을 알면서 기쁨과 걱정이라는 사랑도 깃든 것을 알아챈다. 위태로운 곳에서 움튼 생명의 경이에서 출발해 더 근원적인 사랑의 애틋함과 고달픔, 기쁨과 고통, 절제와 희생을 동시에 그려보이고 있다. 묘사와 표현력은 유려하고 섬세하며 내면의 사유는 풍부하고 문학적이다. 자연으로부터 나에게 깃들인 한 생명체에 대한 작가의 진정성이 선행되었기에 가능한 글이라 여겨진다. /정진희

세상을 지배하는 방식

김은중

"나는 훌륭한 사람이 될 거예요."

누구나 어릴 적에 이런 말 한번쯤 해봤지 싶다. 훌륭한 사람이 '누구인가' 또는 '무엇인가'라는 물음에 판사·검사·변호사·의사·교수·고위 공직자 등의 직업군을 갖다붙였을 것이다. 나의 장래희망은 이들과 달랐다. 하지만 그런 사람들은 죄도 짓지 않고 도덕적으로도 무결점일 거라는 생각에는 이의가 없었다. 성인이 되어서도 생각은 변하지 않았다. 대학에서 들은 철학의 영향 때문이었다.

소크라테스는 사람이 죄를 짓는 건 지식이 부족해서라고 주장했다. "정의가 무엇인지 아는 사람은 정의롭게 행위하며, 만약 어떤 사람이 부정의한 일을 저질렀다는 것은 그가 정의를 제대로 알지 못했기 때문"이라는 것이다. 사람이 저지르는 악행의 가장 중요한 원인은 무지無知라고 하는데, 나는 지식인들이 악행은 어디 갔던지 부정한 일을 저지르는 이유가 궁금했다. 한 예로, 내가 지금까지 목격한 바로는 그 어떤 변호사도 의뢰인에게 소송에서 질 거라고 명시적으로 말하는 경우가 없었다. 법에 대해서 전문가가 아닌 내가 볼 때도 승소 가능성이 희박한데, 변호사는 무리하며 소송을 대행했다가 패소하면 그뿐, 미안하다는 말도 안 했다.

지난 해 갑자기 기침이 심해져 병원들을 찾았는데 차도가 없어 한의원까지 갔다. 삼십 년 넘게 부정기적으로 잔기침을 해 이번에는 뿌리를 뽑고자 찾은 거였다. 일주일에 한번 치료를 받고 비싼 돈 들여 한약까지 먹었는데도 호전되지 않았다. 양방과 한방을 병행코자 호흡기와 순환기를 함께 보는 병원을 찾아갔다. 농부처럼 순박해 보이는 의사에게서 들은 병명은 '역류성 식도염'이었다. 뜻밖이었다. 비로소 나는 오랫동안 내 몸을 괴롭힌 병을 자세히 복기했고 역류성 식도염이 맞다는 결론에 이르렀다.

그동안 내가 방문했던 여러 병원과 한의원은 내 병명을 제대로 찾지 못했다. 내가 그 한의원을 찾아간 것은 호흡기 질환을 고친다는 홍보물을 보고 전문병원이라고 생각해서였다. 광고는 그럴 듯한데 오진까지 했다. 하긴 남성의 정력에 집중하던 한의사들이 비아그라가 출현하자, 하루아침에 호흡기·순환기·피부미용·탈모·다이어트 등 다양한 종목의 전문의로 변신했다.

우리 주변에는 다이어트·탈모·작은키 같은 것들과 관련해 수많은 상품들이 쏟아지고 있다. 인터넷에는 관련 상품들에 대한 성공담이 빼곡하다. 나도 아이의 작은키를 늘려보겠다고 여러 가지 키 성장 프로그램들을 구입했지만, 효과를 본 것은 하나도 없다. 거액을 주고 산 키 성장 장비는 내가 스트레칭용으로 쓰다가 중고로 팔아버렸다. 당시 그 회사에 항의할까도 생각해봤지만 그들이 "그래서, 아드님의 키가 전혀 크지 않았나요?"라고 물으면 나는 뭐라 답할 것인가.

효과가 입증되지 않은 상품들이 이제까지 버젓이 팔리는 이유를 생각했다. 효과를 보지 못한 소비자들은 상품의 불량을 따지기보다는 자신의 어떤 잘못 때문에 광고에서처럼 효과를 보지 못했다고 생각한다. 그런 제품을 파는 회사들은 실패의 원인을 소비자에게서 찾도록 교묘하게 포장해놓았기 때문이다.

다이어트 식품 A를 판매하는 회사가 광고 문구를 내걸었다. "칼로리 계산해서 먹기, 러닝머신 스피드 6에 놓고 30분 이상 걷기, 금주하기, A 먹기"의 조건을 제시했다. 살이 빠지는 요인은 적게 먹고, 시속 6킬로미터로 30분 걸으면서 땀을 빼고 금주하는 데 있다는 것이다. 하지만 A를 먹지 않아도 그 외 것들을 시행하면 대개 효과를 본다. 적게 먹고 땀이 나도록 걷고 금주를 하기란 쉽지 않다. 다이어트는 실패할 수밖에 없다. 광고회사는 유명 연예인을 동원해 홍보하면서 A 먹기를 권한다. 실패할 게 분명한 다이어트를 위해 비싼 돈 들여 여전히 A를 구매하는 이유는 뭘까. 자신도 유명 연예인처럼 될 것이라 믿기 때문이다.

이 같은 상품을 개발하는 데 대학 교수들도 일조한다. 소비자를 호도하기 위해 저명한 대학 교수들이 나선다. 여기가 끝이 아니다. 그들은 자기가 해보지 않고 검증되지도 않은 이론들을 사회에 적용하고 정책으로 내세우기도 한다. 수많은 교수들이 정치권력에 줄을 서고 자기 이론을 정책으로 실행시키고자 여념이 없다. 실패했을 때 일어나는 사태에 대해서는 관심이 없다. 그때쯤이면 그들은 '떴다방'처럼 퇴장해 교수로 돌아가서는 잘 먹으며 살고 있을 것이다.

연전에 저명한 출판전문가인 K씨와 이 점에 대해 이야기를 나누었다. 그는 내게 이렇게 말했다. "자기 이익과 프레임, 취미생활 이런 거죠. 해서 맞으면 기분이 좋고 안 맞으면 그만이고요." 내가 되물었다. "그런 프레임을 실행하는 과정에서 손실을 입는 국민들은 억울하지 않을까요?" 그는 웃으면서 순진하다는 듯이 나를 쳐다보았다. "국민들은 그런 것 제대로 알지도 못하고, 알았다 해도 집단으로 저항하지도 기억하지도 못해요."

그래서 나는 세상을 영리하게 사는 방법 중 하나가 '속이기'라는 것을 깨달았다. 속이는 데에는 아주 효율적인 단어들이 있는데, 가령 소통·인권·평화·분배·평등 같은 것들이다. 대중은 이런 단어들만 들어도 구원자가 왔다고 흥분하면서 속기 시작한다. '속이기'가 성공하는 까닭은 대중이 순간적인 쾌락을 위해 속을 준비가 돼 있기 때문이다. 마치 코미디 프로그램을 보면서 웃을 준비가 되어 있는 것처럼. 시청자들은 진정성 있는 태도만 보여줘도 속아 넘어간다. 친구에게 커피 한 잔 사지 않고 절약하는 어느 연예인을 보면서 사람들은 많이 벌지 못하고 검소한 생활이 몸에 배서 그런 줄 알았다. 그의 드러난 속살은 달랐다. 엄청 비싼 아파트에 벤츠 에스클래스를 타고 다녔다. 연예인의 겉모습은 인기를 얻기 위한 허상의 캐릭터이다. 그것을 알았을 때는 이미 늦었다. 우리는 언제 그랬냐는 듯 새로운, 속을 대상을 찾아나선다.

사람이 죄를 짓는 건 지식이 부족해서라는 소크라테스의 말을 의심하기 시작했다. 하긴 소크라테스는 이렇게 말할 것이다. "그런 사람들은 영혼이 깨끗하지 못한 것이다." 그의 대답과 상관없이 이후 나는 이렇게 말하기 시작했다. "훌륭한 사람은 적고 속이는 사람은 많다. 그런데, 잘 속이면 '훌륭한' 사람이 된다." 『에세이문학』

The 수필

●… 우리 사회의 모순을 역설하며 비뚤어진 눈과 귀를 바로잡아주는 비평에세이다. 모두들 훌륭한 사람이 될 거라고 하지만, 그 훌륭한 사람들이 걸어가는 길은 맞기도 하고 틀리기도 하다. 변하지 않는 것은 그들이 맞다 할 땐 우리도 그런 줄 알아야 하고 그들이 틀리다 하면 틀린 것이었다. 세상의 부조리에 맞서는 작가의 날카로운 시선이 반갑고 통쾌하다. 호소력 있는 그의 일침은 다년간의 체증을 가시게 한다. "훌륭한 사람은 적고 속이는 사람은 많다. 그런데, 잘 속이면 '훌륭한' 사람이 된다"는 마지막 결구는 왠지 찜찜하면서도 씹을수록 맛이 난다. /한복용

파리의 추억

윤기정

들어왔던 문의 유리에 겨우 붙었습니다. 더 달아날 곳은 없습니다. 피하지 못하면 한 차례의 가격으로도 목숨을 앗아가는 위험이 서서히 다가오고 있습니다. 유리에서 전해오는 냉기보다 더 차가운 전율이 등줄기를 타고 흐릅니다. 바람을 가르며 등으로 그것이 떨어지기 전에 빠르게 피하는 것이 유일한 살길입니다. 창 너머로 흰 구름 가득한 하늘이 끝 간 데 모르게 너릅니다. 저 하늘을 다시 날 수 있을지 모르겠습니다. 채가 다가옵니다. 북 치는 방망이는 북채, 골프공 치는 막대기는 골프채, 장구 치는 작대기는 장구채, 파리 때려잡는 채는 파리채입니다. 파리채는 그 그림자가 먼저 덮쳐올 때가 더 무섭습니다.

천지신명께 '하루만 더 파리 목숨을 허락해주십사' 정성을 다해 앞발 모아서 기도했습니다. 기적이 일어난 것은 그때였습니다. 바람을 가르는 파리채 소리 대신에 옆구리에 파리채가 닿았습니다. 얼마나 놀랐는지 모릅니다. 문이 열리기 시작했습니다. 파리채에 막혀서 발만 동동 구르며 문가로, 문가로 밀려났습니다. 어디까지 밀릴지 알 수 없어서 용기를 냈습니다. 살짝 날아 파리채에서 떨어지니 밖으로 나갈 수 있는 마지막 관문인 방충망에 붙게 되었습니다. 방충망 구멍으로 들어오는 바람이 시원했습니다. 기도가 통할 것 같은 예감이 들었습니다. 다시 파리채가 옆구리에 부드럽게 다가서더니 방충 문이 열리기 시작했습니다. 때를 놓치지 않고 맹렬한 날갯짓으로 밀려드는 바람을 가르며 문틈 사이를 빠져나갔습니다.

가쁜 숨을 가라앉히며 한낮의 온기 머금은 담에 붙어서 바라보는 가을 풍경이 아름다웠습니다. '남에게 손쉽게 죽임을 당할 만큼 보잘것없는 목숨'을 오죽하면 파리 목숨이라 하겠습니까? 조금 전 일은 뜻밖이었습니다. 파리채를 쥔 영감의 눈에서 평소의 살기를 느낄 수 없었습니다. 우리네 동족에게 빚진 일이 있을 리도 만무합니다. 이유는 모르겠지만 결과가 좋으니 좋은 일이고 어쩐지 파리 목숨이 대접을 받은 기분까지 들었습니다.

기적이 또 일어났습니다. 기적도 하품이나 기침처럼 전염성이 있나 봅니다. 영감 못지않게 손이 매운 마나님의 태도가 달라진 것입니다. 우체통에 어느 절에서 부친 편지 겉봉이 가끔 보이더니 불자가 되었는지도 모를 일입니다. 야외 식탁에 음식이 차려진 날이었습니다. 손님이 많았습니다. 텃밭에서 갓 따온 싱싱한 상추, 때깔 고운 집 간장, 구수한 냄새 풍기는 쌈장이며 입맛 돋우는 음식들이 풍성했습니다. 쌈장 종지에 내려앉아 눈치를 살폈습니다. 마나님의 시선과 마주쳤습니다. 언제라도 냅다 튈 준비를 했습니다. 어라, 웬일이죠? 암팡지게 손을 오그린 포획 자세가 아니었습니다. 마치 봄바람이라도 희롱하듯이 살랑살랑

손을 저어 쫓는 시늉만 하네요. 믿을 수 없지만, 아직 마음을 놓을 때는 아닙니다. 저렇게 무심한 듯 다가와서는 날쌔게 손으로 잡아채서 바닥에 내동댕이치는 걸 본 게 한두 번이 아니었으니까요. 그런 일을 당하고 다시 날아다니는 친구를 본 적이 없습니다. 물방울 송송 맺힌 상추 이파리로 자리를 옮겨 어찌할지 떠보았습니다. 또 한번 목숨을 걸고요. "어머. 웬일?"이란 말이 절로 나왔습니다. 이번에도 손바람만 살랑살랑 일으키고 말았으니까요.

확실히 알았습니다, 이 집에서는 새 부리에 쪼이거나 거미줄에 걸리지만 않는다면 목숨을 보장받았음을. "며느리가 ○○ 가졌다는 얘기를 듣고부터는 모기 한 마리 죽이는 것도 조심스러워지데." 영감 이야기를 들은 손님들의 표정이 환해지며 좌중에 생기가 돌았습니다. 손바람에 쫓겨 자리를 옮기느라 미처 못 들은 한마디가 궁금했습니다만 물을 처지가 아니었습니다. 우리 목숨 못지않게 목숨이 가벼운 모기에 대한 말로 미루어 보니 요즘 영감과 마나님 행동이 이해가 되었습니다. 생전 처음 평안한 가을, 겨울을 보내고 희망찬 새봄을 맞았습니다. 짧지만 평화로운 봄이 지나갔습니다.

무더운 여름날 잔디밭에 간이 풀pool이 놓이고 아침부터 물을 채우고 있었습니다. 영감은 힘든 줄도 모르는지 여러 차례 집안에서 더운물을 들통에 받아다가 풀에 부어서 찬물과 섞었습니다. 해가 중천일 때 눈부신 아이 하나가 풀장에서 물놀이했습니다. "어머니, 모기가 많은가 봐요?" 아이의 뽀얀 팔뚝에 빨갛게 부르튼 자국을 쓰다듬으며 아이의 엄마가 물었습니다. "모기뿐이랴? 시골이라 파리도 많지." 마나님이 답했습니다. 대화를 나눈 짧은 시간이 평화의 마지막이었습니다. 우리의 운명은 다시 '파리 목숨'이 되었습니다. 그때야 비로소 지난 일 년여 팍스로마나Pax Romana 닮은 평화도 아이 때문이라는 것을 깨달았습니다. 손님 많던 날 깜박 놓친 한마디 '○○'의 정체도 알았습니다. 이제 평화는 끝났지만, 아이 때문에 평화스러웠던 지난 일 년이 어딥니까? 고마움에 아이의 눈부심을 인정하렵니다.

파리채가 나타났습니다. '탁 탁' 소리가 여기저기서 들리기 시작했습니다. 우리는 변한 것도 달라진 것도 없는데 말입니다. 무릇 생명 가벼운 것들은 기적도 고난도 주어지는 대로 받아야만 하는 건가요? 하지만 사람, 아니 파리의 앞일을 누가 압니까? 며느리가 또 아기를 가져서 평화의 시절이 다시 올지.

『한국산문』

The 수필

●… 파리를 의인화해서 파리의 시각으로 세상을 그린 실험기법의 글이다. 파리채에 사라질 파리 목숨에 기적이 일어나 목숨을 부지하게 된 것은 'OO' 때문이다. 새로운 생명인 '아기'라는 단어를 감춤으로써 생명의 고귀함, 존중을 간접적으로 드러낸 문학적 장치가 돋보인다. 아기가 태어나고 다시 파리채가 나타나 목숨이 위태로워진 파리가 "무릇 생명 가벼운 것들은 기적도 고난도 주어지는 대로 받아야만 하는 건가요?"라는 물음은 무거운 주제를 독자들에게 가볍게 전달한다. 무릇 모든 생명 있는 것에 대한 존중과 '평화'의 메시지를 재치있게 반전으로 끌고 간 작품이다. /정진희

취하다

박헬레나

거실 창 앞에 차탁茶卓 한 세트 들여놓았습니다. 줄이고 버리고 정리하는 마당에 웬 새 살림이냐고요? 넋 놓고 마주 앉아 취해볼 벗이 생겨서입니다.

주택에 있을 때 해거리로 한 대씩 피워주던 난蘭이 아파트로 이사한 후 해마다 촉수를 늘여가더니 올해는 자그마치 여섯 대를 피워 올렸습니다. 아마도 공동주택 발코니가 제 태생지와 환경이 비슷한 모양이지요. 아직은 봉오리를 부풀리고 있으나 입춘이 가까워오니 머지않아 꽃잎을 열 것입니다.

뭉툭하게 꽃대를 밀어올리는 입동 무렵부터 나는 봄을 맞습니다. 피는데 석 달 피어서 석 달, 나의 봄은 길고 깁니다. 아침에 일어나면 눈맞춤부터 하는 인사에 화답이라도 하듯 꽃봉오리들은 몽실몽실 부풀어 갑니다. 편리하기로는 더 할 나위 없으나 삭막하기 그지없는 아파트라는 주거공간에 생명의 기를 뿜어내는 유일한 존재입니다.

촉 셋이 올라와 꽃잎을 활짝 열던 어느 해, 지인들을 불러 꽃잔치를 벌였습니다. 혼자 보고 넘기기엔 아깝고 아쉬워서였지요. 봄별에 취하고 꽃에 취하여 한바탕 신선놀음 해보자는 심산이었습니다. 꽃 한 송이에도 이렇게 유난을 피우는 건 그동안 퍽 구차하게 살아왔단 증거이기도 합니다. 그러나 호들갑을 떠는 건 나 혼자, 그들은 그저 '곱네…'하고 지나칠 뿐 꽃에 취하는 사람은 없었습니다. 가슴에서 바람 빠지는 소리가 들렸습니다. 도무지 풍류를 모르는 사람들이라니….

'취하다'라는 말이 있습니다. 어떤 대상에 열중해서 마음을 쏟고 넋을 빼앗긴다는 의미입니다. 흔히들 술에 취하고, 놀이에 빠지고, 미색美色에 취하기도 합니다. 무언가에 지나치게 취하면 늪에 깊이 빠져 삶을 그르치기도 합니다만 허구한 날 정색을 하며 맨정신으로 삶과 대적한다는 것은 또 얼마나 피곤한 일입니까. 가끔은 삶의 양념이 되기도 하는 것이 취하는 맛 아니겠습니까.

멋없이 살아왔습니다. 술맛을 모르니 술에 기대어 휘청거려본 적도 없고 가슴에 뜨거움이 없으니 사람에 취하여 몰아沒我의 경지에 이르러 보지도 못했습니다. 곧잘 취하던 음악도 사는 일에 밀려나 나와는 틈새가 한참 벌어졌습니다.

그래도 한결같이 내 혼을 빼앗아가는 건 자연의 질서와 생명의 신비입니다. 지난 해 윤오월이 들더니 금년에는 개화기가 며칠 늦어지는 것 같습니다. 마당의 매화도 근 열흘 지각을 하네요. 그 또한 신비입니다. 계절을 느끼는 생체감각은 식물이 사람보다 훨씬 뛰어나다는 걸 느낍니다. 태양만 위대한 것이 아닙니다. 그 그림자에 불과한 달도 무시할 수 없는 존재입니다. 이래서 우리네 조상들이 달의 시간, 음력을 들고 절기에 따라 영농을 했나 봅니다.

실내 분위기가 한결 부드럽습니다. 창밖에 비라도 내리는 날엔 꽃은 더욱 다정한 얼굴로 가까이 다가옵니다. 꽃 한 송이에도 나는 취합니다. 더욱이 피우기 어려운 난 꽃이라니… 귀하디귀한 생명 아닙니까. 새 탁자 위에 차 한 잔 올려놓고 갇힌 공간에서 힘겹게 살아가는 생명과 마주합니다. 오늘에 이르기까지 그의 노력과 의지와 열정을 읽습니다. 대견합니다. 나는 압니다. 꽃이 되기까지의 지난한 그의 여정을, 살아낸다는 것의 위대함을.

막 터지려는 꽃잎 끝에 맺힌 물방울이 봄 햇살을 받아 영롱하게 반짝입니다. 행여나 오실 임을 기다리며 올해도 꿀을 마련했나 봅니다. 기다림입니다. 벌과 나비가 찾아오기에는 유리벽이 철통 같습니다. 그래도 괜찮다고, 속절없이 속을지라도 기다림은 희망이라고, 삶을 살아내는 힘이라고, 기다림 그 자체만으로도 행복하다고 그가 자근자근 이릅니다. 그리 말하지만 어쩌면 절망 속에서 스스로를 다독이는 눈물인지도 모르겠습니다.

생명 안에 깃들어 있는 위대한 힘, 모든 존재 안에 숨어 있는 사랑의 신비를 교감하며 우리는 위로와 격려를 주고받습니다. 서로에게 취해서 삶의 동질감을 공유하는 순간 그와 나는 하나가 됩니다. 꽃과 나 그리고 둘을 더욱 차지게 어울러줄 차 한 잔이 필요합니다. 이 몰아沒我의 시간은 해마다 치르는 봄맞이 홍역입니다. 다음 봄을 맞이하기 위해 차탁은 꼭 이 자리에 있어야 할 기다림 오브제입니다. 『계간수필』

The 수필

●… 자연은 스스로 말하지 않는다. 자연에 대한 인간의 해석이 곧 자연의 목소리다. "막 터지려는 꽃잎 끝에 맺힌 물방울이 봄 햇살을 맞아 영롱하게 반짝인다. 벌과 나비가 찾아오기에는 거실의 유리벽이 철통같다. (중략) 기다림 그 자체만으로도 행복하다고 말하지만, 난꽃의 물방울은 '어쩌면 절망 속에서 스스로를 다독이는 눈물인지 모른다.'" 난(蘭)과 작가가 서로에게 취해서 삶의 동질감을 공유하는 이 몰아의 시간을 "해마다 치르는 봄맞이 홍역"이라고 했다. '자연의 질서와 생명의 신비에 취하는 일'은 술에 취하고, 놀이에 취하는 탐닉과 다르다. 영혼이 비워질수록 자연에 가까이 갈 수 있다. 모든 예술활동은 자연을 얻으려는 노력 이외에 다른 것이 아니다. 성공하면 예술이요, 그렇지 못하면 기술에 그친다. 자연과의 합일은 습(習)의 허물을 벗는 홍역일 수 있음이다. /홍혜랑

장미에게 들인 시간

유병숙

점심때 온다던 아들네가 늦을 것 같단다. 프리랜서인 아들은 작업 시간이 늘 들쑥날쑥하다. 급히 보내주어야 할 뮤직비디오 편집이 이제 막바지란다. 결혼 전에도 밥 한 끼 같이 먹기 힘들더니 장가 가서도 신혼 살림집이 지척이건만 또 그 모양이다. 전화 수화기를 내려놓으며 남편은 에그 녀석 하더니 TV를 켠다. 툴툴거리지만 아들 기다리기 프로젝트(?)에는 이미 이골이 났다.

음식 차리던 손길을 멈추고 식탁에 앉아 읽다가 접어놓은 『어린 왕자』를 펼쳤다. 이즈음 친구들이 『어린 왕자』를 같이 읽자고 했다. 이 나이에 『어린 왕자』라니! 했는데 한번 손에 잡으니 놓을 수가 없었다. 문장 하나하나가 지금의 나를 들여다보는 듯했다. 마침 어린 왕자가 여우를 만나는 대목을 읽을 차례였다.

"길들인다는 게 뭐야?" 어린 왕자가 물었다. "관계를 맺는다는 뜻이야. (…) 아름다운 황금빛 머리카락을 지닌 네가 나를 길들인다면 밀밭은 내게 아주 근사한 광경으로 보일 거야. 밀밭이 황금 물결을 이룰 때 네가 기억날 테니까. 그러면 나는 밀밭을 스쳐 지나는 바람 소리마저도 사랑하게 될 거야."

"내가 어떻게 하면 되는데?" (…) "인내심이 필요해. (…) 말은 수많은 오해의 원인이 되거든. 하지만 하루하루 시간이 지날 때마다 넌 내게 조금씩 다가오게 될 거야."

아들네를 기다리며 읽어서인지 저절로 아들과 며느리의 인연이 연상되었다. 고등학교 때 미술학원에서 만나 친구처럼 지내다 결혼까지 하게 된 녀석들이다. 결혼을 앞두고 전화로 티격태격 싸우는 소리를 듣고 잔소리를 했다. 이러다가 이별하는 건 아닐까 했던 기우가 사라지고 이제는 며느리가 어머니! 하고 부르는 소리만 들어도 저절로 미소가 어린다. 나도 어느새 길든 걸까? 매일 먹는 점심, 조금 늦으면 어떤가. 초조함이 눈 녹듯 사라졌다.

만일 네가 오후 4시에 온다면 나는 3시부터 행복해질 거야. 4시가 가까워질수록 나는 점점 더 행복해지겠지. 마침내 4시가 되면 가슴이 두근거리고 안절부절못하게 될 거야. 그러면서 행복이 얼마나 소중한 것인지 깨닫게 돼.

심장이 탁 멎을 것만 같았다. 우리를 기다리며 마당을 서성거리던 시어머니 모습이 떠올랐다. 나는 그때 어머니께 무슨 말을 했던 걸까?

어머니는 늘 담을 내다보며 우리가 오기를 기다리셨다. 아버님이 채

근해도 막무가내였다. 좀 일찍 오면 어때서? 우리가 들어서면 막내 시누이는 대뜸 잔소리부터 했다. 아무리 일찍 가도 어머니에겐 늦은 시간이었다.

분가한 후 일요일 아침마다 나는 꼭두새벽부터 아이들을 깨웠다. 추우나 더우나 마당에 서 계실 어머니가 마음에 걸려 점점 깨우는 시간이 빨라졌다. 칭얼거리는 아이들을 씻기고 입히느라 분주했지만, 정작 꾸물거리는 이는 남편이었다. 격무에 시달려 그랬겠지만, 부모님 집에 가는데 뭘 이렇게 서두르냐며 짜증까지 냈다. 흥! 본인에게 본가는 세상 편한 집이었으리라. 하지만 하루 종일 시댁에 콕 박혀 잠만 잘 위인이, 아이들과 놀이동산 한번 가지 않는 남편이 미워져 티격태격하기도 했다.

어머니, 저희가 8시에 도착한다고 했지요? 안심하고 계시다가 5분 전에 마당에 나와 계셔요. 제발 그렇게 하셔요? 어머니는 고개를 끄떡이며 걱정 마. 내가 좋아서 하는 일인데 뭐. 오히려 계면쩍어하셨다. 어머니 건강이 걱정되어 야단들이 났어요. 그냥 웃기만 하셨다. 아무리 다짐을 받아도 늘 원점이었다.

한번은 작전을 바꿨다. 내일 아이들 데리고 어디 갈 때가 있어요. 아마도 가지 못할 것 같아요. 기다리지 마세요. 아휴 그럼. 아이들 좋은 거 많이 봐야지. 시간 나면 오너라. 못 간다 하는데도 오라니? 혹시 눈치채셨나? 설마 했다. 강박에서 벗어나니 시간을 번 듯 마음이 여유로웠다. 깜짝 놀라게 해드릴 요량으로 부지런히 친가를 향했다. 한데 어찌된 일인가? 어머니는 여전히 밖을 내다보며 서 계신 게 아닌가! 시누이 말이 그날은 날이 새자마자 나가 기다리셨다는 거였다. 잘하려고 했던 게 오히려 더 고생만 시킨 꼴이 되었다.

네가 아무 때나 온다면 언제부터 마음의 준비를 해야 할지 모르잖아, 그래서 의식이 필요한 거라고.

그랬다. 어머니와 약속한 시각은 8시였고, 어머니는 한 시간 전부터 나와서 기다렸고, 그 기다림은 마침내 의식처럼 굳어진 것이리라.

마당을 서성이는 동안 어머니는 우리가 꼭 올 것이라는 믿음과 싸우며 안절부절못하셨을까? 한 시간 전부터 정말 두근두근하셨을까? 우리를 기다리는 동안 진정 행복하셨을까?

그때 나는 미처 어머니의 마음을 몰랐다. 다정도 병이야, 하며 어머니의 사랑이 감당하기 힘든 집착처럼 느껴졌다.

비밀 하나를 알려줄게, 아주 간단한 건데. 마음으로 봐야 잘 보인다는 거야. 정말 중요한 것은 눈에 보이지 않아.

책은 어린 왕자가 별로 돌아가는 마지막 부분을 남기고 있다. 아들네는 오지 않는다. 나는『어린 왕자』를 덮고 베란다를 서성이며 젊은 부부가 걸어올라올 길을 하염없이 내다본다. 마치 지난 날 담장 밖을 내다보며 우리를 기다리던 어머니처럼. 당신도 이런 마음이었을까?

네 장미가 너에게 그토록 중요한 것은 네가 장미에게 들인 시간 때문이야.

여우의 말이 환청처럼 맴돈다. 바쁜데도 뵈러 오겠다는 아들네의 마음이 안쓰러워 오지 말고 편하게 쉬랄까? 하다가도 보고 싶어 언제나 오나 하고 기다려지는 마음. 기다리게 해도 하나도 서운한 마음이 들지 않는 그런 기다림. 어머니의 마음을 이제야 읽는다. 『한국산문』

The 수필

●… 『어린왕자』를 읽으며 아들 내외를 기다리는 작가는 어린왕자와 여우가 나누는 대화를 인용해 '기다림'과 '길들임'에 대해 말하고 있다. 길들인다는 것은 관계를 맺는 것이고, 인내심이 필요하다는 여우의 지혜를 통해 '관계'를 이해하고, 주변을 돌아보는 자기 성찰로 확대된다. 자신을 기다렸던 어머니를 떠올리며 그 마음을 이제야 읽는다는 결미에서 보듯 부모로부터 자식에 이르는 애틋한 사랑의 줄기를 바닥에 깔고 있어 감동이 배가된다. 사랑이란, 인간관계란, 인내하며 기다리는 시간이 필요하다는 깨달음을 『어린왕자』와 병치시켜 효과를 높인 글이다. /정진희

The 수필

Autumn

거위와 점등인의 별에서

손택수

스물다섯에 늦깎이 대학생활을 시작했다. 연극판을 기웃거리다가 철 지난 포스터처럼 뜯겨져서 거리를 떠돌아다닌 뒤의 일이었다. 상처투성이였다. 게다가 친구들은 졸업을 준비할 나이였으니 낙오병이라는 자괴감이 없지 않았다.

'그래도 늦은 건 없어. 낙오한 자만이 볼 수 있는 풍경도 있겠지.' 지금도 크게 달라진 것이 없는 나의 낙천주의는 경쟁을 외면하는 습관으로부터 온다. 남쪽 바닷가 소도시의 산골마을에 짐을 푼 나는 무엇보다 만灣으로 둘러싸인 바다를 교정으로 거느린 캠퍼스가 좋았다. 산등성이에서 내려다보면 섬을 품은 바다를 산들이 어깨를 겯고 호수처럼 아늑하게 품어주고 있었다. 그 바다가 바로 임화의 시「현해탄」의 바다였다.

바다가 캠퍼스라면 소라와 게들, 말미잘과 교우관계를 맺으며 시를 쓸 수 있을 것 같았다. 마치 병들어 남행한 임화처럼 나는 치자 향이 좋던 가포와 장지연 열사의 유택이 있던 현동과 덕동 바닷가를 떠돌며 자취생 생활을 하였다. 부러 도시 외곽을 선택해서 버스를 타고 통학을 하는 불편이 있었지만 불편을 복으로 삼을 줄 아는 은자隱者의 후예라도 된 것처럼 은근한 긍지가 나를 제법 오똑하게 했다.

강의를 마치면 학교에서 야간 수위 아르바이트를 했다. '근로장학생'이라는 좀 멋쩍은 딱지가 붙은 나의 첫 임지는 대학원이 있는 건물이었다. 청소를 하시던 아주머니들이 퇴근을 하고 나면 아주머니들의 쉼터가 초소로 바뀌었다. 책상 하나와 목제 침상 그리고 낡은 갓등이 있는 오두막에서 나는 틈틈이 책을 읽고 습작을 하였다. 혼자서 하는 습작에 진척이 있을 리 만무했다. 나의 습작 방법이란 그저 더 많은 책을 읽고 좋은 시집을 만나면 필사를 해보는 것뿐이었다. 오른쪽 검지에 펜혹이 생길 때까지 필사를 하다 보면 뻐근해오는 어깨에 말의 근육이 생겨나는 것 같았다. 서로 길이가 다른 투수의 팔처럼 나는 글쓰기 신체로 몸을 바꾸는 변신의 고통을 달게 받고 싶었는지 모른다.

나의 수더분한 선임들이었던 정문의 수위 아저씨들은 야경주독하는 모습을 대견스럽게 여기셨던지 출근과 동시에 수위실에 틀어박혀 소설책이나 파고 있는 나의 해태를 매번 눈감아주었다. 뜻밖에 내가 근무를 제대로 서나 안 서나 꼬장꼬장한 잣대를 들고 삼엄하게 감시를 한 선임은 따로 있었다. 학교 연못에 터를 잡은 그는 쉴 틈 없이 순찰을 돌았다. 도르래 소리 같기도 하고 마치 녹슨 철문을 열었다 닫을 때 나는 소리처럼 쇳소리가 나는 그의 독특한 허스키 보이스는 진폭이 꽤나 커서 그가 바로 이 대학의 터줏대감임을 능히 알게 하였다. 하긴, 한밤에 조금이라도 수상한 소리가 나면 득달같이 그 요란한 호각을 불며 출동을 하였으니 내 수위 업무의 태반은 그가 본 것이나 다름없다. 가을밤 창문 밖을 온몸으로 하얗게 플래시를 비추며 걷는 그를 보면 적이 안심이 되는 것도 사실이었다. 그는 심지어 깊은 수면에 빠져 있을 때조차 하얗게 깨어 있을 줄 알았다. 경비를 위해 태어난 존재라고나 해야 할까.

그 경이로운 수위 선임은 거위였다. 노을이 지면 나는 뒤뚱거리는 거위와 함께 저물어가는 교정에 가로등을 켰다. 멀리 섬들에도 접선신호처럼 불이 들어오고 하늘에도 개밥바라기별이 켜지면 나의 대학도 어느새 점등인의 별이 되었다. 새벽이면 서리에 으슬으슬 입술을 깨물고 떨고 있는 별들에게 이제 질 때가 되었다는 신호로 스위치를 내리기 위해 눈을 부비며 일어났다. 그때도 거위는 나와 함께였다. 가로등 스위치 오르내리는 소리를 따라 천체가 회전을 하는 것 같았을 때, 늦깎이 대학시절의 열패도, 실패로 얼룩진 습작기의 낭패와 가난도 조금은 견딜 만한 것으로 바뀌어갔을 것이다.

수위실에서 나는 짬이 날 때면 대학원생 선배들의 구두를 닦았다. 어느 명절 앞날이었다. 고향 내려갈 준비로 다들 어수선할 때, 식사를 마치고 수위실에 들른 같은 과 조교 선배의 깨어진 구두코가 보기 참 딱했다. 상처에 연고라도 바르듯이 코에 까무스름 구두약을 바르기 시작한 것이 마칠 때쯤 해서는 구두 전체가 유리처럼 반짝거렸다. 아마 내게 세탁기술이라도 있었다면 구겨진 옷 주름을 수평선처럼 좍 펴주고 싶었으리라.

그 이후부터 대학원생들의 구두가 수위실을 '구두병원'으로 만들었다. 소문이 퍼져서 행정실 직원들의 구두까지 순번을 기다리는 일이 일어났다. 생수병을 오려 만든 내 저금통엔 슬며시 놓고 간 지폐들이 모여 한 학기 장학금이 되었다.

어느 날 수위실 문을 두드리는 소리가 났다. 오가는 길에 가끔씩 부뒷치던 행정실 직원이었다. 그는 오래 망설이던 말을 겨우 꺼내듯이 수줍게 점심을 같이 들지 않겠느냐고 했다. 영문을 몰라 하는 내게 그는 몇 년간 지켜보았는데 일하면서 공부하느라 고생이 많다고, 동생 같아서 그저 밥을 한 끼 사주고 싶었노라고 했다. 이름도 모르는 사내의 안경 너머에서 오는 그 깊은 눈빛을 나는 거부할 수 없었다. 그 눈빛 속엔 당시 내가 한참 빠져 있던 백석의 「고향」에서 보았던 온기 같은 것이 배어 있었다. 타향에서 혼자 앓아누워 있던 시인이 "의원은 또다시 넌즈시 웃고/ 말없이 팔을 잡어 맥을 보는데/ 손길은 따스하고 부드러워/ 고향도 아버지도 아버지의 친구도 다 있었다"고 노래한 의원의 그 온기 말이다. 나 역시 그의 눈빛에서 떠나온 부모와 고향의 흙냄새를 마주하였으리라.

그날 나는 세상에서 가장 따듯한 밥을 대접받았다. 그 '밥심'으로 시를 쓰고 책을 만들며 여기까지 온 것 같다. 물론, 밤새 습작을 하던 내 대신 순찰을 돌던 그 극성스럽던 거위의 고마움도 잊을 수 없다.

『한국산문』

The 수필

●… 바다를 교정으로 거느린 캠퍼스에서 늦깎이 대학생이었던 작가는 야간 수위 아르바이트를 하는 '근로장학생'이었다. 그곳에서 거위와 함께 밤이면 교정에 불을 켜고 새벽이면 불을 끄던 시절을 회상한다. 가난과 실패와 열패감을 극복할 수 있었던 것은 거위와 함께 점등인이었던 별에서 받았던 따뜻한 마음들과 거위에 대한 고마움이었다고 한다. 고단한 삶에 대한 긍정의 에너지와 따뜻한 인간애와 상상의 나래들이 어울려 한 편의 소설인 듯, 동화인 듯 재미와 감동을 준다. / 정진희

감성어 낚시

고경서(고경숙)

불 꺼진 방안은 심해를 방불케 한다. 한낮의 쪽빛 바다를 여러 번 덧칠한 듯 검은 색채를 띤다. 자정이 지났으나 파도 소리에 뒤척이는 잠을 열고 문밖으로 나선다. 캄캄한 어둠을 끌어다 덮은 바다도 잠들지 못한 채 출렁거린다. 심연의 바다 한가운데 떠 있는 섬.

이곳은 대뇌라는 바다다. 리아스식 해안처럼 들쭉날쭉한 전두엽의 해역이다. 먼 과거로부터 현재, 미래에 이르는 생의 기류를 타고 이동해 가는 욕망의 바다, 이를테면 의식과 무의식을 넘나드는 생각이나 기억 따위가 유영하는 황금어장인 셈이다.

나는 감성 낚시를 한다. 아니 감성어 출조에 나선다. 시각과 청각, 후각이 가장 예민하다는 '바다의 제왕'을 포획할 참이다. 슬픈 여*가 마주 보이는 해안에 포인트를 잡는다. 갯바위에 몸을 앉히고, 대물을 낚아 올릴 기대와 예감으로 한껏 들떠 있다. 뜰채인 펜과 종이는 심장 가까운 곳에 두는 것으로 모든 채비를 끝낸다. 비늘에 꿴 미끼는 상상력.

* 홍도에 있는 갯바위 이름을 차용.

저인망을 펼치는 대신에 낚싯대를 드리우고 오감을 자극하는 감성을 유혹한다. 고통이나 슬픔이 큰 사람은 아무 데나 낚싯대를 던지지 않는 법, 물때 맞춰 이목구비가 생겼다 사라지는 암초에 밑밥을 친다. 망망대해는 먹잇감을 노리는 나의 속셈을 눈치채고도 애써 태연하다. 갯바위에 부서진 포말이 뱉어낸 짭조름한 갯내가 후각을 파고든다. 오늘은 기필코 놈을 손에 넣고야 말겠다는 결의를 다진다.

섬은 알몸의 바다에 유방처럼 봉긋 솟아 풍경을 살리는 배경이 된다. 썰물 때는 한쪽으로 기울지 못하게 바람벽이 되어 무게 중심을 잡아준다. 해안가에서 등대가 빛이 침몰한 항로를 밝힌다. 깜빡깜빡 명멸하는 불꽃은 길을 잃어 표류하는 배들의 나침반이 되고, 새 떼는 지친 날갯짓을 내려놓는다. 바다의 자궁이 잉태한 어린 바람에게 젖을 물려 키우는 서식처요, 뛰놀고 장난치는 놀이터이다. 이들이 있어 무인도가 외로움의 산실이라는 상투적인 편견에서 자유로울 수 있으리라. 내가 섬을 경배하는 이유다.

바다가 깊고 내밀한 속을 열어 보일 때마다 흰 갈기를 가진 바람이 자맥질을 한다. 이러한 쉼 없는 역동성이 생명의 발원지로서 바다가 갖는 진정성이다. 나 역시 인생이라는 대양을 항해하면서 풍화와 침식의 세월을 견디고 버텨낸다. 그러는 동안 뇌리엔 나만의 고유한 주상절리가 형성되고, 중첩된 시간의 퇴적층 속에 내가 공략하는 감성어들이 몸을 숨기거나 갇혀 산다. 이들은 달빛이라도 쏟아지면 물비늘 사이로 떼를 지어 몰려다닌다.

만월이다. 교교한 달밤에 어디서 노랫소리가 들려오는 듯하다. 달의 여신 아르테미스가 부르는 세레나데인가. 영혼을 울리는 선율이 감성을 자극한다. 섬과 바다를 오가면서 장성한 바람이 떠날 때가 온 모양인가. 달빛을 껴안은 물비늘이 파르르 떨고 있다. 윤슬이다. 섬을 기점으로 구상과 추상의 경계를 펼쳐 보이며 유선형의 무늬로 확장해간다. 그 문양이 마치 비상하는 바람의 날갯짓이요, 내가 잡으려는 대물의 형상이다. 반짝이는 잔물결 사이로 놈들의 환영을 좇는다.

나는 바다가 입질해 오기를 기다리는 중이다. 다시 밑밥을 투척하고 낚싯대를 흔들어 대물을 유인하고 상상한다. 꼬리에 꼬리를 무는 상념이 잔챙이처럼 휘익 달아난다. 파도 소리가 내 몸을 서서히 좁혀온다. 턱을 괴고 앉아 어둠을 응시한다. 관조하고 성찰하는 시간이다. 이때의 기다림은 지극히 사적인 감정이다. 기다림이 간절할수록 대물을 향한 열망도 덩달아 커진다. 집요하게 탐색전을 펼치며 나의 인내심을 시험하는 물고기들이 나보다 한 수 위다. 스르르 감기는 눈꺼풀을 들어올리며 감각의 촉수를 자극하는 낚시야말로 기다림의 미학이 아닌가.

해수면이 차오르는 만조 물때다. 나는 심해어처럼 해연海淵을 암중모색한다. 심층 깊숙이 억압된 욕망이 달과의 접선을 시도한다. 드디어 입질이 들어온다. 낚싯대를 바투 쥔 손끝에서 찌가 움찔하는 미세한 기척이 느껴진다. 고대하던 어신魚信이다. 이리저리 끌고 다니는 묵직한 손맛으로 봐서 그 대물이 틀림없다. 가벼운 직관! 번뜩이는 영감을 기민하게 포착한다. 팽팽한 긴장감이 놈을 잽싸게 낚아챈다. 긴 포물선을 그리며 낚싯대가 휘어지고, 미끼를 집어삼킨 물고기 한 마리가 수면 위로 솟구친다. 이때 바람도 달빛을 쳐서 허공으로 날아오른다.

감성어다!

은백색 광휘가 돌올하다. 곧추세운 등지느러미며 형형한 눈빛이 제

왕의 풍모답다. 전광석화처럼 번쩍, 한눈에 읽히는 바다의 긴 문장들. 황홀한 손맛에 쾌감마저 짜릿하다. 순간, 낚싯대가 공중에서 심하게 버둥거린다. 치열한 사투다. 벼랑 끝으로 내몰리는 찰나에 놈이 그만 자취를 감춘다. 아뿔싸! 뜰채를 심장에 넣기도 전에 도망쳐버린 것이다. 머릿속이 그물망처럼 헝클어진다. 헛된 희망을 봉돌처럼 매단 채 물거품을 게워내는 바다의 동태를 살핀다. 대물을 빼앗긴 허탈감으로 잠시 휘둘린 바다가 평온을 되찾고, 거대한 아가미를 벌름거린다. 대물 잡았다가 놓친 낭패감이 감정 수위를 상승시킨다. 그러고 보니 월척을 순순히 내놓는 바다는 없다. 기쁨과 희열의 순간이 너무 짧아서 놓친 물고기가 더 커보이는지도 모른다.

새벽 바다가 푸른 뇌수로 일렁인다. 비록 공상에 그쳐 조황은 나빴지만 만월을 욕심껏 퍼담은 망태기가 무겁다. 시간이 흐를수록 심해의 비의만 보여주고 도망친 그놈이 두고두고 그립다. 이렇게 번번이 놓친 감성어들은 내 마음속 청정도량에 풍경처럼 매달려 있다. 어느 날 문득 섬을 떠나 뭍에서 떠돌던 바람이 뎅그렁 뎅그렁 제 몸을 부딪쳐올 때마다 둔감한 나를 흔들어 깨운다. 풍경 소리는 바람의 사유思惟인가. 넘실거리는 맥놀이, 시시때때로 표정이 변하는 바람은 노래하는 음유시인이다. 섬과 달, 바다가 바람의 전언을 듣는다. 훌적 사라진 대물이 철썩 철썩 쏴아아, 내 안의 갯바위를 때리고 있다.

세상이라는 난바다를 헤엄쳐가는 사람들의 가슴속에 물고기 한 마리씩 키운다 했거늘 잡았다 놓친 물고기가 어디 이번뿐일까. 사는 일이 그날이 그날일 때 세상을 힘껏 비틀어 쥐어짜고, 삐딱하게 바라보리라. 낯섦에서 오는 긴장과 설렘, 신선한 충격이 나를 변화시키는 미끼로 낚아챌 것이다. 감성이 메말라가는 나이에 펄떡펄떡 살아 있는 감성 언어의 출몰을 기대하며 야간 조업에 나선 나는 초보 낚시꾼이다.

원고지 칸칸은 빈 가두리 양식장이다. 『에세이문학』

The 수필

●… 무게 ; 약 1.5kg, 크기 ; 신체의 약 50분의 1, 구성 ; 천억여 개의 신경세포. 인간의 뇌에 대한 정보다. 그 중 4분의 3에 해당하는, 사고와 언어 감정과 기억 등 정신 활동을 담당하고 있는 대뇌는 글쟁이들의 탄생지이자 조업지이다. 달빛 교교한 밤, 화자는 '의식과 무의식, 생각이나 기억 따위가 유영하는 황금어장'인 대뇌에 낚싯대를 드리우고 호시탐탐 '리아스식 해안처럼 들쭉날쭉한 전두엽' 갈피에 숨어 있는 언어를 낚아 올릴 기회를 엿본다. 미끼는 상상력. 밑밥은 고통이나 슬픔이다. 대뇌를 바다로, 험난한 창작 과정을 낚시질로, 원고지 칸칸을 가두리 양식장으로 비유하는 등, 곳곳에서 은유와 갓 잡아올린 물고기처럼 싱싱한 언어들이 파닥인다. /이혜연

화두

노혜숙

어떤 이미지는 우연히 마음에 스며들어 평생의 화두가 된다. 오랜 세월 의식을 부침하던 그림의 이미지가 선명하게 모습을 드러낸 건 오십이 넘어서였다.

'겨울 산을 오르는 사람' — 한 남자가 눈보라치는 산길을 혼자 오른다. 폭설에 묻혀 사라진 길 위에 새로 길을 내며 걷는다. 눈 위에 찍힌 발자국이 깊고 뚜렷하다. 신중하지만 머뭇대지 않는 걸음새. 흔들림 없는 뒷모습에선 정면돌파의 결단이 느껴진다.

겨울나무 같은 남자의 결기가 나의 우유부단함을 자극했던 것일까. 여백에 쓰여 있던 시구는 잊었어도 남자의 뒷모습은 오래 잊히지 않는 풍경이 되었다. 내가 겨울산에 막연한 동경을 갖게 된 것도, 등단 작품의 배경을 겨울산으로 쓰게 된 것도 우연만은 아닐 것이다.

중년에 이르러 최북의 그림 〈풍설야귀인風雪野歸人〉에 마음이 끌린 것도 비슷한 연유이지 싶다. 〈풍설야귀인〉은 유장경의 한시 「봉설숙부용산逢雪宿芙蓉山」을 배경으로 하고 있다. 눈보라치는 어둔 밤, 한 나그네가 시동과 함께 집으로 돌아가는 길이다. 지팡이를 짚은 노인의 걸음이 거침없다. 첩첩산중 갈 길은 먼데 바람은 나뭇가지가 부러질 듯 거세다. 낯선 기척에 외딴집 검둥개까지 나와 극성맞게 짖어댄다. 시동의 숨 가쁜 걸음에, 미처 땅에 닫기도 전 움직이는 노인의 지팡이까지 생생한 현장감이 압권이다.

최북은 세상이 자기를 알아주지 않는다고 송곳으로 제 눈을 찔러 애꾸를 만든 화가였다. 혹자는 그를 근본도 없는 광인이라 했지만 사실 그는 강세황과 더불어 심사정, 정선 다음으로 손꼽히는 조선시대 화가였다고 한다. 호생관毫生館이란 이름에서 알 수 있듯이 최북은 그림으로 호구를 연명한 사람이었다. 내켜야 그리고 내켜야 팔았다. 벼슬아치입네 자신을 업신여기면 그 자리에서 그림을 찢고 돈을 돌려주었다. 그리기 위해 살고 살기 위해 그렸다. 아니, 그리기 위해 술을 마시고 마시기 위해 그렸다. '나는 내 길을 가겠노라', 신분차별이 심했던 조선시대 왕실의 광대가 되기를 거부하고 겨울나무 같은 기개를 지녔던 고독한 환쟁이였다. 그는 제 그림 속 나그네처럼 그림을 팔아 술을 마시고 돌아오는 길에 눈 속에서 동사했다.

그의 생애가 내게 던진 화두는 하나였다. 인생이라는 겨울산을 정면으로 돌파해나갔다는 것. 나는 그 반대쪽에 있는 사람이었다. 사실과 직면하기 전에 마음이 먼저 주저앉았다. 어떻게 하면 산 같은 시련들을 피할 수 있을까. 해결의 실마리를 모색하기보다 지레 포기를 선택했다. 어쩔 수 없다는 식이었다. 생각해보면 인생 자체가 장애물 경기였다. 고산준령 한두 개쯤 넘지 않는 사람이 있을까. 높낮이의 차이는 있을지언정 누구나 크고 작은 생의 겨울산을 오르락내리락하게 마련이었다.

문제는 산을 바라보는 내 마음의 눈이었다. 툭툭 털고 일어설 수 있는 작은 돌멩이를 바윗덩이로 여겼다. 느긋하게 숨 고르면서 넘을 수 있는 등성이도 태산인 양 압도되었다. 맞닥뜨리기보다 물러서고 도망치기 바빴다. 삶의 근력이 생길 턱이 없으니 늘 고통에 취약했다.

어느 겨울 태백산을 오른 적이 있었다. 폭설이 내려 무릎까지 빠지던 날이었다. 눈을 뒤집어쓴 나무들은 허리를 구부린 채 간신히 서 있었다. 길은 눈에 묻혀 보이지 않았고, '산다람쥐'인 친구도 겨우 길을 찾아냈다. 가파른 길은 끝이 보이지 않았고 호흡은 짐승처럼 거칠었다. 친구는 침착하게 호흡법을 가르쳐주며 속도의 완급을 조절했다.

수도 없이 미끄러지고 넘어지며 점심때가 기울어서야 산 정상에 다다랐다. 눈을 들어 바라본 순간 펼쳐진 설경에 아뜩해졌다. 신세계였다. 그때 거기 오르지 않고는 볼 수 없는 풍경이었다. 눈꽃나무가 된 주목들이 우뚝우뚝 서 있었다. 뭉텅 꺾이고, 찢기고, 속이 비었어도 여전히 위용을 잃지 않고 있었다. 아니, 죽어서 더 기품 있는 나무가 주목이었다. 태백산의 신령한 기운이 거기서 나오는 게 아닐까 싶었다. 이 무슨 생고생이냐고 투덜거리던 자신을 반성했다. 또 다른 세계를 등정할 수 있으리라는 자신감은 몸으로 깨우쳐 얻은 보상이었다.

작가란 이름이 더 이상 특별하지 않은 세상, 나도 말석에 한 이름을 얹어 글을 쓰게 되었다. 문학이란 겨울산에서 반드시 통과해야 하는, 문단은 넘어야 할 또 다른 협곡이었다. 무한 리필. 달라는 대로 쓰면서도 최북처럼 배짱을 부릴 용기는 없었다. 그의 자존심은 당대 최고의 화가들과 견줄 만한 실력에 있었다. 무엇보다 그에게는 기꺼이 고독과 가난을 감수하겠다는 단단한 내공이 있었다. 제 그림에 정당한 평가를 요구하면서도 지나친 대가에 대해서는 비웃을 줄도 알았던 기인 화가. 그가 세속의 평판과 호의호식에 연연하였다면 당대 최고의 환쟁이는 되지 못했으리라. 자존심은 그렇게 세상의 눈보라를 뚫고 고독하게 자기만의 고지에 오른 사람의 특권 아닐까.

젊은 날 보았던 겨울산 그림은 인생의 수많은 산들을 어떻게 넘어야 하는지에 대한 화두였는지 모른다. 일찌감치 그 의미를 예감했던 것과 달리 나는 현명하게 살지 못했다. 오래도록 막연한 패배의식과 두려움, 불안이라는 산맥에 갇혀 고전했기 때문이다. 정상에 오르는 걸음이 한 자 남짓의 보폭이듯 깨달음의 길에 비약은 없었다. 내게 정면 돌파란 그 허깨비들의 정체를 직시하며 우직하게 한 발짝씩 산을 넘는 것, 동굴 안에서 꺽꺽거리던 욕망에 숨길을 틔워주고 마침내 숨죽은 자존의 그늘에 꽃 피게 하는 것이리라.

마음의 들창을 열어젖혔다. 동토를 치받고 올라오는 내 안의 저 여린 봄꽃들을 위하여. 『인간과문학』

The 수필

●… 작가는 최북의 그림 〈풍설야귀인(風雪野歸人)〉에서, 겨울산을 오르는 한 남자의 흔들림 없는 뒷모습을 보며 그와 상충된 자신의 모습을 발견한다. 힘든 현실에 맞닥뜨리기보다는 늘 물러서고 도망치기에 바빴던 화자는 산 정상에 올라 "그때 거기 오르지 않고는 볼 수 없는 풍경"을 만난다. 최북의 생애를 소개하고 그의 "정면 돌파의 결단"를 화두로 삼는 작가. 그가 몸으로 깨우쳐 얻은 보상은 자신감이었고 그것은 일종의 쾌감이었다. "정상에 오르는 걸음이 한 자 남짓의 보폭이듯 깨달음의 길에 비약은 없다"며, 우직하게 한 발짝씩 산을 넘어보자고 다짐한다. 결국 이 작품은 작가로서의 자존심에 대해 한번 더 생각하게 하는 글이다. /한복용

슬픔의 시선

이경은

수지에서 백운저수지를 넘어 집으로 오다보면, 나는 늘 여행을 갔다가 돌아오는 기분이 든다. 잠시지만 어디 깊은 산 속을 지나가는 듯 수목이 우거져 마음이 잔잔하고 평화롭다. 오래 전에는 고갯길 양 옆으로 공동묘지가 많아 밤에 혼자 운전을 하면 무섭다고 했는데, 이제는 자꾸 깎아 들어오는 건축물들로 어느 순간 이 모든 게 사라질까 외려 걱정들이다.

그 길은 나에게 그렇게, 단순하고, 편안한 길이었다. 그저 아름다운 여행의 귀갓길이 주는 이미지로만 다가왔다. 그런데 작년부터 그 길을 넘어올 때마다 가슴에 바람이 스미고, 이상하게 내 몸 저 밑바닥에 물기가 슬쩍 비쳤다. 자꾸 헛헛해져 쓰라렸다. 해가 뉘엿뉘엿 넘어가는 게 예사롭지 않고, 인생이란 게 생각보다 허망하고 덧없는'꿈'이라는 탄식이 입안에서 절로 흘러나왔다. 뭐 특별히 모자라지도 넘치지도 않는 평범한 삶이다. 게다가 세상 모든 일이 문제라고 보면 문제고 아니라고 생각하면 아닐 수 있는 나이가 아니던가. 그런데도 알 수 없는 슬픔이 가슴을 맴돌았다. 이런 감정들은 어디에서 오는지 새삼 되물었다. 인간이라면 누구에게나 있을 수 있는 근원적인 슬픔 같은 걸까, 아니면 나만의 문제인가. 생각이 꼬리를 이어갔다.

황혼 탓이다, 황혼 탓일게다.

'개와 늑대의 시간' — 해질녘 모든 사물이 붉게 물들고, 저 언덕 너머로 다가오는 실루엣이 내가 기르던 개인지 나를 해치러 오는 늑대인지 분간할 수 없는 시간L'heure entre chien et loup, 개와 늑대를 구분할 수 없을 정도로 낮도 밤도 아닌 애매모호한 시간의 경계이다. 날이 어둑어둑해지면서 사물의 윤곽이 희미해지는 시간을 가리킨다는 이 말은 '황혼'을 뜻한다. 저편으로 사라지기 전의 애절한 아름다움이 사람들의 마음을 휘감기에 마음의 슬픔이나 기쁨, 고통, 허무가 모두 붉게 물든다. 그 붉은 기운이 눈언저리와 가슴에 와닿더니 내 몸마저 붉어진다.

예전엔 그런 쓸쓸함은 오히려 관념 속에 속했다. 젊을 때라고 쓸쓸하거나 허전하지 않으리란 법은 없지만, 그래도 그 끝 줄기에는 삶에 대한 생명력이나 생동감 같은 게 달라붙어 있었다. 무수한 시간 속으로 걸어들어가는 설렘이 나를 붙잡아주었다. 석양에 서서 건성으로 알았던 낱말들을 온몸으로 받아들이고, 그런 감정이나 느낌을 고스란히 맞아야 하지는 않았다. 시간의 경계에 선다는 게 이런 것인가, 하는 생각들이 묵직하게 다가왔다. 삶에 대한 시선이 어느 때보다 진지해졌다.

알베르토 자코메티 전시를 보다가 한 남자의 사진 앞에서 걸음을 멈추었다. 강렬하면서도 슬픈 시선이다. 엘리 로타르Eli Lotar. 1964년과 1966년 사이에 모델을 섰던 조각가 자코메티의 마지막 작품 주인공이다. 사진작가였던 그는 1930년대 유명 잡지의 사진가로서 상당한 명성을 누리기도 했지만, 성정이 불안했던 탓에 이후 오랜 파탄의 길을 걷기 시작했고, 빚 때문에 감옥에 몇 달간 투옥되기도 했다. 뛰어난 재능이 있었기에 주변에서 도움을 주려고 했으나 그는 계속 타락해갔다. 하지만 자코메티는 그런 타락한 로타르에게서 오히려 역설적인 위대함을 발견했다고 한다. 모든 인간이 가질 수밖에 없는 근원적인 슬픔을 로타르가 가진 특유의 슬픈 시선에서 발견한 것이다.

나는 엘리 로타르를 단지 사진을 통해 볼 뿐이지만 그의 두 눈과 등허리에 얹혀 있는 삶의 무게가 만져졌다. 뭔가 인간의 삶에 대한 통찰이랄까 해탈이랄까, 저 너머 를 바라보는 듯한 두 눈의 시선이다. 아니 그보다는 세상의 모든 것을 놓아버렸거나 아무것에도 집착이 없는, 타락해가는 자기의 인생을 무심하게 바라보면서 그대로 받아들이는 모습이다. 아주 지독하게 심심한 표정이다. 그는 어쩌면 저 작업이 끝난 뒤 몇 푼의 모델료를 들고 어느새 술집에 들어앉아 술을 마셨을지도 모른다. 꼭 그랬을 듯싶다. 독한 알코올을 목 안에 넘기면서 자기 삶의 모든 쓸데 있는 감정들을 쓸데없다며 비웃었을 수도 있으리라. 다 허망한 꿈이다, 요란 떨지 말고 자연을 보듯 너의 삶의 시간들을 무심하게 바라보라, 며 담배 한 개비를 입에 물고 타락으로 중독된 시니컬한 미소를 보여줄 것만 같다.

그날, 나는 그의 쌉싸름하고도 허무한 시선에서 오히려 위로를 받았다. 무엇이 그랬냐고 물으면 구체적으로 할 말이 없지만, 왠지 인간으로서 살아내야 하는 삶의 시간들을 똑같이 슬픈 시선으로 바라본다는 데에 동지의식을 느꼈다. 슬픔에서도 뭔가가 생성되는 모양이다. 우리가 살아 있는 한.

며칠 뒤, 갑자기 밤에 얼굴이 달아오르고 숨이 안 쉬어져지고 가슴이 뛰었다. 응급실로 가려다 몸을 가라앉히고 다음 날 병원으로 향했다. 건강검진 결과 여성호르몬이 턱없이 부족하게 나왔다. 갱년기 손님이 너무 늦게 방문하신 모양이다.

병원 문을 닫고 뒤돌아서는데 엘리 로타르가 한마디 속삭여준다.

'별 거 없어. 다 지나가. 우리의 삶을 에워싼 그 많은 부질없는 것들을 다 걷어내버려. 두려워하지 말고 자연을 바라보듯 너 자신을 진실하게 바라봐. 그러면 숨 쉴 수 있어.' 『계간 수필』

The 수필

●… "황혼이 짙어질수록 사물의 윤곽이 희미해지고 애매모호해진다." 중년을 넘어서는 이경은이 '존재발견'의 낯설음에 직면하는 시기다. 낮도 밤도 아닌 시간의 경계다. 삶의 무게가 묵직하게 엄습한다. 존재는 '시간' 속에서만 태어난다. 그곳은 문학이, 예술이, 철학이 태어난 탯자리이기도 하다. 이 유한성을 어떻게 극복할 것인가. 사진 전시회에서 만난 작품 속 인물에게서 '근원적인 슬픔'을 포착한다. "아무것에도 집착이 없는 지독하게 심심한 표정"이다. 갱년기의 이경은을 다독인다. "요란 떨지 말고 자연을 보듯 너의 삶의 시간들을 무심하게 바라보라." / 홍혜랑

어서 와, 부산은 처음이지?

김정화

어서 와, 부산은 처음이지? 열차 종점인 부산역에 내리면 맞은편 빌딩들 사이로 산동네 풍경이 먼저 반겨줄 거야. 한국전쟁 때 피난민이 짐을 부린 곳, 실향의 아픔을 간직한 궁핍한 달동네, 판잣집과 하꼬방이 넘쳐나 을씨년스러웠던 애환의 장소였지. 이러한 구도심이 근대 역사를 담은 이바구길로 조성되면서 요즈음 그야말로 핫한 여행지가 되었어. 이바구가 이야기의 경상도 사투리라는 것은 쉽게 눈치챘을 거야. 이곳에 서면 "콱 마 궁디를 주 차뿌까?" 같은 싱싱한 부산말들이 날것으로 퍼덕이게 되지. 드디어 이방인임을 실감하게 될 거야.

어쨌든 초량 중국인거리 쪽으로 건너와야 해. 한쪽은 차이나타운이고 반대편은 러시아거리야. 길 하나를 두고 중국어와 러시아어가 뒤섞이는 재미있는 곳이지. 옛 백제병원을 만나고 최초의 명태 고방이었던 남선창고 터를 훑어보고 나면 산복도로 비탈 마을이 보여. 산복도로란 산중턱을 굽이굽이 도는 도로야. 빙글빙글 돌아가는 길이어서 까꼬막길이라고도 해. 그 길을 끝까지 오르면 산만디가 나오지. 만디는 제일 높은 봉우리를 뜻하는 산마루인데 만대이, 만디이라고도 해. 고개 만디를 넘어 학교에 다니고 뒷산 만디까지 소꼴을 베고 나물 캐던 시절도 있었지. 우리가 약속한 술집 '모티'도 산복도로 끝자락에 있어.

경상도 사투리가 토박이 사람들에게는 표준말이야. 서울 사투리를 쓰는 여행객이라면 당연히 경상도 표준말에 귀 기울여야 할 터. 요즈음은 사투리 번역기가 출시되고 텔레비전 예능 프로그램에서도 경상도 말에 자막까지 실어주니 교양 있는 서울 사람들뿐만 아니라 배낭족 외국인들도 기본 사투리 몇 개쯤은 곧잘 해석하더군. 지역을 이해하는 데 문화만큼 중요한 것이 있겠어. 그것이 언어임은 두말할 필요가 없지.

경상도 사투리는 간결하고 깔끔한 것이 많아. 이곳 사람들의 강직하고 급한 성정을 닮아서 축약의 진수를 보여주지. 모음 '이'로 끝나는 단어만 살피더라도 궁둥이는 궁디, 주둥이는 주디, 간덩이는 간띠, 뚱보는 뚱띠, 문둥이는 문디, 쌍둥이는 쌍디라고 해. 또 알맹이는 알키, 쭉정이는 쭉디, 단단히는 단디, 우리의 약속 장소인 모티도 모퉁이라는 뜻이지.

까꼬막길 풍경도 사투리만큼 재미있잖아. 새미라고 불리는 우물 자리를 거쳐 배릿한 육수 향이 풍기는 국시집을 지나면 누룩 냄새 쿰쿰한 막걸리집이 나오지. 오늘처럼 꾸무리한 날씨에는 걸쭉한 막걸리가 딱이야. 신선한 담치와 매운 땡초를 박은 정구지찌짐 한 접시가 놓이면 육자배기 가락이 울리는 미당의 선운사 막걸리집도 부럽지 않을 걸. 부산에 오면 길도 질이 되고 슈퍼도 점빵이 되며 아줌마도 아지매가 되는 거야. 그러니 이곳 비탈길에도 천지빼가리라는 이름을 단 마을 카페가 생겨났겠지. 천지빼까리는 천지에 볏가리가 많다는 뜻으로 매우 많다는 걸 의미해. 쌨다, 쌔삐맀다, 쌔빌맀따, 억수로, 한거석, 한빨띠, 대끼리, 대빠이, 허들시리, 몽창시리도 같은 뜻이야.

한 가지 형상이 몇 갈래 말로 나누어지는 것도 사투리의 맛이 아닐까. 담벼락을 담뿌랑, 담뿌락, 담베락, 담뻬락으로 말하고, 멸치는 메르치, 메엘치, 메루치라 부르며, 꼴찌라는 말도 꽁바리, 꽁또바리라고 하지. 골목길 노인들이 맨날 지각하는 아이에게 "니는 오늘도 꽁또바리네" 하고 훈수를 두는 것처럼. 표준어로 할 수 없는 것을 사투리가 기어코 해낼 때도 있지. 나훈아가 어매라고 노래하고 안상학 시인이 아배생각을 하듯 때로는 어매와 아배라는 말이 어머니와 아버지로 대체될 수 없음을 어떻게 설명해야 좋을까.

점점 경상도 말에 빠져들지 않니? 된소리와 거센소리가 적절히 섞인 사투리를 듣고 있으면 오 솔레미오나 산타루치아의 이태리 발음에 한글 토를 달아 부르던 기억을 떠올리게 될지도 몰라. 비앙꼬, 까리노, 리베르따, 아망떼, 그라지에, 띠아모 같은 이태리어와 우야꼬, 와그라노, 아물따나, 욕봤떼이, 언지예, 하모 같은 경상도 말이 닮은 것도 같지. 경상도 사투리는 독어처럼 엄숙하거나 불어의 우아한 콧소리도 없고 일어처럼 나긋나긋하거나 서울말처럼 간드러지지 않지만 말의 압축을 풀어내면 마치 신들의 이야기처럼 기발한 해석이 숨어 있으니 참으로 매력적인 언어라고 생각해.

말은 인간과 인간을 이어주는 끈이잖아. 그러한 말이 다양한 것은 당연지사. 지방마다 독특하게 쓰던 탯말을 죽이고 천편일률적인 서울말을 강요해서도 안 되겠지. 사투리를 쓰면 촌스럽고 무식한 사람이라고 생각하는 것도 천만의 말씀 만만의 콩떡. 하지만 현실은 안타깝게도 점점 사투리가 줄어들고 있어. 산복도로를 돌던 만디버스가 경영난 부진으로 중단되듯이 이곳 술집 모티처럼 모퉁이로 밀려날까 걱정이지. 사투리가 멸종되어 死투리가 되지 않도록 많은 관심을 가져줘.

참, 이곳 술집은 낮술도 가능해. 마스터의 해박한 술 이야기를 들으며 한때 당당했던 신라어를 위해 술잔을 부딪쳐야지. 어서 와, 부산은 처음이지.

『현대수필』

The 수필

●… 대뜸 야자를 트는 발랄한 문체가 끌어당긴다. 사투리는 그 지역 특유의 정한과 해학이 있다. 사람살이의 깊은 속내를 투사하며 혈연과 지연을 아우르는 정서가 농익어 들앉아 있다. 사투리에서 풍기는 맛과 끈끈한 힘은 어떤 표준말로도 대체가 불가능하다. 문학작품에서 만나는 사투리는 고향의 애틋함과 시대정신을 품고 있어서 작가의 염려처럼 '死투리'가 되지는 않을 것이다. 사투리로 통하는 소통은 직통이다. /노정숙

가을, 소리에 귀 기울이다

조현미

사위가 수족관 속 물때처럼 가라앉을 무렵, 전화 벨이 울린다. 미끌미끌한 잠의 수역으로 막 입수하려는 참, 이만큼 다가와 있던 피안이 저만치 달아나버린다.

수면 즈음에 울리는 벨 소리가 소음에 불과하다는 것을 불면증에 시달려본 사람은 안다. 제 아무리 기다리던 전화도 예외일 수 없다. 과연 누굴까, 가을밤을 송두리째 뒤흔든 이는?

"나야, H." 음절마다 'ㅇ' 소리가 덧나는 걸 보니, 그녀는 이미 혀를 술 기운에 저당 잡힌 듯하다. 이 야심한 시간에 전화라니. 와중에도 전화를 받은 이유는 혹여 시댁에서 온 전화가 아닐까 싶어서였다. 우려했던 일이 아니라 안도를 하면서도 마음이 좋을 리 없다. 그녀, 취중에도 날 선 말투가 서운했나 보다. 느닷없이 울음을 터뜨리는데 당최 당해낼 재간이 없다. 결국 남은 밤을 고스란히 내주는 수밖에.

H는 내가 사회에 발을 디딘 후 처음으로 만난 친구였다. 성격이 서글서글해 주변에 사람들이 끓었고 무엇보다 늘 당당한 게 매력적인 아이

였다. 그 누구보다 스스로의 안목을 믿는다던 그녀는 성인이 되자마자 결혼했다. 남편은 H보다 아홉 살이나 많은, 시쳇말로 잘나가는 CEO였다. 나를 비롯한 다른 친구들이 여물지 않은 자아와 싸울 때, H는 첫딸을 낳았다. 우리들이 겨우 직장을 잡고 '청춘'이며 '사랑'이며 '삶'의 허상을 논할 때 그 아인 둘째를 낳았고, 첫째를 낳았을 때보다 두 배쯤 행복한 듯 보였다. '너희보다 삶을 개척한 선구자'라며 제법 점잖은 척 조언을 하기도 했다.

H 남편의 사업은 나날이 번창했고, 신도시의 노른자위에 아파트를 두 채나 거느리고 있다는 소식이 한 입 건너 전해오기도 했다. 허나 삶이 윤택해질수록 그녀는 주변을 겉도는 듯했다. SNS를 통해 '아주 잊지는 않을 정도'로 연락을 주고받았지만 그뿐. 그녀와, 가계부의 마지막 자릿수까지 꼼꼼하게 따져야 하는 우리 사이엔 이미 너무 큰 간격이 존재하고 있었던 것이다.

그런 그녀가 울고 있다. 깊은 가을밤에, 혼자서. 오랜 단절은 무수한 억측의 주범이기도 하다. 남편의 사업이 잘못된 건 아닐까? 그도 아니면 외도를 한다든가, 어쩜 자식들이 말썽을 피우는 건지도…. 짧은 시간임에도 갖은 잡생각이 거미줄을 친다.

"외로워, 외로워…." 한참을 어른 끝에야 그녀가 입을 연다. 남편과 아이들이 단단히 자리를 잡아갈수록 자신은 푸석해지더란다. 배는 부른데 영혼의 허기는 더하더라고, 결국 우울증으로 입원과 퇴원을 반복하며 하루를 버티는 중이라던가. 든든한 항체가 되어 엄마를 지켜줘야 할 아이들은 집을 떠났고 남편의 무관심만 가시처럼 남았다. 제 아무리 좋다는 약조차 몸의 변방만 떠돌 뿐, 오로지 알코올에 의존해 하루를 채

워가는 중이라고 했다.

그녀 외로움의 출처가 '소리'의 결핍이라면 나의 불면은 '소리'의 과잉에서 비롯된 것 같다. 나는 천생이 귀가 얇은 사람이다. 그런 탓인지 마음의 용량을 가늠하지 못하고 모든 소리에 민감하게 반응했다. 그래서 늘 피곤했다. 적당히 까불러야 할 쭉정이와 알곡을 구분하지 못했다. 그러곤 늘 남의 입을 탓했다.

작정하고 익숙한 것들로부터의 칩거에 들어갔다. 며칠을 먹고 자며, 오로지 생리적인 데만 집착했다. 난데없는 고요에 당황할 귀를 위해 라디오를 틀어놓는 것도 잊지 않았다. 한 달쯤 지나니 몸이 관성을 내세워 항거를 시작했다. 아무리 먹어도 배가 부르지 않았고 잠도 오질 않았다. 디제이와 패널들이 연방 떠들어댔지만 환청처럼 아득했다. 어렵사리 잠에 들면 기다렸다는 듯 꿈이 찾아왔다. 일관성 없는 토막 꿈들엔 어김없이 형체 없는 소리만 등장했다. 그제야 알았다. 그 많은 소리로부터 도망쳐온 내가 그 소리들에 너무도 익숙해져 있었다는 걸. 나도 모르는 사이 그것들을 그리워하고 있었다는 사실을.

다 같이 소리를 나타내는 글자인데도 성聲이 단순히 자연의 소리만을 뜻한다면, 음音은 그 안에 '뜻'을 품고 있는 글자란다. 백아伯牙가 종자기鍾子期 사후 거문고를 멀리한 까닭이 여기에 있다. 나 또한 소리들이 지겨운 게 아니라 '나를 알아주는' 소리에 너무 주렸던 건지도 모른다.

여전히 H는 전화를 걸어온다. 주저리주저리 내뱉는 말은 거의 도사리들. 몸과 맘이 허하니 말이 성할 리 없다. 그러나 나는 전개가 빤한 그녀 소리의 가장 성실한 청자가 되어주리라 맘먹는다. 장황한 사설에 담긴 메시지는 '나 이렇게 외로우니 나 좀 바라봐달라'는 내면의 외침임을 아는 까닭이다. 깊은 밤중에 무거운 지구가 홀로 고독에 잠긴다는 가을, 불면을 앓는 이는 나뿐이 아닌가 싶어 한편 위안이 되기도 한다.

어쩌면 신이 사철의 중간지대에 가을을 배치한 것은 '들어주는 데' 인색한 피조물을 일깨우고자 한 의도였는지 모른다. 그래서 가을엔 유독 소리들이 선명한지도. 가으내 귀를 열어 소리들을 들으라고, 귀를 씻어 도래할 안거에 대비하라는 메시지는 아닐까 싶다.

가을 안에는 참으로 많은 소리들이 기거 중이다. 벼 이삭을 쪼는 햇빛 소리, 차고 투명한 바람 소리, 목이 긴 코스모스들의 가느다란 웃음소리, 풀잎을 켜는 풀종다리의 노랫소리…. 그것들은 어린아이가 새의 부리 같은 입술로 건네는 인사와도 같다. 사심을 거느리지 않아 더 많은 의미를 함의한. H 마음 깊은 곳에서 흘러나오는 소리 또한 음音보다는 성聲에 가까웠다.

소리의 통로가 비단 입과 귀뿐일까. H 마음속 협곡을 두루 에도는 동안 해질 대로 해진 말의 상흔을 만나기도, 잘 벼린 말의 결석에 찔리는 날이 있었으나…. 마음. 결국 그곳만이 숱한 말들의 순교지가 아니겠는가. 닦고 문지르고 쓰다듬으며 소리를 바룰 때 생의 가을 또한 순연히 물들지 않겠는가.

닫아건 날 많았던 소리의 빗장을 이제야, 푼다. 『에세이문학』

The 수필

●… 소리를 나타내는 한자어, 성(聲)과 음(音)의 차이점은 무엇일까? 화자는 백아(伯牙)와 종자기(鍾子期)의 관계를 예로 들어 이를 구분한다. 소리 안에 뜻을 품고 있는 글자가 '음(音)' 이라고. 소리들에 둘러싸여 사는 현대인의 삶. 성(聲)에 가까운 그 소리들 가운데 그리운 것은 '나를 알아주는' 소리다. 그것을 얻기 위해서는 먼저 소리의 성실한 청자(聽者)가 되는 것이 필요하다. 화자의 귀에 가을의 소리들이 들려온다. 벼이삭을 쪼는 햇빛 소리, 코스모스들의 가녀린 웃음소리…. 소리 없는 그 소리들을 통해 지겹게만 들리던 친구의 장황한 푸념이 성(聲)이 아니라 '나를 알아 달라'는 음(音)이었음을, 소리의 통로가 입과 귀뿐 아니라 마음일 수도 있음을 깨달아가는, 사유의 과정이 탄탄하다. /이혜연

엄마와 재봉틀

김영수

여든의 문턱을 넘어, 하고 싶은 일을 하나씩 접을 때마다 엄마는 서글퍼했다. 아흔 고개에 접어들면서부터는 지팡이를 짚고도 보행이 어려워 몇 걸음 걷지도 못하고 아무 데나 걸터앉곤 했다. 주민센터에 다니며 배우던 장구도 영어도 노래도 그만둔 지 오래였어도, 바느질만큼은 포기하기 어려운가 보았다. 재봉이 마지막 자존심일지도 몰랐다. 어렸을 때 딸 넷의 옷은 모두 엄마의 손끝에서 나왔다. 집안에 재봉틀 돌아가는 소리가 멈출 날 없었으니, 재봉틀은 엄마와 평생을 함께하며 속내를 털어놓는 가장 가까운 친구가 아니었을까. 내가 멀리서 걱정을 할 때면, 바느질도 하고 책도 읽을 수 있으니 아직은 괜찮다던 엄마였다. 재봉은 혼자 집에서도 할 수 있고 두뇌에도 좋으니 끝까지 할 수 있을 거라며 격려하던 나를, 엄마는 무턱대고 믿고 싶은 눈치였다.

문제는 나이가 드니 자꾸 잊어버린다는 거였다. 밑실이 자주 엉켜 겨우겨우 풀어놓으면 무슨 영문인지 바늘이 멈추고 실이 끊기길 반복했다. 그럴 때마다 엄마는, 눈 감고도 하던 일인데 내가 왜 이러는지 모르겠다며 주눅든 목소리로 기사를 불렀다. 와서 가르쳐주는 데 3분. 다시 해보라고 연습시키고 출장비 3만 원을 받아가길 여러 차례. 엄마는 그게 아깝기도 하고 자존심도 상했을 터였다. 기사를 부르는 게 그날 따라 왜 그렇게 싫었는지 엄마는 재봉틀을 들고 수리점까지 가겠다고, 거기서 배워오겠노라고 했다.

창밖을 내다보았다. 이미 어둠이 내린 거리는 을씨년스러워 나갈 엄두가 나질 않았다. 바깥은 영하 10도라는데 얼마나 매울지. 기사를 부르기만 하면 될 일을, 거기까지 가는 택시 요금이 더 비싸다고 설득해도 막무가내였다. 분별력을 잃은 나도 엄마도 오기가 났고, 엄마를 이겨먹으려는 딸이 괘씸했는지 일부러 더 고집을 부리는 것 같았다. 콜택시를 불렀다. 밥공기 하나도 발발 떨며 들던 엄마가 어디서 그런 힘이 났는지 재봉틀을 통째로 들고 나섰다. 다 필요 없으니 혼자 다녀오겠다는 엄마 뒤를 따라갔다. 바람까지 불어 몸을 파고드는 추위는 지독했고 그럴수록 나는 엄마가 원망스러웠다.

어렵사리 찾아간 곳은 난방도 들어오지 않는 가건물 창고였다. 손바닥만 한 전기난로 하나로 얼음장 같은 추위를 견디고 있었다. 하나뿐인 콘센트에 엄마가 가져간 재봉틀 코드를 꽂으니 그나마 켜졌던 난로도 꺼졌다. 설명을 들으며 계속 해보는데도 엄마는 자꾸 실수를 했다. 재봉에 문외한인 내가 들어도 따라할 수 있을 만큼 설명은 쉬웠고 숱하게 반복됐다. 엄마는 눈이 침침해서 잘 안 보이기도 했지만 추위에 손이 곱아 실도 잘 끼우지 못했다. 나도 발이 얼어 연신 발가락을 꼼지락거려야 할 지경인데 엄마는 어떨는지.

엄마는 생의 끝자락에서 재봉틀을 끌어안고 아무도 응원하지 않는 외로운 싸움을 하고 있었다. 내가 엄마 나이에 이르러 내 삶의 의미라고 여기던 글조차 포기하게 되면 심정이 어떨까. 엄마의 일은 멀지 않은 내 미래의 일이고, 그게 나에게 글쓰기라면 엄마에게는 재봉이라는 걸 모르지 않았다. 그때, 울 듯하면서도 노기 띤 목소리가 얼어붙은 공기를 깨고 날아왔다. 엄마는, 그만 됐으니 설명을 종이에 적어달라고 했다. 추워서가 아니었다. 등 뒤에서 무섭게 노려보고 있을 딸이 보이는 것 같아, 긴장되고 손이 떨려 못하겠다는 거였다. 나는 그만 주저앉아 울고 싶었다.

왕복 택시비 3만 원, 수업료 1만 원. 편안하게 집에서 배워도 되는데 추운 곳까지 찾아온 걸 따질 줄 알았는지 엄마가 선수를 쳤다. 목소리에 파란 불꽃이 일었다.

"이론적으로는 네 말이 맞을지 몰라도 엄마가 그 정도로 예민해 있을 때는 일단 물러서라. 너 좋은 점이 그거였는데 오늘 따라 대체 왜 나를 가르치려 드느냐. 예서 한마디라도 더 하려거든 당장에 너 사는 캐나다로 가거라." 나는 할 말을 잃고 멍하니 서 있었다. 도대체 내가 무슨 짓을 한 것일까.

어쩌자고 내가 그랬을까. 어쩌면 이번이 마지막 만남일지 모르니 무슨 일이 있더라도 편안하게 해드리자고 다짐하고 왔건마는. 판단력도 기억력도 이해력도 모두가 예전 같지 않은데, 시시비비를 가리는 게 더는 아무 의미도 없다는 것을 모르지 않으면서도. 거동이 불편한 노인을 안전하게 돌본다는 명목으로, 엄마 뜻대로 하지 못하게 말리는 것에 대한 피해의식이 있다는 걸 얼마 전에 들었다. 이제와 후회하면 뭐하나, 흐릿해져가는 엄마의 기억에서 나는 그날의 일을 지우고만 싶었다.

"그날, 재봉틀 일은…, 엄마," 나는 엄마를 불러만 놓고 말을 잇지 못했다. 듣고 있던 전화 목소리가 조용히 흔들렸다.

"넌 다 늙어서도 눈물이 많구나. 내가 그깟 일로 고깝고 서운해 하며 살았으면, 이 나이 되도록 온전한 정신으로 살았겠냐. 가한 소리 그만 하고, 거긴 밤일 텐데 어서 자거라."

때로는 잘못을 무조건 덮어주는 것도 사랑이다. 『계간수필』

Thp 수필

●… 괴테는 삶의 의미를 '일하는 것'에 두었다. 이승에서 뿐만 아니라 '영생'에 대한 믿음까지도 '일'에서 찾았다. 작가의 어머니에게 삶의 의미는 재봉일이다. '눈 감고도 하던' 어머니의 재봉일에 문제가 생겼다. 엄동설한에 택시를 불러 재봉틀을 들고 수리장으로 향하는 아흔 넘은 어머니와, 만류하면서 뒤따르는 딸의 오기는 막상막하였다. "어쩌자고 내가 그랬을까. 엄마는 생의 끝자락에서 재봉틀을 끌어안고 아무도 응원하지 않는 외로운 싸움을 하고 있었다. 내가 엄마 나이가 되어 내 삶의 의미라고 여기던 글조차 포기하게 되면 심정이 어떨까." 인간의 생명력은 일을 위한 창조주의 선물이자 명령임을 새삼 상기케 한다. /홍혜랑

데드라인

한지황

침대 머리맡에 쌓여 있는 책들은 모두 도서관에서 빌려온 것들이다. 포화상태가 된 책꽂이를 비우기 위해 책을 버리고 파는 행위를 수차례 하다 보니 책을 구입하는 일이 부담스러워졌다. 도서관 컴퓨터에 제목을 두드리기만 하면 원하는 책을 찾는 일은 어렵지 않다. 그러나 무엇보다도 책을 빌려 읽는 이유 중 가장 큰 매력은 데드라인이 있기 때문이다. 기본 2주에 연장하면 3주, 그 기한을 어기면 늦은 날 수만큼 빌리지 못한다.

도서관 서가에서 청구번호를 하나하나 짚어가다 보면 뜻밖의 책들이 방글거리며 나를 유혹할 때가 많다. 미소를 띠며 인사를 건네는 그들을 어찌 외면할 수 있을까? 가족의 대출증도 함께 사용할 수 있다 보니 도서관을 나올 때면 빌릴 수 있는 최대한의 권 수가 손에 쥐어져 있다. 게다가 도서관 강의를 듣기 위해 자주 도서관에 들르다 보니, 빌리고 반납하는 일이 나의 일상이 되었다.

여러 책을 돌려가며 읽다 보면 반납할 날짜가 코앞에 올 때까지 모르는 수가 간혹 있다. 데드라인이 내일로 다가왔음을 알려주는 친절한 문자 메시지가 날아오면 나는 만사를 제쳐놓고 그 책을 끝까지 읽는다. 나중에 읽을 수 있다고 생각하는 소장 책과의 차이점이 이 시점에서 극명하게 두드러진다.

데드라인이 정해져 있는 도서관 책을 좋아하는 이유는 이렇게 나의 게으름을 용인하지 않고 마침표를 찍게 함으로써 완독의 즐거움을 맛보게 해주기 때문이다. 늘 곁에 있어줄 소장 책은 그만큼 절실하지 않다는 이유로 뒷전으로 밀리고, 이별할 날짜가 정해져 있는 도서관 책은 머리맡을 차지하고 있어 그만큼 사랑의 눈길을 듬뿍 받고 있는 것이다.

데드라인이 있다는 것 그리고 그 데드라인이 언제인지를 안다는 것은 나를 긴장시키고 열심히 매달리게 하고 소중한 마음을 갖게 한다. 데드라인이 있다는 것은 알아도 그 데드라인이 언제인지를 모를 때 우리는 그 막연함 때문에 데드라인을 실감하지 못한 채 잊고 산다.

데드라인을 직역하면 사선死線이다. 우리도 언젠가는 삶의 데드라인에 서야 한다는 것을 어렴풋이 알고 있다. 그러나 그 데드라인은 아득하게 멀리 있어 볼 수가 없고 그래서 잊고 살아간다. 최근 나는 나에게도 삶의 데드라인이 갑자기 올 수도 있다는 것을 경험했다.

'그동안 도움 주셨던 분들께 감사드립니다. 남은 시간 행복하게 지내다가 오세요, 제가 술상 봐놓고 있겠습니다.'

우연히 지인의 카톡을 보던 나는 찬바람이 쌩 하게 날아오는 느낌과 함께 소름이 끼쳤다. 프로필 사진이 영정 사진으로 되어 있었고, 상태 메시지로 이 글이 있었기 때문이었다. 40대 초반의 젊은 여인은 활짝 웃고 있었지만 그녀가 남긴 편지는 그녀가 얼마나 가기 싫은 길을 떠났는지를 말해주고 있었다.

'날 좋은 어느 날, 너무나 아쉬운데 저 먼저 갑니다. 그동안 함께해주신 모든 분들께 감사드립니다. 인사도 못 드리고 갑자기 가네요. 아직 할 일이, 하고 싶은 일이 너무나 많은데 아직 갈 때가 아닌데 제 마음 같지 않네요.'

난치성 빈혈을 앓았던 그녀는 학생들을 이끌고 역사 탐방을 하러 다니는 일을 즐겨 했다. 외국까지 역사 기행을 떠나는 그녀는 늘 밝고 씩씩해서 환자라는 생각이 들지 않았다. 한 달 전 카톡으로 도서관 강의 때 보자고 했었다, 그랬던 그녀는 급성 백혈병에 걸렸고 주사 바늘을 꽂지 못할 정도로 몸이 너무 부어 결국 혈관을 찾지 못해 치료도 제대로 받지 못하고 세상을 하직했다.

혈관을 힘들게 찾는 간호사와 그 광경을 애타게 쳐다보는 가족들을 바라보며 그녀는 데드라인이 다가오고 있다는 것을 알았을까? 지병이 있었던 그녀는 남보다 삶의 데드라인을 더 실감하며 살아왔을 것이다. 그러다 데드라인이 갑작스레 찾아왔을 때 당혹감을 느끼면서도, 갑자기 떠나게 된 자기를 그리워할 모든 지인들에게 나중에 만나자는 인사를 하고 떠났다. 남들보다 더 데드라인을 의식하며 살았던 그녀는 하루하루가 너무도 소중하다는 것을 알기에 누구보다 열심히 살면서 작별을 준비해오지 않았을까?

나는 매일 여러 개의 소소한 데드라인을 인식하고 그 데드라인에 맞추어 마침표를 찍으며 산다. 작은 데드라인들을 지나오다가 마침내는 죽음이라는 거대한 데드라인을 맞이하게 되리라. 죽음의 데드라인이 보일 때 어떤 사람은 데드라인에 도달하기도 전에 낙담하고 자포자기

할 것이다. 나는 데드라인에 도착할 때까지 최선을 다하고 싶다. '내일은 책을 반납하는 날입니다'라는 문자를 받고 어떻게든 책을 끝까지 읽듯, '내일은 생生을 반납하는 날입니다'라는 문자를 받았을 때 내 삶도 완성품으로 반납하고 싶은 것이다. 그러나 나는 안다. 죽음의 데드라인은 문자를 보낼 정도로 친절하지는 않다는 것을. 시간의 안개 속에 숨어 모습을 드러내지 않고 있다가 어느 날 불쑥 나를 찾아올 수 있는 데드라인을 후회 없이 만나는 방법은 작은 데드라인들을 성실하게 지키는 일일 것이다.

『한국산문』

The 수필

●… 작가는 도서관에서 책을 빌려 읽는다. 반납 기일인 데드라인이 있어 완독의 즐거움을 주기 때문이다. 이별할 날짜를 안다는 것은 긴장시키고 절실하고 소중한 마음을 갖게 한다는 것에서 마침내 맞이할 죽음이라는 데드라인과 연결한다. "내일은 생을 반납하는 날입니다"라는 문자를 받았을 때를 상상하며 작은 데드라인들을 성실하게 지키는 것이 삶의 완성도를 높이는 것일 거라 말한다. 일상의 도서 반납 기일에서 삶을 반납하는 날을 유추해 어떻게 살아야 후회 없는 삶일지 생각하게 하는 글이다. /정진희

변신變身

이춘우

현관 처마에 무단히 웅크리고 있어 내 가슴을 쓸어내리게 한 고약한 죗(?)값을 고놈이 된통 받았다. 빗자루로 쓸었다. 저만치 날렸다. 또 날렸다. 날벼락 맞은 거미는 맨땅바닥에 내팽개쳐지고서도 숨 고를 틈 없이 냅다 달린다. 삼십육계주위상책三十六計走爲上策이리라. 남의 아지트에 함부로 거미줄을 치다니 방자하기 그지없는 놈이라고, 눈치 없이 아무 데나 거미줄을 치니 명命을 스스로 단축할 수밖에 없는 놈이라고 툴툴대보지만 못내 미안쩍다.

서민들의 삶을 토속적인 언어로 그려낸 서사徐事 시인 백석白石! 그의 시詩 중 〈수라修羅〉의 일부다.

> 거미 새끼 하나 방바닥에 나린 것을 나는 아모 생각 없이 문밖으로 쓸어버린다.
> 차디찬 밤이다.

어니젠가(어느 사인엔가) 새끼 거미 쓸려 나간 곳에 큰 거미가 왔다.
나는 가슴이 짜릿한다.
나는 또 큰 거미를 쓸어 문밖으로 버리며
찬 밖이라도 새끼 있는 데로 가라고 하며 서러워한다.

데본기Devon紀(3억 9,500만 년 전~3억 4,500만 년 전)에 바다에서 육지로 나온 놈은 자신의 몸과 알을 보호하기 위해 거미줄을 치기 시작했단다. 그러다 나중에는 먹잇감을 얻기 위해 거미줄을 사용했다는데 배 끝 방적돌기에 있는 실샘(거미줄이 되는 액체가 들어 있는 외분비샘)에서 거미줄을 뽑아 방사형 그물을 친다. 기껏 사계절을 한두 번밖에 경험 못하는 짧은 명줄을 살면서 여덟 번의 거미줄을 친다고 한다.

고놈들은 거미줄을 요령껏 예다제다 쳐놓고 우직하게 기다릴 줄 안다. 거미줄에 맺힌 이슬이 햇살을 따라 일렁거리다 사라진다. 살랑대는 바람을 따라 거미줄이 수런댄다. 드디어 때가 되었나 보다. 무진無盡의 불빛이 어지럽게 산란한다. 하루살이가 거미줄에 걸린다. 쉬파리도 이내 걸렸다. 그래도 거미는 미동조차 하지 않는다. 따분하고 싫증이 난다. 잠시 먼눈판다. 구름 속으로 달이 흐른다. 제법 토실한 불나방이 거미줄에서 출렁인다. 보이지 않던 거미가 저만치서 나타난다. 서두르지 않는다. 살금살금 다가간다. 한 방 제대로 문다. 신경 독으로 마비된 먹잇감을 툭툭 건드려본다. 삽시에 또르르 만다. 기다림의 미학! 완급 조절! 마치 가야 할 때를 알고 가는 듯!

거미줄에 내가 걸린다. 거미줄에 걸린 나를 본다. 어떻게 살았니? 미물조차 기다릴 줄 알고, 가야 할 때를 알고, 가서는 최선을 다하는데 그리 살았니? 설익은 밥솥의 뚜껑을 성급하게 열려고 하지 않았니? 시도 때도 없이 깝죽대며 이런 참견 저런 참견을 하며 낄 데 안 낄 데 끼어 살지 않았니? 쓰잘머리 없는 참견으로 남들 맘을 아프게 하지 않았니? 장단 맞추는 얘기에 신명나 오두방정을 떨지는 않았니? 자신을 기망欺罔하며 경계를 홑으로 하진 않았니? 본질을 보지 못하고 눈앞에 펼쳐진 단맛에 흠씬 빠져 안수정등岸樹井藤의 업業을 깨치지 못한 채 나에 취해 살지는 않았니? 부모로서 애틋하게 그리고 살뜰하게 지 새끼를 챙겼니? 얼굴이 셋이고 팔이 여섯인 아수라阿修羅로 살진 않았니?

짧지 않은 세월이 부랑浮浪과 좌절과 갈등으로 거미줄에 매달렸다가 빗자루에 쓸려 매몰차게 내동댕이쳐진다. 두 손으로 얼굴을 감싼다. 삼십육계주위상책三十六計走爲上策하리라. 해님이 쓰다 버린 쪽박 같은 반달을 타고 하늘로 줄행랑치고 싶다. 『한국산문』

The 수필

●… 현관 처마에 거미줄을 친 거미를 쓸어버리자 삼십육계 줄행랑치는 거미를 보며 쓴 글이다. 한 생명에 대한 미안함 끝에 백석의 시를 떠올리고 거미줄에 걸린 먹잇감에 자신의 모습을 투영해본다. 자신이 쓸어버려 줄행랑친 거미는 다름 아닌, 부랑과 좌절과 갈등으로 살아온 본인의 모습이다. 변신이다. "해님이 쓰다버린 쪽박 같은 반달을 타고 하늘로 줄행랑 치고 싶다"는 문장에서 자신에 대한 성찰과 부끄러움이 보인다. /정진희

돌이 기도한다

이미영

돌은 살아 있는 게 분명하다. 산꼭대기에 우뚝한 바위로 하늘을 향해 머리를 치켜들고 살았었다. 바람에 깎이고 비에 살점이 뜯겨나가 주목의 헐거운 이파리로 이불을 덮고 숨어 지내기도 하다가 조금씩 아랫동네로 떠밀렸다. 큰 바람이 만든 급물살을 타고 허우적거리다가 비바람에 구르다가 닳고 닳아져 산 아래에 모여들었다. 설악산에서 나고 자란 돌멩이들이 허옇게 늙어 백담사 앞 계곡에 엎드려 있다. 누구 하나 모나지 않고 동글동글 납작한 자갈이 되어 다시 만났다.

까막딱따구리가 나무를 쪼는 둔탁한 소리를 법고로 믿으며 묵언으로 수행했을 것이다. 새하얀 빛을 뿜으며 기세등등하던 화강암 바위가 허연 돌멩이로 변해 잘팍한 계곡에서 굴러다니자면 여간한 수행이 아니고서는 견디기 어려웠을 일이다. 사람들은 어찌 이들의 사연을 알았는지 백담사 앞 돌멩이 계곡을 거대한 돌탑의 광장으로 만들어놓았다. 아니다, 오만가지 곡절을 가진 중생들이 오가며 시름을 쌓았다가 근심을 풀어놓고 떠난 것일 게다. 쉽게 움직이지 않을 듬직한 돌덩이 위에 상념 하나를 올려놓고 또 작은 돌을 쌓으며 치성을 드렸다. 그러다가 큰물이 질 때면 자신들의 걱정거리도 다 씻겨 가기를 바랐을 일이다. 물살이 미치지 않을 곳에 정성스레 소원을 쌓아올리며 오래도록 무너지지 않기를 정성으로 다졌던 이도 있을 것이다. 구름을 끼고 신선과 노닐었던 바위가 묵언수행을 거쳐 낮은 곳에 이르렀는데 어찌 범부의 가슴앓이를 풀어주지 못할까.

오세암으로 가는 길은 백담사를 거쳤다. 빽빽한 나무를 울타리로 둘러친 불전각이 어른거리면 세찬 물소리가 먼저 귀를 정화시켰다. 옆 사람의 말소리조차 들리지 않을 만큼 울어대는 계곡물 소리와 암녹색 수풀 사이로 눈부신 돌탑들의 장관이 드러났다. 천 개의 탑을 쌓으면 해탈한다는 이치를 누가 알려주었는지 돌은 수천 개의 탑이 되고 있었다. 백담사는 눈에 들어오지도 않았다. 산골짜기에 갑자기 나타난 돌탑의 무리는 시야를 압도하였다. 천불동은 들어봤어도 천탑동을 마주하기는 처음이었다. 나는 누구의 허락도 없이 천탑동이라 이름 붙였다. 수많은 탑 사이를 지나던 이들은 그냥 지나치지 못하고 물에 씻겨간 돌멩이를 또 새로이 쌓고 올렸다. 끝이 안 보이는 돌 무리를 짖어대는 계곡의 물소리가 엄호했다.

오세암은 설악산의 가장 깊은 곳에 숨어 있지 싶었다. 가도 가도 줄어들지 않는 거리는 숨이 멎을 듯 가쁘게 만들었다. 천탑동에서 한참 멀어진 다음에도 작은 돌을 쌓은 무더기는 계속 나타났다. 다리는 말을 듣지 않고 팔을 내밀 기운도 사라져갔다. 혼자 몸 하나 섰을 등산로에 기대어 정신을 추스르는데 꼬마 돌탑이 눈에 들어왔다. 오래 전 이 길을 지났을 누군가는 잠시 숨을 고르는 순간에도 부스러기를 모아 부처님께 간청을 올렸겠지. 마애불의 입이었을지도 모르는 조각돌은 그의 정성을 들으시라고 소리 없이 외쳤을 것이다.

부처님의 사리를 모신 탑은 인도에서는 벽돌을 구워 쌓아올렸고 중국과 일본에서는 나무로 만들기도 했다. 우리나라에서는 돌을 깎아 탑을 지었는데 다른 나라에서는 볼 수 없는 양식이다. 불에 타지도 않고 벽돌처럼 빠지는 일도 없으니 영원한 부처님께 기원을 올리기는 그저 그만인 소재이다. 암자를 올랐던 이는 석공이 정으로 쪼고 다듬어 불당 앞에 세우는 형상은 아니라도 영원성을 가졌다고 믿는 돌 한 조각에 소망을 쌓아보고 싶었던 걸까.

오세암으로 가는 길은 좁고 험했지만 조각 돌탑으로 정성을 올리는 장삼이사의 바람을 보며 힘을 낼 수 있었다. 불심을 모르는 이에게 전해지는 불공의 흔적들이 삶의 무게를 생각하게 만들었다. 나는 그저 산을 올랐을 뿐인데 인생으로 다가왔다. 오세암에 도착해서도 대청봉을 바라보며 급하게 정상을 정복해야겠다는 생각이 들지 않았다. 암자의 한 귀퉁이에서 반찬이 뒤섞인 도시락을 먹었다. 그리고 멍하니 바라보다 깊은 산 사이로 드러난 하얀 바위가 근육 같다는 생각이 들었다. 금세 무너질 줄 알면서도 또 쌓는 일은 어리석은 짓이 아니었다. 뒤따라오는 이가 다시 집어 올리게 하고 이를 보며 무작정 꼭대기에 오르겠다는 허욕보다는 자신을 생각하게 만들었으니.

예전에 엄마도 정성으로 탑을 쌓았다. 높은 곳에 앉으신 분을 향해 가지런히 손을 모았다. 기도가 무슨 효험이 있냐고 논리적으로 따져 물었지만 소용이 없었다. 마음가짐이 다 좋게 바꾸는 힘이 있다고 할 뿐이었다. 바위는 다 들었을 것이다. 그 바위는 마애불이 되기도 하고 삼

층 석탑이 되기도 했겠다. 부처이기도 하고 탑이기도 했던 조각돌은 수없이 들었던 간구를 알갱이마다 품었다. 위용을 자랑하던 암석에서 씻기고 잘려나가 소망을 안은 돌멩이로 승화되었을 것이다.

눈을 감고 백담사 천탑동을 본다. 눈이 부시다. 깨끗한 염원으로 반짝인다. 귓가가 쟁쟁하다. 계곡의 물소리가 그리도 요란한 것은 돌탑들의 기도 소리가 흐르기 때문이었다. 사람들은 가고 또 온다. 기도는 경전이 되어 돌마다 새겨지고 계곡은 염불을 멈추지 않을 것이다. 『에세이21』

The 수필

●… 산꼭대기 우뚝한 바위가 비바람에 닳고 닳아서 납작한 자갈로 변한다. 그 긴 순환을 보며 '돌은 살아 있는 게 분명하다'고 말한다. 돌탑의 광장이 된 백담사 앞 계곡에서 '오만 가지 곡절을 가진 중생들이 시름을 쌓았다가 근심을 풀어놓고 떠난' 흔적을 본다. 오세암으로 난 좁고 험한 산길을 오르며, 주변의 작은 조각 돌탑에 담긴 장삼이사의 간절함을 생각한다. 한때는 장엄한 석불이나 석탑의 일부였을 수도 있고, 아니면 민중의 절절한 애원에 귀 기울이던 영험한 바위였을 수도 있는 조각돌. 그 돌 하나하나를 절절한 간구(懇求)의 알갱이들을 품은 소망의 돌멩이로 승화시킨다. 그리고 돌탑들이 속삭이는 염원의 기도소리를 계곡의 물소리에서 찾아 듣는다. 소박하고 작은 돌탑에서 허욕을 버리고 자신을 바라볼 수 있는 작가의 혜안이 눈부시다./ 조헌

삶

이명환

번뇌 많은 삶이다.
겪을 만큼 겪지 않고
번뇌를 넘는 방법은 없다.

이렇게 시작되는 19행으로 된 송운 성찬경松韻 成贊慶의 시「삶」.

2014년 4월 '공간시낭독회'의 20여 명 시인들 앞에서 맨 처음 내가 암송暗誦한 시다. 여기 소속된 시인들이 남편 송운의 1주기 행사에 와서 애도해준 답례로 공들여 외워 보니 그냥 보고 읽던 때와는 그 맛이 아주 달랐다. 시인의 시심과 내가 혼연일체 되는 느낌이랄까.

'공간 시낭독회'는 1979년 4월 9일에 한국의 큰 시인 구상(1919~1986) 선생이 박희진(1931~2014), 성찬경(1930~2013)에게 제안하셔서 발족한 우리나라 최초의 3인 시낭독회다. 건축가 김수근(1931~1986) 선생이 설계한 '공간空間'이라는 특이한 검은색 벽돌 건물 지하 소극장 공간사랑空間舍廊에서 처음 시작하면서 '공간시낭독회'라는 명칭이 붙었으니 어언

40년 동안이나 이어오고 있는 시낭독 모임이다. 송운도 2013년 4월 공간시낭독회 400회 기념행사를 KBS 등 매스컴을 통해 홍보하려고 애쓰던 중 2월 별안간 타계했다.

송운은 시「삶」에서 이 생生을, 겪을 만큼 겪을 수밖에 없는 '번뇌 많은 삶'의 현장으로 봤다. 송운뿐만 아니라 석가모니께서도 이 속세를 고해苦海라 이르지 않았나. 그렇다면 지금 내가 살고 있는 이 시점의 삶에서 나의 가장 큰 번뇌는 무엇인가? 내 안에 깊이 잠겨 무심해지려는 지향으로 나를 들여다본다.

달마 대사의 제자 고승 혜가慧可가 맨 처음 스승께 법문法問 할 때 "어찌하면 번뇌 망상에서 초연해질 수 있겠습니까" 하니 "그 번뇌 망상을 여기 가져와봐라" 했다는 유명한 일화가 전한다. 번뇌란 기실 실체가 없는 뜬구름과 같다는 가르침일 것이다.

다시 내 안을 곰곰이 살펴보니 바로 여기 번뇌의 덩어리가 보인다. 이것은 실체가 없는 뜬구름이 아니다. 내 평생 삶의 총체적 결과물이라 할 수 있는 보기에도 민망한 과체중 덩어리가 거기 있다. 혈관에 낀 기름때와 비계에 둘러싸인 이 몸뚱이가 나의 구체적인 번뇌의 실체임을 깨닫고 아연실색한다.

몇 년째 내게 똑같은 용량의 콜레스테롤 약을 처방해주는 종합병원 내분비내과 의사는 혈액 검사 결과를 모니터에 띄워 내게도 보여준다. 지방脂肪의 한 종류인 콜레스테롤이 혈관 벽에 달라붙어 동맥경화, 유방암, 전립선암 등을 생기게 하는 무서운 병폐에 대해 설명하다가 결론적으로 "체중을 줄이라" 한다. 나는 언제나처럼 건성으로 "네" 하고 일어선다. 내 뒤를 따라나온 간호사는 3개월 후 병원에 올 날짜를 정하고 그때까지 먹을 약 처방전을 건넨다. 그야말로 다람쥐 쳇바퀴 돌듯 몇 년째 반복되는 나의 병원 행각이다. 오랜 기간 약을 먹는데도 왜 콜레스테롤 수치에 변동이 없는가, 하는 생각은 하지도 않은 채 으레 그러려니 하면서 지낸다.

번뇌와 슬픔을 떠밀지 말고
오냐오냐 하며 다 받아들이며
또 한편으로는 해야 할 일을 하는 수밖엔 없다.

오냐오냐 다독거리며 이승을 떠나는 날까지 함께하려면 이 몸을 어떻게든 정비해야 할 시점에 이른 것 같다.

고통의 제물을 많이 바치는 삶이
참으로 귀하다는 생각이 든다
까닭은 역시 신비이리라.

9행부터의 시구다.

참으로 귀하다는 생각이 든다는 이승에서의 고통의 신비. 한동안 고통이 없는 편안한 날이 지속되면 "하느님이 잘 사랑하시지 않는가?" 하고 걱정했다는 클레멘스 성인 이야기도 있기는 하지만, 누구나 멀리하고 싶은 것이 괴로움이다. 헌데 지금 이 시점의 나에게 제물로 바쳐야 할 값진 고통은 무엇일까? 그것은 평생을 두고 고치지 못한 악습에서 벗어나는 일일 것이다. 정리정돈과 탐식貪食에서 벗어나는 일. 인생의 막바지에 접어든 내 생의 마지막 매뉴얼을 만들어 보자.

오래 전에 읽은 헤르만 헤세의 소설『싯다르타』에서 지금도 생각나는 구절이 하나 있다. 그가 가족을 벗어나 도를 닦는 떠돌이 탁발승托鉢僧의 무리에 합류했을 때 하루 한 끼, 그것도 익힌 음식은 먹지 않는 수행修行을 시작했다는 대목이다. 절식과 단식이 극기의 첫걸음임을 누가 모르랴.

즐거움은 날아가버리고
슬픔은 남아 가라앉는다.

내가 가장 많이 혼자서 중얼거리는 남편의 시구다. 즐거움과 슬픔을 이렇게 절묘한 대비로 읊은 송운의 솜씨에 감탄하고 깊이 공감하면서.

틈틈이 정성으로 빚은 황홀만은
주변에 뿌릴 일이다.
(중략)
슬프고도 황홀한 삶이다.

그는 이렇게 틈틈이 정성으로 빚은 황홀송恍惚頌을 주변에 많이 뿌리고 슬프고도 황홀한 삶을 단숨에 마감했다. 나도 고통의 제물을 많이 바쳐 이 영혼과 육신이 깨끗해지는 날 하느님이 불러주시기를 염원해 본다.

『한국산문』

The수필

●… 고(故) 성찬경 시인의 1주기 행사에서 작가는 남편의 시 「삶」을 암송한다. "번뇌 많은 삶, 겪지 않고 번뇌를 넘지 않는 방법은 없다"고 토로한 시인은 이미 그것을 넘어섰는데도 슬픔과 번뇌를 떨쳐내지 않고 그것과 동거한다. '고통의 제물'을 많이 바치는 삶이 귀하고 신비하다는 생각에서다. '고통의 제물'을 천착하는 작가는 콜레스테롤의 자가 처방으로 절식을 각오하며 남편의 절구를 혼자서 읊조린다. "즐거움은 날아가버리고/ 슬픔은 남아 가라앉는다." 즐거움도 슬픔도 보채지 않는 평화로운 고요가 그녀의 주변을 감싼다. 쓸쓸한 듯 텅 빈 충만이 삶의 황홀송으로 읽힌다. /맹난자

달은 몰락하지 않는다

문현주

'달이 진다 달이 진다' 남자의 독백으로 시작되는 이 노래는 1993년에 발표된, 말하자면 이미 지난 세기의 노래다. 달이 어쩌구 하는 후렴 부분을 길거리 음악으로 흘려들었던 이 노래가 재생된 것은 우연한 기회였다. 어떤 잘생긴 배우가 〈달의 몰락〉이란 독특한 제목의 이 노래를 부르는데 호소력이 남달랐다.

전주를 듣다보면 어느새 고개를, 손가락과 발가락을 까딱이게 되는 이 곡은 경쾌하다. '달'도 '몰락'도 그 어느 쪽도 어울리지 않게 말이다. 몸을 움츠리고 있다가 그 다음 박자에서 팔짝 뛰어오르는 기분, 첫 박이 쉼표로 시작되는 묘미다. 음악 용어로는 씽커페이션syncopation. 강, 약, 중강, 약의 일반적 리듬 대신에 약박 자리에 강박이 들어가는 것으로 번역하자면 엇박자, 당김음이다.

인간이라면 감성과 근육이 그렇게 반응할 수밖에 없는, 원초적인 감각을 겨냥했다고나 할까. 몸이 먼저 깨어나고 그 다음에 가사가 들리고 그 다음에 리듬과 가사가 연결된다. 웃 따따 웃따웃따, 쉼표를 조금씩 넣어주며 밀고 당긴다. 살아 있다! 노래 부르는 남자가 노래 듣는 내가, 모두가 꿈틀댄다.

노래는 일단 들어야 한다. 안타깝지만 리듬, 음악의 영역은 유튜브의 몫으로 돌리고 여기에서는 가사를 곱씹을 수밖에.(youtube에서 김현철 〈달의 몰락〉을 검색하면 바로 뜬다.)

(달이 진다 달이 진다 달이 진다 달이 진다)

나를 처음 만났을 때도/ 그녀는 나에게 말했지/ 탐스럽고 이쁜 저 이쁜 달// 나랑 매일 만날 때에도/ 그녀는 나에게 말했어/ 탐스럽고 이쁜 달이 좋아// 나를 무참히 차버릴 때도/ 그녀는 나에게 말했지/ 탐스럽고 이쁜 저 이쁜 달/ 나랑 완전히 끝난 후에도/ 누군가에게 말하겠지/ 탐스럽고 이쁜 달이 좋아

후렴 — 그녀가 좋아하던 저 달이/ 그녀가 사랑하던 저 달이/ 지네 달이 몰락하고 있네

(나도 그녀를 잊을 수 있다)

— 김현철 작곡 작사, 〈달의 몰락〉 전문

달은 언제 지는가. 달은 하루에 12시간을 떠 있는다 하니, 18시에 태동하기 시작한 보름달이라면 다음날 06시에 진다. 달 보고 소원을 빈다는 말은 흔히 듣지만 달이 지는 것을 기다린다거나 본다거나 하는 것은 상당히 드문 일이다. 남자는 달이 잘 보이지 않는 시간을 기다려 그 달이 완전히 사라지기를 바란다. 설정부터 흔치 않다. 끌린다. 이 남자, 궁금하다.

남자는 달을 보며 주문처럼 '달이 진다'를 외운다. 생각은 그녀에게 머물러 있는데도 말이다. 처음 만났던 그녀, 매일 만났던 그녀, 지금은 가버린 그녀를 잇달아 떠올린다. 딴 놈에게도 "탐스럽고 이쁜 달이 좋아"라 말할 그녀를 예상하며 속 터져 한다. 남자의 '달이 진다'는 그녀의 '달이 좋아'에 대항하는 말로 자신을 차버린 그녀를 부정하고픈 욕구를 대변하는 우회적 표현이기도 하다.

그런데 그녀는 왜 "탐스러운 이쁜 달이 좋아"라고 한 것일까. 그것도 매일. 우리는 어떤 대상을 가지고 싶을 때 탐하거나 탐낸다. '탐스럽다'는 칭찬을 넘어 소유하고 싶은 욕구를 더한 것이다. 이쁜 것을 향한 마음이니 인간의 본능적 욕구라 할 수 있겠다. 올드한 버전에서 사랑하는 연인들은 별을 따다주세요, 따다주리다, 하면서 사랑을 확인한다. 그녀는 별 대신 달을 넣은 사랑의 고백을 듣기 원했던 것일까. 그렇다면 달은 소유를 갈망하는 대상에서 나아가 사랑을 확인하는 대상으로 확대된다. 심지어 천년만년 계속되어 왔고, 앞으로도 그런 기대가 가능하다. 영원에 대한 동경, 뜨고 지며 순환해 절대로 사라지지 않을 존재에 대한 동경을 '달이 좋아'라는 말로 내비쳤다 할 수도 있다.

달은 또 얼마나 친근한가. 해는 오로지 해질녘 기운 빠져 시름시름할 때만 맨눈으로 바라볼 수 있지만 달은 아니다. 낮게도 높게도, 크게도 작게도 언제든 볼 수 있다. 쌩쌩한 달, 시큰둥한 달을 모두 호흡할 수 있는 것이다. 달은 태어나고 성장하고 정점에서 사멸로 가는 그 모든 과정을 보여주기에 인생과도 닮아 있다. 이렇게 보자면 달은 그녀가 자신의 정체성을 투영한 대상이기도 하다. 게다가 남자는 달만 보면 그녀를 떠올린다. 이미 그녀는 달이다.

남자가 노래하는 상황은 절대 유쾌하지 않다. 반복되는 동일음에 가사를 담아 차분한 척하지만 가사 속을 들여다보면 엄청 열받았음이 느껴진다. 열받고 침울한 상태인데 아이러니하게도 리듬은 신난다. 이 조합은 참신하고 유연하다. 현실적 상황과 이상적 지향을 모두 포함하는 반어적 집합체가 주는 매력이라고나 할까. 남자의 사랑과 그녀의 사랑은 서로 마음 맞지 않는 따로 노는 엇박자였다. 이 상황을 개선하기 위해서는 끊임없는 밀고 당기기가 필요했다. 리듬의 어그러짐을 통해 리듬을 살리는 묘한 융합이 시작됐고, 상반된 것이 주는 감각적 쾌감이 등장한 것이다.

지난 세기에 이 노래를 듣지 않은 것도 지금 이 노래를 듣는 것도, 모두 이 발랄하고 원초적인 감각 때문일지 모른다. 클래식의 엄숙주의에 빠져 있던 파릇파릇한 나는 유치했다. 가사를 듣기도 전에 감각이 아우성치는 노래는 품위가 떨어진다거나 퇴폐적이란 선입견이 있었으니 말이다.

〈달의 몰락〉 같은 가사를 차분히 노래했다면? 남자는 노래를 부르다가 나는 노래를 듣다가 지루하고 비참해져 숨이 막혔을 것이다. 잘 살기 위해서는 불만족스러운 상황일지도 즐겁게 살아 숨쉬는 리듬 속에 담아 쿨하게 넘어가야 한다. 감각적인 리듬의 세계에서 자연스럽게 반응하다가 '인생 다 그래'라며 웃자는 것이다. 사실 내 뜻대로 되는 것이 인생人生인가? 신생神生이지.

남자는 노래의 마지막 부분에서 "나도 그녀를 잊을 수 있다"라고 중얼거린다. '달이 진다'가 감각적 리듬의 씽커페이션으로 들어가는 입구였다면, 이 마지막 독백은 음악적, 감성적 카타르시스를 마치고 난 후의 출구다. 다시 태어나고자 하는 일종의 가벼운 주문으로도 해석이 가능하다. 하지만 자신 없는 목소리가 좀 걸린다. 정말 가능할까. 끊일 듯 끊이지 않는 씽커페이션처럼 다시 뜨고 지는 달처럼, 그녀가 계속 머릿속에 마음속에 들락날락하는 것은 아닐지. 불현듯 "나 보기가 역겨워 가실 때에는 죽어도 아니 눈물 흘리우리"겠다는 화자가 보이는 것은 나만의 환영幻影일까. 그렇지만 뭐, 괜찮다. 남자 역시 신생神生을 사는 것이 아니므로.

『인간과문학』

The 수필

●… 김현철의 노래 〈달의 몰락〉으로 '신선한' 수필 한 편이 완성됐다. 작품은 평론 형식을 띠었으며 세태를 대변하고 있다. 엇박자, 당김음을 뜻하는 씽크페이션(syncopation). 작가는 가사 전체를 인용함으로써 독자의 이해를 돕는다. 노래 해석과 글의 흐름에 따라 노래도, 작품도, 독자도 절로 리듬을 타게 한다. 문현주 수필의 발견이다. 모처럼 싱싱한 활어를 만난 것 같다. 작가는 달이 차고 기우는 순환과정을 인생에 비유하고, 남자와 여자의 사랑을 '엇박자'로 표현하며, "상반된 것이 주는 감각적 쾌감"을 드러낸다. 내 뜻대로 되는 건 신생(神生)이지 인생이 아니라며, 〈달의 몰락〉을 맛깔나게 읽어주는 작가의 발상이 반갑다. /한복용

등외품 앞에 굴러온 도사리

김규원

5월 어린이날을 낀 연휴 4일 가운데 두 번째 날이다. 모처럼 연휴이니 오지게 보내겠다고 벼르던 마음과는 달리 이틀째 전주 바닥을 떠나지 못했다. 어제 오후에 수필동아리 모임에 하루를 흘려보내면서 일이 비틀어지기 시작했다. 오늘은 두 딸과 아들이 어버이날을 앞당겨 점심을 먹자고 연락해왔다. 여러 날 전에 별일 없으면 그렇게 하겠다고 약속했던 일이어서, 오랜만에 만나 점심을 먹고 카페에서 커피를 마셨다. 아들딸들이 벌써 나이 들어 내가 살아왔던 그 길을 따르고 있는 걸 보며 참 많은 시간이 흘러갔음을 생각했다.

세 아이 다 내 손으로 받아내다시피 출산을 지켜보았고 마음 졸이게 하며 자라던 게 엊그제 같은데, 벌써 큰 아이가 50살 가까운 나이가 되었다. 아이들이 어른으로 자라는 동안 나를 스쳐 지나간 시간은 지금 어디쯤에 있을까? 아이들의 시간 속에서 내가 머물렀던 시간을 가려내보려 했지만, 그 시간에 따로 쉼표나 따옴표가 붙어 있는 것이 아니어서 가려낼 수 없었다. 항상 조마조마한 마음으로 지켜보았던 아이들의 발걸음이 여기에 이른 것만도 고맙다. 아이들의 시간도 내 시간처럼 그렇게 어디론가 사라져가고 있다는 걸 언젠가 알아챌 것이다.

아이들은 커피 한 잔씩 앞에 두고 저희끼리 수다에 빠져 내 존재쯤은 까맣게 잊은 듯 신바람이 났다. 저마다 사느라 바빠서 만나지 못한 동안 스쳐가거나 맞닥뜨린 일을 꺼내 들고 의미를 찾거나 자랑하며 생활 속의 푸념을 늘어놓는다. 아이들을 키우면서 조바심했던 나의 간절한 생각은 지난 시간 속에서 퇴색하고 지워져 이렇게 '무슨 날' 속에 가벼운 의미만 남아 있다.

초로에 접어드는 나이에도 모이면 아이로 돌아가는 그들의 대화에 내가 끼어들어 말을 얹어보아도 공연히 저희끼리 어울려 노는데 방해가 되지 싫어 슬그머니 일어섰다.

"약속이 있어 먼저 가겠다" 하고 카페에서 나왔다. 하늘을 보았다. 하늘을 보는 건 마음이 텅 비어 뭔가 채워야 할 기분이 들 때 내 버릇이다. 구름 사이로 이따금 푸른 하늘이 보였다. 활짝 갠 하늘이었으면 싶었지만, 그게 어디 내 바라는 대로 되는 일이겠는가.

온화하고 덥지도 춥지도 않은 5월의 연휴인데 막상 아이들과 헤어져 나오니 갈 데가 없다. 당초 계획대로라면 자전거로 서해안이라도 가야 하는데, 내일은 종일 비가 온다니 떠날 수도 없다. 날 기다리는 사람도 오라는 사람도 없는, 그렇다고 찾아갈 곳도 마땅히 없는 그런 투명인간이 되어 있다는 게 서글펐다. 이런 연휴에는 누군가에게 전화를 거는 일도 실례가 될 수 있다는 생각에 그냥 나 혼자 놀아보기로 했다.

마음이 비어 허전하면 걷는 게 조금은 약이 된다. 걸으면서 세상이 눈에 들어오고 그 속에서 날 위로할 무엇인가를 찾거나, 스치는 바람과 자연의 조화를 가슴으로 받아 걸러내다보면 가끔은 작은 기쁨이 들어서기도 한다. 어둑발이 내릴 즈음에 퇴근하면서 가끔은 시오 리가 넘는 길을 그냥 걷기도 했다.

거리에는 폭발하는 젊음이 있고 젊은 연인들의 사랑이 흐른다. 그들이 쏟아내는 열정과 사랑의 뜨거운 기운이 내 삭아버린 가슴에 작은 위로처럼 다가서는 일이 좋아 걷는다. 때로는 손님 한 명 없는 쓸쓸한 카페에 들어가 커피 한 잔을 팔아주거나, 그 시간까지 어설픈 채소를 팔지 못한 노인의 좌판에서 풋고추라도 한 줌 사주는 작은 기쁨도 얻을 수 있다.

연휴의 변두리 길이어서 사람도 별로 보이지 않았다. 발길 닿는 대로 가보자는 마음으로 그냥 걸었다. 금세 마음에 변덕이 생겨 한산한 길을 혼자 터덜터덜 걷는 일이 내키지 않았다. 일껏 걷는다는 게 동네 두어 바퀴 돌다가 집으로 돌아왔다. 발걸음조차 가난해졌음을 자책하다가 허탈한 마음으로 아파트 정원 벤치에 앉았다. 외로움이 사무치도록 밀려들었다. 보드라운 봄바람이 좋아 집에 올라가기는 싫고 그냥 앉아 잠시 졸겠다는 생각으로 다리를 뻗고 등을 기대어 눈을 감았다.

나른하게 졸음이 밀려오는 듯했는데, 뭔가 툭! 신발을 건드렸다. 눈을 뜨고 살펴보니 새끼손가락 한마디만큼 자란 매실 도사리가 발 앞에 있다. 저만큼 선 매실나무에 이제 막 자라기 시작하는 매실이 올망졸망 달려 있고 밑에 도사리 몇 개가 떨어져 있다. 선택받지 못한 열매가 떨어져 경사면에 튕겨 내 신발 앞까지 굴러온 것이다.

초봄에 환하게 피어 꽃소식을 전했던 매화가 열매를 맺어 자라면서 스스로 솎아내기를 하는 장면을 내게 들킨 것이다. 겨울을 이기고 꽃으로 피어 열매로 맺혔지만, 한 알 매실로 자랄 수 없는 열매였나 보다. 떨어지는 도사리들은 운이 나쁜 게 아니라 양분을 제대로 받을 수 없는 자리에 달린 열매일 것이다. 어쩌다 곁가지에 열린 것이었는지도 모른다. 매실만 그런 게 아니라 사과도 여러 번의 선택을 거쳐 과일이 된다.

오래 전에 지인의 사과농장에서 가끔 일손을 도왔다. 사과꽃이 피면 좋은 가지에 핀 꽃을 남기고 주변의 꽃을 모두 따버린다. 그 꽃에 열매가 여러 개 달리면 가장 튼실한 열매를 남기고 따낸다. 가을에 사과가 익어 수확해서는 다시 선별기를 거쳐 선과選果하면서 크기를 구별하고 상처가 있거나, 모양이 나쁜 것 등을 골라낸다. 그 모든 과정을 거쳐야 상품으로 사과가 되는 것이다. 적화摘花, 적과摘果를 거쳐 수확 때까지 벌레나 새들이 파먹지 않아야 하고 기형이거나 얼룩이 없어야 마침내 상품으로 사과가 된다.

여러 차례의 선택을 거쳐 사과가 되듯, 인생도 숱한 선택에서 살아남는 과정을 거친다. 내가 사과였다면 과연 어떤 사과였을까? 아직도 세상일을 하며 견디는 걸 보면 '도사리'는 면했다 싶지만, 당도 높은 특등 과일로는 거리가 멀고 등급에도 들지 못하는 비틀어진 사과가 아니었나 생각한다. 가을에 포장도 하지 않고 적재함에 가득 싣고 와서 비닐 봉지 담아서 싼값에 파는 그런 등외품 사과이었지 싶다.

때깔 좋은 간판 하나 달지 못해 어설픈 글 품팔이를 하며 살았고 아내마저 먼저 보내서 외기러기 신세다. 등외품 인생에도 목소리가 있다고 말하고 싶어서 뭔가 써보느라 애쓰며 발싸심하는 늙바탕의 삶이다. 속절없이 누군가 내게서 단맛과 향기를 느낄 수 있기를 바라는 마음으로 오늘도 자판을 더듬는다.

벤치에서 일어서는데, 다시 발 앞에 매실 도사리 한 알이 또르르 굴러와 등외품에 경의를 표하듯 다소곳이 꼭지를 조아린다. 『현대수필』

The 수필

●… 초로에 접어든 작가는 중심에서 멀어진 시간을 의연하게 받아들인다. 가족 모임에서도 적당한 시간에 일어설 줄 알고, 혼자서 풍요로운 시간을 만들며 지낸다. 자식에게 정성을 쏟던 시간은 그것으로 완성이다. 조각 시간을 즐기던 중, 발 앞에 굴러온 매실 도사리의 경의를 받는다. 자신을 도사리를 면한 등외품이라고 했지만, 겸손이다. 열심히 살아온 관록은 관조와 배려를 몸에 익혔다. 지나온 생의 단맛과 향기는 다가올 삶의 거름이다. 작가의 예지가 귀하다. /노정숙

철아야!

임철호

가끔 손자가 혼자 우리 집에 와서 자고 간다. 하루하루 쑥쑥 자라는 것이 봄비 맞은 나무의 새순 같다. 나이가 여섯 살이 되었으니 이젠 말귀도 알아듣고 시키는 것을 곧잘 한다. 대견스럽고 귀엽다. 손자가 오면 나는 그를 데리고 산에도 가고 목욕탕에도 간다. 며칠 전에도 둘이 우면산을 다녀와 목욕탕에 들렀다. 지난 번 목욕하러 왔을 때 옷을 벗어 옷장에 넣는 요령을 가르쳐주었다. 아들을 키울 때 소소한 것들은 스스로 해결하도록 가르쳤던 것처럼 손자에게도 그렇게 해볼 작정이다. 이번에는 목욕탕 탈의실에 들어가 손자가 하는 양을 가만히 지켜만 보았다. 손자는 팬티와 러닝 등을 차례로 벗은 다음 옷을 바닥에 편 후 반듯하게 사각으로 개어서 옷장 문을 열고 차곡차곡 넣었다. 핏줄은 못 속인다더니 영락없이 어릴 적의 제 아비 모습이다. 내 어릴 적도 그랬을까?

삼동이 시작되면 할머니는 으레 고춧대나 목화대를 나에게 뽑아오라고 하셨다.

"철아야! 무명밭에 가서 무명대를 걷어오니라 이잉~."

땔감이 귀하던 시절이라 가을걷이가 끝난 밭에서 햇볕에 바짝 말라 수들수들해진 고춧대나 목화대가 요긴한 땔감이었던 것이다. 할머니의 음성은 가냘프면서 가슬했다. 어린 나는 싫다는 말 한마디 않고 밭으로 나가 무명대를 걷어다 나뭇간에 쌓아두곤 했다. 할아버지는 부모 없는 손자들이 동네 사람들에게 후레자식이라는 말을 들을까 봐 엄하다 못해 혹독하게 가정교육을 시켰다. 형과 누나는 그런 할아버지께 약간 저항적인 면도 없지 않았지만 나는 할아버지 할머니 말을 거역하지 않고 고분고분 잘 들었다. 그래선지 심부름이나 마루 청소 등 소소한 허드렛일은 다 내 차지였다. 계절마다 심부름의 종류도 다양하다. 초여름 보리 베기가 한창일 때면 할머니는 학교가 파하고 돌아온 내게 기다렸다는 듯이 소쿠리를 건네셨다.

"철아야! 수박, 오이 사줄 텡께 얼른 논에 가서 보리 이삭 주어오니라, 이~잉."

우리 집은 부자는 아니었지만 그렇다고 이삭을 주워야만 끼니를 이을 정도로 어려운 형편도 아니었는데 할머니는 무슨 연유로 보리 벤 논밭으로 나를 내몰았는지 모를 일이다. 보리 까끄라기는 사나워 자칫하면 손을 베이고 설핏 찔려도 피가 났다. 유월의 땡볕은 따가웠고 나는 온몸이 땀에 흥건히 젖도록 열심히 이삭을 주웠다. 할머니를 기쁘게 해드리고 싶어서 아금박스럽게 이삭을 주워 담는데 땀범벅이 된 몸에 까끄라기가 달라붙으면 어리고 여린 살은 무척이나 쓰라렸다. 게다가 목은 왜 그리도 마르던지…. 간간이 동네 쪽에서 친구들의 소리가 들려왔다. 허리를 펴고 동네 어귀에 모여서 뛰어노는 친구들의 모습을 바라보는 내 자신이 초라하고 보잘것없게만 느껴졌던 그때, 나는 하얀 구름

위에 얼굴도 모르는 아버지 어머니를 그려보기도 하면서 친구들을 부러워했다. 나는 왜 부모 없이 할아버지 할머니 밑에서 살아야 할까? 우리 밭뿐만 아니라 남의 밭까지 휘더듬어 보리 이삭을 소쿠리에 가득 채울 즈음이면 해가 뉘엿뉘엿 기울었다. 노을 속에 집으로 돌아올 때 어느 집 황소가 굵은 울음을 토했다.

손자를 데리고 나서면 내 걸음도 사뭇 가볍다. 손자랑 둘이 친구처럼 집 앞 산길이나 한강둔치를 산책하고 어린이놀이터에서 놀이기구들을 가지고 같이 논다. 그러다 집으로 돌아오면 손자는 우선 화장실에 들어가서 손을 먼저 씻는다. 시키기도 전에 먼저 손을 씻고 나와선, 엄마가 메르스를 예방하기 위해선 그래야 한다고 했다는 것이다. 나는 터져나오는 웃음을 삼키며 고개를 끄덕인 다음 화장실로 가서 손을 씻는다. 밥을 먹고 나면 손자는 쉴 틈도 주지 않고 양치질을 해야 한다면서 나를 화장실로 데리고 들어간다. 우리 집에 올 때는 제 속옷과 양치할 소품들을 배낭에 챙겨왔다가 갈 때도 자기 물건을 꼼꼼하게 배낭에 집어넣고 빠진 물건이 없는지 살피기도 한다. 한번 가르쳐 주면 잊지 않고 곧이곧대로 실행한다. 나도 그랬던 것 같다.

"철아야! 나락 이삭 주워오니라, 고무신 사줄 텡께…."

벼 타작이 시작되면 할머니는 또 내게 소쿠리를 안겼다. 나는 가기 싫단 내색도 못하고 빈 그루터기만 남은 논으로 나갔다. 어쩔 수 없이 착한 어린이가 다시 되어야 했다. 논이랑은 질척했고 벼 그루터기엔 무서리가 내려앉아 있었다. 닳아빠진 고무신으로 자칫 허방을 디디면 미끄러져 나동그라지기 십상이었다. 온 논배미를 휘젓고 다녀야 이랑 위에 어쩌다 떨어진 이삭들을 몇 올이라도 주울 수 있었다. 그것들은 나락 무더기에 함께 묻어가지 못하고 황량한 들판에는 맑은 외로움과 묵직한 쓸쓸함이 깔려 있었다. 해가 기울며 들판을 스치는 바람이 선뜩해지면 집집마다 굴뚝에서 저녁 짓는 연기가 솔솔 올랐다. 나는 이삭이 든 소쿠리를 끌어안고 타박타박 집으로 돌아오곤 했다.

주말인 오늘 손자가 왔다.

"할아버지, 우리 산에 안 갈래요?"

집 앞 산에 몇 번 데리고 다녔더니 이제 산이 좋아진 모양이다. 단풍이 한창인 산길을 손자와 앞서거니 뒤서거니 걸었다. 손자는 궁금한 것도 많고 알고 싶은 것도 많다. 오솔길에 떨어져 있는 잣나무 열매를 집어들더니 요리조리 자세히 살피며 물었다.

"할아버지, 이게 뭐예요?"

"잣인데 다람쥐가 다 빼먹었네."

조금 오르다 가지 사이에 쳐져 있는 거미집을 보고 큰 발견이라도 한 듯 소리친다.

"거미다."

이제 다리가 제법 튼튼해져서 전혀 지치지 않는 모양이다. 나무와 풀과 꽃들을 구경하며 사뿐사뿐 걸어가는 손자의 뒷모습을 물끄러미 바라본다. 나의 판박이 어린 손자.

나의 과거와 미래가 포개진다. 손자는 마땅히 내가 지나온 길과는 전혀 다른 길을 갈 터이지만, 살아가는 근원적인 심상은 어쩐지 저 아이도 나와 크게 다르지 않을 것 같다. 어디선가 할머니가 내 이름을 부르는 것 같다.

"철아야!~ 철아야!"

『에세이스트』

The 수필

●… 여섯 살 손자를 바라보는 작가의 시선이 흐뭇하다. 무슨 일이든 야무지게 해내는 손자는 자신의 어릴 적 모습을 닮았다. 작가의 조부모는 부모 없는 손자들이 남들에게 무시당할까 봐 혹독하게 교육시켰다. 특히 할머니는 보리를 베면 보리밭에서 이삭을 줍게 하고, 벼를 베면 논으로 손자를 내몰았다. 화자인 '철아'는 나락무더기에 함께 묻어가지 못한 이삭과 자신을 동일시함으로써 억눌린 감정을 달랜다. 그때는 이해할 수 없었던 할머니, 어린 손자의 성장을 지켜보며 그는 할머니를 이해하게 되고 그리워한다. 촘촘하게 직조된 구성이 작품의 밀도를 높였다. /한복용

진주조개를 찾아서

소지연

누군가는 떠나고 또 누군가는 돌아오는 인천공항에 내가 서 있다. 언제부턴가 나는 서울과 샌프란시스코를 마땅히 오가야 할 항구처럼 드나든다. 청운의 뜻을 품은 유학생의 떠남과 귀향도 아니요, 정든 이와의 이별이나 재회도 아니다. 나는 그저 이곳의 손때 묻은 살림살이를 잠시 떠나는가 하면, 왁자지껄한 그곳 손주들의 함성에서 돌아온다. 구태여 한곳을 택하지 않는 한 당분간 이 비행은 계속되리라.

나의 비행은 때때로 한 곳에 너무 오래 나래 접어서 다른 쪽으로 나아가지 못하기도 한다. 가야만 하는데, 기다리는 일이 있는데 하면서도 노 젓다 깊은 바다에 떨어진 사공처럼 막막해지곤 한다. 그럴 땐 전에 귀담아들은 적 있는 어느 스님의 법문 하나를 기억해낸다.

"기왕에 빠졌을 바에야 이참에 진주조개라도 찾아봐!"

깊은 물에 빠져 허우적거리기도 바쁠 시각에 어디 숨어 있을지 모를 그 희귀한 것을 찾으라는 조언은 현실성이 없어 보인다고 할까. 살아나고자 버둥거리느라 여유라고는 바늘귀보다 적어졌을 마음보가 어찌 그리 어마한 일을 생각해낼 것인가. 그럼에도 나는 가장 심한 좌초를 당한 중생이 나이기라도 하듯, 깊숙이 넣어두었던 그 말을 다시 꺼내 음미해본다. 절박한 상황에서 한숨 돌리고 찾아보아야 할 진주조개는 어떤 모습일까? 그런 것을 찾기라도 할 것인가? 신기루 같은 그것이 끝나지 않은 내 여정의 바다에 불쑥 모습을 드러냈으면 좋겠다.

몇 해 전 미국에서 서양 문화에 반쯤 젖은 딸과 며느리를 만났을 때다.

"어머니! 그런 게 아닙니다!"

"엄마! 그건 너무 한국식 발상이란 말이에요!"

페미니즘을 떠나서 이 시대 내 젊은 여식들의 말발이 꽤나 빵빵했다. 나는 그때 도시로 급急흡수된 농촌 할머니처럼 얼어붙었다. 반대로 그 둘은 한국에서 온 엄마가 꽉꽉 막혀 말이 통하지 않는다는 얼굴이었다. 오랜만에 회포를 풀던 나는 마치 여객선에서 홀로 튕겨져 떨어진 것처럼 박막했다. 문화의 충격이란 쇼킹한 것이었다. 남은 날들을 또 다른 사소하고도 치명적인 차이를 맛보면서 지내야 한다는 현실이 거대한 상어처럼 나를 조여 왔다.

그때 차라리 한소끔 숨을 돌려 그 스님의 '진주조개'라도 찾아보았더라면! 희미한 장막에 쌓여 있을 그건 희망의 눈을 뜨고 뚫어져라 응시해야 보일지 모를 네 잎 클로버 같은 걸 거였다. 예쁜 진주 하나를 뿜어내기 위해 오랜 시간을 아파야 하는 그 조개의 이름은 문화나 차이도 먹어버릴 '사랑' 또는 '희생'이었을까. 허우적거리다 간신히 밀려온 황량한 모래바닥에서 조그만 조개껍질 하나 발견하지 못한 아둔함에 물거품만 바라볼 때의 망연자실이란! 그래서 나는 차이의 바다에 다시 빠져보아야 할 임무라도 띤 듯 더 많은 비행을 준비했나 보다.

이럴 때 나는 하필 이 시대의 유행어 '비행청소녀'란 말까지 불러내어 본다. '비행기를 타고 청소하러 다니는 여자'의 준말이라니. 걸핏하면 해외로 자식들의 잔일을 보러 다니는 나와 같은 여성을 풍자함이다. 자신의 몸과 마음을 청소하기에도 바쁜 여생에 독립된 그들의 일상을 기웃거리는 일이란 어쩌면 비행飛行 아닌 비행非行이리라. 한편으로, 도움의 손을 갈구하는 그들 심중을 외면하면서까지 글쓰기입네 하고 서성대는 엄마 행태야말로 더할 바 없는 비행非行이리니…. 그럼에도 나의 이 두 가지 비행은 조금 더 걷고 싶은 예전의 오솔길을 나선 것처럼 아늑할 때가 있다. 이기심을 이기고 필요로 하는 사람에게로 내달았다 주워들었던 웃음보따리, 글쓰기 만학도로 일탈해왔다가 느낀 작은 설렘! 아무리 생각해봐도 조금은 고매한 비행들이 아닌가. 나의 진주조개는 이렇듯 진부한 모습이어서 눈에 띄지 않았을까.

비행飛行이던, 비행非行이던 나는 오늘도 그들이 숨 쉬는 곳을 향해 날아간다. 어른들의 "아니에요!"와 함께 여섯 살짜리의 "오우 노!"도 귓가에 들려온다. 허망하지 않은 나의 바람이 오해와 차이를 감싸안길 바라며 차라투스트라처럼 새로운 길을 나서고 싶다. 어느 날 내 자유로운 의지가 크나큰 진주조개라도 찾게 된다면 니체의 초인마저 알아볼지 모른다.

오늘은 밤 비행이라 도착하면 그곳의 새벽이 움틀 것이다. 하루에도 사계절이 넘나드는 샌프란시스코엔 아직 스산한 바람이 불고 있겠지만, 조금만 있으면 한낮의 타는 햇볕이 내리쬐리라. 예전엔 반나절 정도 돌아보며 콧노래 부르던 히피풍의 해양도시! 지금은 한 해의 반 이상씩 거주해온 고향 같은 타향이다. 특유의 몰아치는 해풍에는 익숙해가지만 아직도 도전의 바다인 그곳에서 어떤 진주조개를 찾게 될까.

『한국산문』

The 수필

●… 자녀의 가족을 돌보러 일 년에 반 이상을 미국에 머무는 그녀는 또 공항에 서 있다. 문화와 차이를 사랑과 희생으로 극복하며 엄마로서 얻는 행복과 작가로서 글쓰기의 설렘 사이를 오가는 생활이다. 때론 깊은 바다에 빠진 사공처럼 막막함을 느끼지만, "기왕에 빠졌을 바에야 이참에 진주조개라도 찾아봐!"라는 스님의 법문을 기억해내며 도전하는 인생의 비행(飛行)을 꿈꾼다. 엄마이고 할머니이지만 작가인 자기 정체성에 대한 회의와 성찰에서 시작해 삶의 현장에 대한 강한 긍정에 이르는 사유가 잘 드러나 있다. /정진희

2019 빛나는 수필가 60

The 수필

선정위원장	맹난자
선정위원	홍혜랑, 엄현옥, 이혜연, 조 헌, 노정숙, 정진희, 한복용
발행인	조현석
디자인	푸른영토
발행일	2018년 12월 31일
발행처	도서출판 북인
주소	121-842 서울 마포구 서교동 467-4, 301호
전화	02-323-7767
팩스	02-323-7845
ISBN	979-11-87413-40-0 03810
값	13,000원

시간의 강가에서

맹난자 수필집 사육판 양장, 286쪽, 16,000원

본래 그 자리 2016 세종도서 문학나눔 선정

맹난자 수상집 사육판 양장, 472쪽, 18,000원

유쾌한 사물들

최장순 에세이 신국판, 252쪽, 13,000원

말하지 않아도 알아요

유채연 수필집 신국판, 204쪽, 13,000원

삐딱한 임하 씨의 삐딱한 일상

임하 콩트에세이 신국판, 268쪽, 13,000원

시간의 길이

이혜연 수필집 신국판, 192쪽, 12,000원